JUDITH MERCHANT

SCHWEIG!

THRILLER

KIEPENHEUER & WITSCH

Aus Verantwortung für die Umwelt hat sich der *Verlag Kiepenheuer & Witsch* zu einer nachhaltigen Buchproduktion verpflichtet. Der bewusste Umgang mit unseren Ressourcen, der Schutz unseres Klimas und der Natur gehören zu unseren obersten Unternehmenszielen.

Gemeinsam mit unseren Partnern und Lieferanten setzen wir uns für eine klimaneutrale Buchproduktion ein, die den Erwerb von Klimazertifikaten zur Kompensation des CO_2-Ausstoßes einschließt.

Weitere Informationen finden Sie unter:
www.klimaneutralerverlag.de

MIX
Papier aus verantwortungsvollen Quellen
FSC® C083411

Verlag Kiepenheuer & Witsch, FSC® N001512

1. Auflage 2021

Covergestaltung Sabine Kwauka
Covermotiv © shutterstock.com / Potapov Alexander; © shutterstock.com / CarpathianPrince; © shutterstock.com / Oleksandr Khoma
Illustration Oliver Wetterauer, Stuttgart
Gesetzt aus der Whitman
Satz Buch-Werkstatt GmbH, Bad Aibling
Druck und Bindung CPI books GmbH, Leck
ISBN 978-3-462-00133-4

Ich bin ein freier Mensch.

Ich kann essen und trinken, was ich will und wann ich will, oder ich kann es lassen. Ich kann schlafen, wann ich will, oder ich kann wach bleiben. Ich kann entscheiden, ob ich arbeite und was ich arbeite. Ich kann mich bewegen, wohin ich will, oder ich kann hierbleiben. Ich kann allein bleiben, wenn ich will, oder ich kann mir einen Partner suchen oder eine Partnerin oder beides. Ich kann heiraten oder in wilder Ehe leben, ich kann mich trennen oder scheiden lassen. Ich bin ein freier Mensch.

Ich bin kein freier Mensch, denn ich habe eine Schwester. Ich kann sie ignorieren. Dann habe ich immer noch eine Schwester, aber eine, die ich ignoriere. Ich kann den Kontakt abbrechen. Dann habe ich immer noch eine Schwester, aber eine, zu der ich den Kontakt abgebrochen habe. Ich kann sterben. Dann habe ich immer noch eine Schwester, aber eine, die heftig um mich trauert. Sie kann sterben. Auch dann habe ich noch immer eine Schwester, aber eine tote.

Ich bin kein freier Mensch, obwohl meine Schwester mir nichts Böses will. Aber sie ist meine Schwester. Und das bleibt sie für immer und ewig.

ESTHER

Dinge, die ich an diesem 23. Dezember um 7.22 Uhr schon weiß:

Dass Jonas trotz mehrfacher Ermahnungen nachher ohne seinen Turnbeutel aus der Schule kommen wird.

Dass deswegen seine Sportsachen während der gesamten Weihnachtsferien am Haken gären und dabei einen Gestank entwickeln werden, den kein Mensch bei 40 Grad herausbekommt.

Dass mehr als 40 Grad seinen heiß geliebten Sportanzug zerstören werden und dass Jonas niemals verstehen wird, dass ich nicht daran schuld bin.

Dass ich den vorbestellten Christbaum bis 14 Uhr abholen muss.

Ich reiße einen Klebestreifen von der Rolle und fluche, weil er ausfranst. Ein langer, immer dünner werdender Zipfel wickelt sich um die Plastikrolle, es wird eine endlose Knibbelei werden, den Anfang zu finden. Ich greife zur Kaffeekanne.

Kaffee. Erst einmal mehr Kaffee.

»Für wen ist das?«, will Ella wissen und starrt gebannt auf das steife Glitzerpapier.

»Für deine Tante Schnecke. Abmarsch zum Zähneputzen, du musst in die Schule!«

Reglos bleibt sie neben mir stehen und bettelt: »Darf ich helfen?« Sie liebt es, Geschenke einzupacken. Und Basteln. Und Glitzer.

»Nein«, sage ich. »Und jetzt los, Zähneputzen! Du willst doch am letzten Schultag nicht zu spät kommen!«

»Mama! Das ist so unfair!«

Ihre riesigen blauen Augen blinken mich an, und ich werfe einen Blick auf die Uhr und denke: Morgen ist Weihnachten. Und: Einmal nachgeben schadet nicht. Und auch: Dann muss ich dieses verdammte Tesa nicht selbst knibbeln.

»Okay«, sage ich. »Aber nimm es mit ins Wohnzimmer, ja?«

Sie nickt, packt Buch, Papier, Tesafilm und Schere und verschwindet damit, ehe ich es mir anders überlegen kann. Und ich frage mich, wie sie diese vier Gegenstände mühelos jonglieren kann, während sie sonst grundsätzlich alles fallen lässt.

Martin steckt seinen Kopf in die Küche, die Krawatte schief um den Hals. »Hast du meinen Schlüssel gesehen? Ich hab schon überall gesucht!« Seine Stimme ist anklagend, in seinem Mundwinkel klebt Zahnpasta.

Ich bin immer wieder erstaunt, wie er jeden Morgen aufs Neue die Metamorphose von einem wehleidigen, zerstreuten Studenten zum korrekten Büromenschen vollzieht. In einer halben Stunde wird er konzentriert und picobello gekleidet das Haus verlassen und pfeifend in sein Auto steigen. Er hat noch einen Termin in der Firma. Einen ganz kurzen, hat er versprochen.

»Neben dem Telefon«, sage ich, ohne nachzudenken. Da liegt er immer.

Er seufzt, setzt sich neben mich und greift nach meiner Kaffeetasse. »Leer!«, sagt er beinahe empört. Dann zupft er an meinem Kragen. »Schönes Kleid!«

Ich zucke die Achseln, er greift nach der Kanne. Zu den absonderlicheren unserer Paarrituale gehört, dass wir ständig aus denselben Tassen trinken.

Ich merke, wie unruhig ich bin, es gibt noch so viel zu tun. Schon hier auf dem Frühstückstisch stapeln sich die Aufgaben: die Christbaumkugel aus Plexiglas, die geklebt werden muss. Der Schwung Verlegenheits-Karten, die wir gestern Abend noch geschrieben haben – als Reaktion auf all die Leute, die uns mit Weihnachtspost bedacht haben. Himmel, wie schaffen die das, und dann auch noch pünktlich? Ich bin kurz davor aufzustehen, um die Liste in meinem Kopf abzuarbeiten: Wäsche in den Trockner. Baum abholen. Jonas an Turnsachen erinnern. Stattdessen sage ich halblaut zu Martin: »Ich muss dann gleich losfahren.«

Er drückt kurz mein Knie und sagt: »Wird schon. Vielleicht ist sie ja ganz …« Er zögert und verstummt.

Draußen braust der Verkehr, Autos hupen empört, Straßenbahnen bremsen unter warnendem Gebimmel. Es ist der 23. Dezember, erwartungsgemäß ist auf den Straßen die Hölle los, weil alle gleichzeitig in die Innenstadt drängen, um letzte Dinge zu erledigen.

So wie wir es normalerweise auch immer tun. Und auch in diesem Jahr steht uns dieser Wahnsinn noch bevor. Aber heute werde ich mich daraus erst mal für einige Stunden ausklinken, um in den Wald zu fahren.

»Ganz was?«, frage ich.

Er seufzt. »Ganz stabil.«

»Du redest von meiner Schwester.«

»Ich weiß. Ach, ich find das nicht gut. Ausgerechnet heute«, sagt er, dabei weiß er, dass das Blödsinn ist. Nicht »ausgerechnet heute«, sondern »gerade heute«. Gerade am Tag vor Heiligabend will ich meiner Schwester zeigen, dass ich an sie denke. Weil sie allein in ihrem Haus im Wald sitzt und keine Gesellschaft hat außer den zehn leeren Zimmern um sich herum. Meine Schwester, die sich in der Trauer über ihre zerbrochene Ehe suhlt, kinderlos, halb verrückt, so zugänglich wie ein Kaktus.

»Es wäre für euch beide besser, wenn du hierbleibst.«

»Vielleicht. Aber es ist Weihnachten. Und sie ist meine Schwester. So ist das eben. Immer schon.«

»Es muss aber nicht für immer so bleiben, wenn es keinem guttut.«

»Ich bringe ihr doch nur das Geschenk vorbei«, sage ich, um uns beide zu beruhigen.

»Du hättest es ihr auch schicken können.«

Nein, das hätte ich nicht. Er weiß doch, dass es um etwas anderes geht. Nicht um irgendein Buch, das sie ohnehin nicht lesen wird.

Es geht bei Geschenken nie um das, was sich unter dem Geschenkpapier verbirgt. Zumindest nicht dort, wo komplizierte Beziehungen herrschen.

Zwischen Martin und mir ist es anders. Da ist alles kristallklar und handfest: Er bekommt diesen absurd gefederten Fahrradsitz, ich den eigentlich zu teuren Lampenschirm für die Flurleuchte. Das sind Dinge, die wir uns wünschen und die eigentlich das Familienbudget sprengen. Zu Weihnachten gestatten wir das einander. Ein fairer Warentausch. Wobei ein Tausch streng genommen nicht das Gleiche ist wie ein Geschenk. Bedeutet das, wir schenken einander in Wahrheit gar nichts? Und überhaupt: Wie kann man einander etwas schenken, wenn alles vom gemeinsamen Konto bezahlt wird?

»Ist noch was von Günnis Gutsriesling da?«

»Willst du ihr den etwa auch mitbringen?«

»Martin. Sie ist meine Schwester. Das Mindeste, was ich für sie tun kann, ist, ihr eine schöne Flasche Wein für den Heiligabend vorbeizubringen.« Ich muss an Rotkäppchen denken, als ich das sage. An Rotkäppchen, das durch den Wald geht, um der Großmutter eine Flasche Wein und Kuchen und ein Taschenbuch zu bringen. Und dann kommt der Wolf. »Wir haben doch vor einigen Wochen noch drei Kisten bestellt. Holst du eine Flasche hoch?«

»Mach ich gleich. Aber bist du sicher, dass du ihr Wein schenken willst?«

Statt einer Antwort brülle ich: »Jonas! Zähneputzen!«

Ich stehe auf und sage etwas zusammenhanglos: »Ich will eh bis zwei Uhr zurück sein, weil ich bis dahin den Baum bei *Momo's* abgeholt haben muss.«

Martin trinkt Kaffee, er schielt in die Tasse. »Sagst du das so deutlich, um mir mitzuteilen, dass ich ihn abholen muss, falls du zu spät kommst?«

»Ich komme nicht zu spät.«

»Sicher?«

Ich seufze. Sein Zweifel ist berechtigt. Wie oft haben wir wegen meiner Schwester schon Pläne über den Haufen werfen müssen, wie oft habe ich ihretwegen Termine nicht eingehalten?

»Nein, keine Angst, ich schaffe das ganz sicher«, behaupte ich und hoffe, dass es so ist. »Ich hab einen vorbestellt. Kaum zu glauben, dass man Bäume vorbestellen muss, wenn sie bio sind.«

»Sag mir kurz, warum der Baum bio sein muss, ich hab's möglicherweise vergessen«, murmelt Martin und zieht an seinem Krawattenknoten, als wollte er sich strangulieren.

»Weil Pimki seit letztem Jahr gern Tannenzweige mag.« Pimki ist unser Kater, und er hat den perversesten Geschmack der Welt. Er liebt alles, was kratzt, zum Beispiel Zahnbürsten und Stahlwolle. Die Klobürste verstecken wir im Besenschrank, weil wir Angst davor haben, was er mit ihr anstellen würde.

»Aber –«, will Martin widersprechen, doch ich hebe warnend die Augenbrauen und zeige durch die Küchenwand in Richtung Badezimmer, wo Jonas sich die Zähne putzt. Jonas ist das ökologische Gewissen der Familie. Wenn er hört, dass wir Pimki zu Weihnachten mit einem gespritzten Baum vergiften, dreht er durch, und wir haben heute keine Zeit für Grundsatzdiskussionen.

»Sehr gut, dass wir dieses Jahr einen Bio-Baum haben!«, sagt Martin extra laut und leert den Kaffee. Sein Gesicht hat sich verändert, er sieht jetzt wach aus und erwachsen, gedankenverloren hat er sich ins Gesicht gegriffen und dabei die Zahnpastaspuren entfernt. Er steht auf und geht zu Jonas ins Badezimmer.

Ich weiß, dass er sich jetzt mit Deo einsprüht. Er darf das nicht vor dem Frühstück machen, weil die Kinder behaupten, dass dann die Milch nach Deo schmeckt. Wir haben es aufgegeben, über solchen Kram mit ihnen zu diskutieren. Es ist das kleinere Übel, wenn man die Alternative bedenkt: dass sie aus Protest morgens das Haus verlassen, ohne was getrunken zu haben.

Ach ja, die Kinder! Ich finde Ella im Wohnzimmer, wo sie stolz das Geschenk betrachtet. Es ist rautenförmig, man würde nicht vermuten, dass ein Buch darin steckt. Es sieht trotzdem gut aus, das tolle Geschenkpapier reißt es raus – glitzernde Schneeflocken, geprägt auf dickem hellblauem Papier. Anscheinend hat Ella es ganz ohne Tesafilm geschafft, sie hat Geschenkband darum gewickelt, als wollte sie es fesseln. Schleifen kann oder will sie nicht binden, kein Wunder, wo doch die meisten Kinderschuhe heutzutage Klettverschlüsse haben. Das ist schlecht für die Gehirnentwicklung, habe ich gelesen, darum habe ich ihr beigebracht, wie man Schleifen bindet, Ehrenwort, aber dann waren die Klettverschluss-Schuhe trotzdem überall, und irgendwie hat sie es wieder verlernt.

Ich nehme ihr das Geschenk ab, flüstere noch einmal: »Zähneputzen!«, dann rufe ich in Martins Richtung: »Der Wein!«, und gehe zurück in die Küche. Ich kräusle das Geschenkband mit dem Brotmesser, stecke das Päckchen in meine Umhängetasche. Jetzt fehlt nur noch die Weinflasche.

Martin kommt zurück in die Küche, frisch duftend, und legt die Weinflasche in meine Tasche. Ich überlege, ihm den Baumauftrag aufzudrücken. Für den Fall, dass es doch länger dauert bei meiner Schwester. Irgendwie passiert das meistens. Das ist umso seltsamer, als wir einander eigentlich immer möglichst schnell wieder loswerden wollen.

Martins Mund streift meine Wange. »Du guckst schon wieder so kompliziert. Sobald es um sie geht, wird immer alles kompliziert. Willst du nicht doch lieber …«

Er hat recht, ich weiß genau, dass er recht hat. Trotzdem sage ich »Quatsch!« und erhebe mich. »Ich muss los. Jonas!« Ich brülle, damit er mich auch im Badezimmer hören kann. »Denk daran, den Turnbeutel nachher mitzubringen!«

Ein hohler Laut aus dem Badezimmer. Schwer zu sagen,

ob das jetzt präpubertäres Protestgestöhne war oder ein Geräusch, das besagt, dass er gerade Zähne putzt und deswegen nicht sprechen kann. Ich hoffe auf Letzteres.

»Erinnere du ihn auch noch mal«, sage ich zu Martin.

»Wo ist Ella?«, fragt der. Seine Hand greift an den Knoten und zieht den Schlips zurecht. Jetzt sitzt er perfekt. Die Metamorphose ist vollendet.

Aus dem Wohnzimmer kommen kieksende Cartoon-Stimmen. Sie hat einfach den Fernseher angemacht. »Ella!« Das brüllen wir wie aus einem Mund. Ich nehme die Tasche und frage beinahe zaghaft: »Kuss?« Das ist unser Code.

»Kuss.«

Wir küssen uns.

»Ich bin bald zurück!«, verspreche ich, und für einen Moment halten wir uns mit Blicken fest, umklammern uns förmlich, weil wir wissen, dass das ein schwerer Tag wird. Weil wir hoffen, dass ich wirklich bald zurück bin.

Weil wir hoffen, dass wir die gefährliche Schwestern-Klippe diesmal unbeschadet umschiffen und Weihnachten heil erreichen können.

Weil die Hoffnung immer zuletzt stirbt.

Dinge, die ich an diesem 23. Dezember um 7.51 Uhr noch nicht weiß:

Dass das Geschenk, das Ella gerade in hellblaues Geschenkpapier gewickelt hat, nicht ausgepackt werden wird.

Dass der Wein der falsche Wein ist.

Dass er heute trotzdem noch geleert werden wird.

Dass dieses Weihnachten nicht alle überleben werden.

ESTHER

Laut Navi liegen nur 107 Kilometer zwischen unserer Wohnung und dem Haus im Wald. Trotzdem braucht man für die Strecke eine Ewigkeit, weil sich das letzte Drittel durch Felder und Dörfer und Wälder windet. Seit ich die Autobahn verlassen habe, schneit es, und je näher ich meiner Schwester komme, desto langsamer geht es voran, desto weißer und einsamer wird die Landschaft.

»Soll ich mitkommen?«, hat Martin gefragt, aber das war eine rhetorische Frage. Martin ist der Begegnung mit meiner Schwester nicht gewachsen, das hat die bisherige Erfahrung ganz klar gezeigt. Es könnte mich sauer machen, dass mein Mann, dem ich bei allem unter die Arme greife und ansonsten den Rücken frei halte, mir ausgerechnet bei der größten Baustelle in meinem Leben nicht helfen kann. Aber so ist es nicht.

Ich akzeptiere diese spezielle Baustelle. Die größte. Familie ist eine Herausforderung. Vor allem, wenn es in dieser Familie ein schwarzes Schaf gibt. Wobei »schwarz« nicht so recht zu meiner aschblonden, blassen Schwester passen will. Und »Schaf« klingt verharmlosend.

Sie ist nicht direkt gefährlich, aber sie zieht die Menschen um sie herum in einen Strudel aus Chaos und Manipulation und Verwirrung. Ich weiß nicht, ob ihr das selbst überhaupt klar ist. Aber ich weiß, dass es so ist. Spätestens seit dem letzten Jahr. Seit dem Weihnachtsfest, bei dem sie ihr wahres Gesicht gezeigt hat. Und wir erkannt haben, wie labil sie wirklich ist.

»Route wird neu berechnet«, plärrt das Navi. Es ist schon das dritte Mal, dass sich unerwartete Hindernisse auftun, ein umgestürzter Baum hat die eine Straße unpassierbar gemacht, auf einer anderen hat ein Laster Ladung verloren.

Vor drei Jahren ist sie mit Robert hierhergezogen, ein mehr oder weniger glückliches Paar, das plötzlich mit der überraschenden Nachricht von einem Zehn-Zimmer-Haus im Wald um die Ecke kam. Für Martin und mich war das seltsam, weil wir selber seit Jahren darüber sprechen, warum wir uns eigentlich nicht zumindest eine Eigentumswohnung leisten können.

Meine Schwester und mein Schwager mussten sich diese Frage ganz offensichtlich nicht stellen. Ohne dass von Krediten, Tilgung oder Bankgesprächen die Rede war, kauften sie das Haus.

»Sie hat sich in den Wald verliebt, und dann haben wir einfach zugeschlagen. Es ist natürlich ziemlich ab vom Schuss, so weit außerhalb will ja kaum jemand wohnen. Darum war das Haus auch so günstig«, sagte mein Schwager, entschuldigend beinahe. Er ließ es so klingen, als hätten sie auf dem Flohmarkt eine verrückte kleine Teekanne gekauft, die sonst niemand wollte.

Es wirkte auf mich aber immer auch so, als wollte er sagen: »Ihr würdet so ein Haus doch nicht einmal geschenkt haben wollen, so tief im Wald. Ihr wollt ja unbedingt eine Stadtwohnung mitten im Trubel.«

Nun, wir müssen im Trubel wohnen, weil wir beide berufstätig sind. Und wir haben zwar ein doppeltes Einkommen, aber in der Stadt gibt es selbst ein schmales Reihenhaus mit Garten nur für die, die reiche Eltern haben. Damit sind Martin und ich raus. Meine Schwester wäre auch raus, aber sie hat ja Robert. Und Robert kann sich nicht nur die Reihenhäuser in der Stadt leisten, sondern eben auch einen solchen Palast im Wald.

Trotzdem tut meine Schwester so, als wäre das ein riesiges Opfer, das sie bringt. Sie sagt das nicht direkt, aber sie lässt es durchklingen. Dass sie in einem Haus lebt, das für die meisten Menschen nicht attraktiv ist, weil es in der Nähe weder Kinos noch Restaurants gibt. Deswegen hat sie sich schweren Herzens erbarmt, und wegen des instabilen Netzes kann sie leider auch nicht arbeiten, so ein Mist!

In Wahrheit ist es natürlich genau umgekehrt: Nur Reiche können es sich erlauben, so zu wohnen. Aber es geht nicht nur darum, dass die wenigsten Menschen das nötige Kleingeld haben für so ein modernes Architektenhaus mit dreihundert Quadratmetern Wohnfläche, nagelneuer Küche und einigen Hektar Wald. Sondern auch darum, dass normale Menschen in der Nähe von Schule und Arbeitsstätte leben müssen.

Die angebliche Bescheidenheit dieser modernen Wald-Villa ist es, was sie in Martins und meinen Augen so dekadent macht.

Auch wenn es meinem Schwager – oder eher: meinem Ex-Schwager – geradezu unangenehm zu sein schien, konnte er nie verbergen, auf wie viel Geld er hockt. Geld, das er in den Neunzigern mit seiner Beraterfirmer verdient hat und von dem Martin und ich nur träumen können, obwohl wir natürlich viel mehr arbeiten.

Warum Robert meine Schwester so gut versorgt hinterlässt, ist mir schleierhaft. Ich meine, nach vier Jahren kinderloser Ehe, in denen es keine Firma mehr gab und deshalb auch kein gemeinsames Einkommen, hätte er ihr eigentlich gar nichts zahlen müssen. »Halt dich da raus«, sagt Martin immer, »du weißt nichts Genaues.«

Das stimmt natürlich. Ich weiß nichts Genaues. Ich weiß nur, dass meine Schwester in der Villa ihres Ex-Mannes sitzt, mitten in dem Wald, in den sie sich »verliebt« hat, dass sie nicht arbeitet und keinen Stress hat und dass sie trotzdem unglücklich ist. Und statt sich ein neues Leben aufzubauen, vergräbt sie sich noch tiefer in der Isolation, indem sie auf Technik weitgehend verzichtet, weil diese sie »unruhig« macht, wie sie sagt. Darum hat sie nach ihrem Nervenzusammenbruch letztes Jahr auch ihr Smartphone abgeschafft. Ach, und wegen der gefährlichen Strahlung, natürlich. Seitdem erreicht man sie nur noch über ihr Festnetztelefon, und selbst das fällt manchmal aus.

Das kann man schon komisch finden.

»Warum fährst du da wirklich hin?«, fragt Martin immer, aber er versteht das nicht, weil er keine Geschwister hat. Er versteht nicht, dass man sich Sorgen macht. Und auch nicht, dass es da etwas gibt, das einen zwingt, Nähe zur eigenen Familie auszuhalten, auch wenn es einem schlecht danach geht. Dass das sein muss, gerade zu Weihnachten. Dass man diese Nähe sogar selbst herbeiführt. Dass man widerwillig hinfährt, um dann zu sagen: Schön, dich zu sehen! Und: Gut siehst du aus! Und: Wir müssen unbedingt im Sommer mal, es wäre so schön, wenn wir das schaffen würden!

Auch wenn jeder einzelne Satz davon eine Lüge ist.

SUE

Es schneit da draußen.

Manchmal hört es auf damit, aber dann fängt es wieder an. Und die Tannen werden weiß und immer weißer, alles wird weiß, der ganze Wald, eiskalt und wunderschön ist es da draußen, ein Bild, das ich trinken möchte in großen, durstigen Zügen.

Der Blick aus dem Fenster ist der pure Frieden. Und hier drinnen ist es warm und gemütlich und auch wunderschön, und genauso soll es sein, denn morgen ist Weihnachten.

Ich weiß das alles deshalb so sehr zu schätzen, weil es früher anders war. Früher habe ich mich von Weihnachten packen und durch die Stresshölle und die Konsumarena schleifen lassen.

Dabei ist es so leicht. Man muss nur in die richtige Richtung blicken. In die Natur, zum Beispiel. Und in den Schnee.

Dieses Glücksgefühl, wenn ich die Tür öffne und die Kälte mir den Atem verschlägt. Dieses Glücksgefühl, mit den Stiefeln durch den harschigen Schnee zu stapfen und zu hören, wie er bricht. Dieses Glücksgefühl, danach ins warme Haus zurückzukommen und zu spüren, wie das Leben in die kalten Hände und Füße zurückkehrt.

Zu den vielen guten Dingen gehört auch die Höhenlage. Dreihundert Meter höher als vorher, in der Stadt. Jetzt spüre ich die Jahreszeiten. Im Sommer ist es warm, und im Winter liegt Schnee. So fühlt sich die Welt gleich viel richtiger an. Einem ist stets bewusst, dass die Natur bestimmte Regeln setzt, an die man sich halten muss. Dass man nicht alles selbst entscheiden kann.

Das klingt vielleicht wie eine Kleinigkeit, aber es sind ja gerade die kleinen Dinge, die wichtig sind. Oder große wie die Nadelbäume vor meinem bodentiefen Wohnzimmerfenster. Es sind überwiegend Fichten. Auf meinem Grundstück, das nahtlos in den Wald übergeht, hat der Vorbesitzer auch einige Edeltannen gepflanzt. Über solche Unterschiede habe ich mir früher gar keine Gedanken gemacht. Das hat sich verändert. Ich sehe jetzt mehr Nadelbäume als Menschen, darum denke ich mehr über Bäume als über Menschen nach.

Ich mochte Nadelbäume schon immer, aber ich wusste nie, warum.

Inzwischen weiß ich es. Tannen und Fichten sind fest und grün und ruhig. Andere Bäume sind immerfort in Bewegung, sie biegen sich im Wind, ihre Blätter flattern und rascheln ängstlich herum, und dann verändern sie sich plötzlich, geben die Blätter auf, wechseln Farbe und Form, werden trocken und hinterlassen nur diese kahlen Baumgerippe, vor denen einem gruseln könnte, wenn man ein ängstlicher Mensch wäre.

So etwas kann einem mit Nadelbäumen nicht passieren. Die sind stark und bleiben bei sich. Sie bleiben immer gleich, sie passen sich nicht an, sie bleiben stehen oder gehen unter, aber meistens bleiben sie stehen. Und sie tragen ihre duftenden grünen Nadeln mit Stolz, das ganze Jahr hindurch. Darum sehen sie auch immer gleich aus. Nur der Schnee macht einen Unterschied.

Wenn der Schnee kommt, hört man gar nichts mehr im Wald. Alle Geräusche verschluckt der Schnee, und das finde ich so schön und beruhigend.

Gestern habe ich eine Tanne von draußen ins Haus geholt. Ich habe mir Zeit gelassen, die richtige auszusuchen. Sie sollte Deckenhöhe haben, gleichmäßig gewachsen sein und schön gedrungen, das ist bei frei wachsenden Bäumen ja nicht selbstverständlich.

Ich trete in die Küche. Meine Küche ist groß und leer. Es war eine solche Erleichterung, all den Mist auszusortieren. Mein Leben war immer randvoll mit Zeug, das ich nicht brauchte, obwohl ich dachte, dass ich es brauchte. Das hätte ich eigentlich schon viel früher durchschauen müssen. Den Mechanismus kenne ich ja. Schließlich war das als Werberin jahrelang mein Beruf: Menschen dazu zu bringen, dass sie Dinge, die sie nicht brauchen, unbedingt haben wollen. Darin war ich richtig gut.

Offenbar bin ich in dieselbe Falle getappt und habe es nicht gemerkt. Geschirr für Besucher, die ich nie wirklich empfangen wollte. Milchaufschäumer und Mikrowelle, Dampfgarer und Reiskocher, obwohl ein einfacher Topf eigentlich reicht. Klamotten für die absurdesten Gelegenheiten. Handtaschen und Schuhe, die für genau die eine Kombination genau dieser Klamotten passten, für die es dann wiederum passende Ohrringe gab. All diesen überflüssigen Mist, der nur Platz wegnimmt und Staub fängt, habe ich der Caritas gegeben.

Ich will nichts Altes mehr. Ich will etwas Neues. Ich weiß nur noch nicht, was.

Es gilt ja als große Tugend, wenn man Ziele hat und sie benennen kann. Bei jedem Bewerbungs- und Mitarbeitergespräch wurde ich gefragt: Wo sehen Sie sich in einem Jahr? In fünf Jahren? In zehn? Ich habe immer gut geantwortet, weil ich wusste, was ich wollte. Immer. Ganz genau. Das war mein Kompass.

Jetzt könnte ich eine solche Antwort nicht mehr geben. Weil ich es nicht weiß. Ich habe keine Ahnung, wo und vor allem wer ich in einem Jahr sein will. Und ich finde es gut, dass ich das nicht weiß. Dafür weiß ich nämlich ganz genau, wo und wer ich nicht sein will.

Und das ist viel wert, finde ich. Deshalb mache ich jetzt erst einmal nur das, was mir wirklich Freude bereitet.

Ich trete an die Arbeitsfläche, meine drei verbliebenen Messer kleben am Magnetstreifen. Ich wähle das lange, dünne aus, es löst sich mit einem Schnappen.

ESTHER

Dicke weiße Flocken wehen durch die Luft, als ich den winzigen Ort erreiche, in dem sie wohnt. Nicht nur die Landschaft, auch der Himmel hat sich verändert. Nach dem wochenlangen Nieselregen in der Stadt kommt mir die Fahrt durch die schneebedeckten glitzernden Hügel und Wälder geradezu unwirklich vor.

Ich fahre wie in Zeitlupe durch das Dorf, in dem der Schnee offenbar nicht geräumt wird, und folge der Straße, die sich kreuz und quer durch den dunklen Nadelwald windet. Alles voller Bäume, kein Haus, kein Mensch. Wie immer verfehle ich fast die Zufahrt zum Haus meiner Schwester.

Vor einer gewaltigen Doppelgarage befindet sich ein gepflasterter Parkplatz, auf dem ein Dutzend Autos und eine Pommesbude Platz hätten. Dieses Haus hat Dimensionen, die mich immer wieder fassungslos machen. Hier könnten vier Familien leben. Oder eine Familie mit zehn Kindern und einigen Großeltern. Stattdessen lebt hier eine einzige geschiedene Frau, die inzwischen vermutlich nur noch die Hälfte ihrer selbst ist.

Ich parke und reiße die Wagentür auf. Sofort wirbeln mir die Schneeflocken entgegen. Während ich zum Haus stapfe, schlage ich meinen Mantelkragen hoch, um mich vor dem eiskalten Wind zu schützen, er ist stark geworden.

Ich klingle und lege den Kopf in den Nacken. Das Haus ist falsch hier, ein Fremdkörper. So ein quadratischer Architektenbau mit viel Glas und Beton, der vor wenigen Jahrzehnten vermutlich total modern war, aber natürlich auch damals schon nicht hierhin gepasst hat.

Meine Schwester öffnet nicht.

Ich stapfe durch den Schnee am Haus entlang und versuche, durch eines der Fenster zu spähen. Es ist ein karges Fenster, keine Sprossen, keine Gardinen, keine Lichterkette. Ich denke daran, wie es bei uns zu Hause gerade aussieht – die krummen Schneemänner, die Ella gebastelt und an Wollfäden aufgehängt hat. Zwischen den Fenstersprossen dieser künstliche Dekoschnee aus der Sprühdose, gegen dessen Verwendung Jonas lautstark protestierte, worauf wir versichern mussten, dass wir nur noch diese eine Dose leeren, weil es der Umwelt nichts nutzt, wenn wir die volle Dose entsorgen. Bei uns herrscht überall liebevolles Chaos. Für einen Augenblick überkommt mich Heimweh. Ich muss das hier schnell durchziehen. Ich muss schnell wieder nach Hause.

Ich kann durchs Fenster nichts erkennen und gehe zurück zur Haustür. Eine Windbö fegt Schnee von den Ästen einer Tanne, er landet in meinem Nacken, ich versuche, ihn mit der Hand wegzuwedeln, ehe er schmilzt. Ich drücke noch einmal auf den Klingelknopf, lange diesmal, und dann wird die Tür von innen aufgerissen, und da steht sie und starrt mich an, als wäre ich ein Geist.

Ein Jahr ist vergangen, seit ich sie das letzte Mal gesehen habe. Ein Jahr, fast auf den Tag genau. Ihr aschblondes Haar ist im Nacken zusammengebunden und sieht aus, als wäre es seit

Tagen nicht gewaschen worden. Die Schatten um die Augen zeugen von zu wenig Schlaf, natürlich ist sie ungeschminkt, und trotz des dicken Strickpullovers, den sie trägt, kann ich erkennen, wie dünn sie ist. Meine Schöne und meine Schlaue, hat Papa immer gesagt. Sie war die Schlaue.

»Hallo, Schnecke«, sage ich und trete auf sie zu. Sie lässt die Schultern unter meiner Umarmung fallen und erwidert den Druck nicht, ihre Arme hängen schlaff herab. »Ich hab dir was mitgebracht.« In meinem Nacken ist es immer noch nass und kalt, darum ziehe ich mir sofort den Mantel aus, noch ehe ich in ihrem Flur stehe. »Soll ich die Schuhe auch ausziehen?«

»Nein, lass an«, sagt sie, vermutlich nur weil sie hofft, dass ich dann schnell wieder gehe. Jetzt erst sehe ich, dass sie ein Messer in der Hand hält. Warum? Der Blick, mit dem sie mich mustert, ist gleichgültig, fast apathisch. Und dazu dieses Messer. Etwas an dem Messer macht mir Angst. Und etwas an ihr.

Ich trete an ihr vorbei ins Innere und versuche, mir mein Erschrecken nicht anmerken zu lassen. Es ist warm und stickig hier drinnen, sie muss alle Heizungen aufgedreht haben. Mit dem Mantel auf dem Arm sehe ich mich suchend um, sie macht keine Anstalten, ihn mir abzunehmen.

Ohne erkennbare Regung sieht sie mir zu, wie ich in ihre Küche trete.

Es ist eine Angeberküche, anthrazitfarbener Naturstein und Beton, um den Esstisch irgendwelche Bauhaus-Klassiker, die als Küchenmöbel wirklich nicht passen, dazu ein gewaltiger Gasherd. Alle Flächen sind gähnend leer.

Sie wirkt noch unbewohnter als eine Musterküche, denn bei der hätte ein gnädiger Dekorateur immerhin ein paar

Blumentöpfe, Bücher und Bonbongläser verteilt. Hier dagegen sind keine Bilder und Adventskalender an den Wänden, es gibt keinen Alltagskram und keine Zeitungen, die herumliegen, keine vollgekritzelten Zettel, die Einkäufe und Erledigungen anmahnen, keine Pullover, die zerdrückt auf Stühlen liegen, wo sie eben noch jemand platt gesessen hat. Nichts, das zeigt, dass jemand hier lebt.

Ich muss an unsere Küche denken, die Zeichnungen der Kinder am Kühlschrank, die Fotos von Neugeborenen, die Einladungskarten und Schulbriefe. Ich muss nachher dringend aufräumen, wie immer haben sich Bücher, Zeitschriften und Schulsachen auf den Stühlen gestapelt. Ans Fenster hat Ella Schneemänner aus Tonpapier geklebt, die sie in der Schule gebastelt hat. Bei dem Gedanken daran zieht sich etwas in mir schmerzhaft zusammen, wie gern würde ich sie jetzt umarmen und mein Gesicht in ihren Wuschelhaaren vergraben, um dort den Kleinkindgeruch zu suchen, den sie längst verloren hat und den ich doch nicht aufhören kann zu vermissen. Warum liebe ich meine Kinder immer besonders, wenn ich weg bin? Ich nehme mir vor, ganz viel mit ihr zu kuscheln, wenn ich wieder zu Hause bin. Aber vorher muss ich die Küche aufräumen. Und den Tannenbaum holen. Falls Martin das nicht schafft.

Meine Schwester steht im Türrahmen und starrt mich an, als wagte sie nicht, ihre eigene Küche zu betreten. In der Hand hält sie immer noch das Messer.

Ich frage: »Hast du gerade gekocht?«

»Nein«, sagt sie.

Ich blicke mich um in der Hoffnung, dass auf dem leeren, sauberen Küchentisch urplötzlich etwas erscheint. Aber ich sehe nichts. Dabei würde es mich so erleichtern, wenn hier

Gurken oder Pute oder sonst etwas auf einem Holzbrett liegen würden.

Denn das würde das Messer erklären. Aber da sie mir die Antwort verwehrt, muss ich die ganze Zeit daran denken, dass sie beim Öffnen der Haustür ein Messer in der Hand gehalten hat.

Ich frage mich, wen sie eigentlich erwartet hat.

Und was sie mit ihm gemacht hätte.

SUE

Gerade eben hielt ich es noch für ruhig und friedlich hier. Damit ist es jetzt vorbei. Von dem Augenblick an, in dem meine Schwester das Haus betritt, geht es nur noch darum, sie wieder loszuwerden.

»Hallo«, sagt sie und stürmt geschäftig herein. Wie immer hat sie doppelt Rouge im Gesicht, damit sie frisch und fröhlich aussieht. Die Schuhe lässt sie einfach an. Sie streift ihren Mantel ab, darunter trägt sie blickdichte Strumpfhosen und ein farbenfrohes, locker gegürtetes Wollkleid, das etwas spannt. Meist verbergen sich im Muster ihrer Kleider neckische Details, je nach Saison sind das Pinguine, Fliegenpilze, süße Füchse.

Ich gucke extra nicht hin. Die Kleider meiner Schwester sollen vorgaukeln, dass sie eine Menschenfreundin ist, dabei ist das Gegenteil der Fall. Das weiß niemand besser als ich.

Sie sieht sich stirnrunzelnd im Flur um und legt den Mantel, auf dem der Schnee zu schmelzen beginnt, einfach auf die Eichentruhe im Flur. Ich atme tief durch und folge ihr. In einem schwesterntypischen Akt der feindlichen Übernahme ist sie sofort in meine Küche eingedrungen und sieht sich dort um. Das macht mich nervös.

Ich verschränke die Arme. »Ich wusste gar nicht, dass du vorbeikommen willst. Hättest du doch vorher was gesagt.«

Was dann?, überlege ich im selben Moment. Hätte ich Kuchen gebacken? Aufgeräumt? Nein. Dann hätte ich mich ins Bett gelegt und mir die Finger in die Ohren gesteckt.

Wäre ich vorbereitet gewesen, hätte ich diesen Besuch vielleicht verhindern können. Und das ist auch der Grund, warum sie sich nicht angekündigt, sondern mich überrumpelt hat.

Denn natürlich habe ich sie in reflexhaftem Gehorsam ins Haus gelassen. Weil sie meine Schwester ist. Weil es sehr aggressiv rüberkäme, wenn ich meine einzige Schwester einfach draußen im Schnee stehen lassen würde. Warum eigentlich? Wäre das aggressiver als ihr ungebetener Besuch und ihr Einmarsch in meine Küche?

»Kochst du gerade?«, fragt sie und sieht mich merkwürdig an.

»Nein«, sage ich.

»Pute? Gurke? Hast du Gurke geschnitten?«

Jetzt geht das wieder los. Sie kann sich nicht mit mir unterhalten, ohne mir diese kleinteiligen Fragen zu stellen, Fragen, die so sinnlos sind, dass man die Antwort darauf verweigern möchte. Und wenn man das tut, wird sie aggressiv und stellt noch mehr Fragen. »Nein.«

»Ich dachte, du hättest vielleicht gerade gekocht.«

»Nein, hab ich nicht.«

»Kochst du denn?«

»Wie meinst du das?«

Sie wendet den Kopf wie eine Taube, es würde mich nicht wundern, wenn sie ihn um 180 Grad nach hinten dreht, um meine Küche besser durchsuchen zu können. »Überhaupt, meine ich. Kochst du sonst?«

Ach, das Thema wieder! Seit sie selbst zugenommen hat, also seit der Geburt von Ella, beharrt sie darauf, dass ich zu mager bin. Wenn ich jetzt sage, dass ich nicht koche, fängt sie wieder an, über mein Gewicht zu sprechen. Wenn ich sage, dass ich koche, stellt sie mir Fangfragen, weil sie mir nicht glaubt, und dann muss ich in einem irrwitzigen Quiz über Küchensachen und Zutaten gegen sie bestehen. Ich frage schnell: »Wie geht es den Kindern?«

»Gut«, sagt sie und sieht beinahe verblüfft aus, als wäre ihr ein sicher im Käscher geglaubter Fisch entwischt. »Sie freuen sich auf Weihnachten, natürlich. Aber es ist ziemlich viel Trubel mit ihnen, und dann die ganzen Vorbereitungen. Du glaubst nicht, was bei uns los ist!«

Und dann fängt sie an. Sie lässt dieses ganze belanglose Zeug heraus, von dem Menschen mit Kindern und Jobs immer zum Platzen voll sind. Krankheiten, Stress im Büro, Stress mit Einkaufen, Stress mit dem Wagen. Etwas Furchtbares mit einer Quartalsabrechnung, das Geschenk für Jonas ist nicht richtig angekommen, weil der DHL-Bote nicht geklingelt hat und es deshalb zur Hauptpost ging, aber da war es nicht, sondern woanders, im Badezimmer ist Schimmel, der Vermieter will einen Handwerker vorbeischicken, aber, und bei der Musikschulaufführung musste Ella brechen, weil …

Es ist unfassbar, was für langweiliges Zeug Familienmenschen von sich geben und wie begierig sie sind, es loszuwerden. Sie sind total wild darauf, einen unter ihrem fröhlich-bunten Alltagsschlamm zu begraben. Ich sinke auf den Küchenstuhl und lasse das alles über mich ergehen.

Hauptsache, ich sage nichts. Ich muss ganz ruhig bleiben, die Worte meiner Schwester einfach an mir vorbeiziehen lassen. Dann und wann eine nichtssagende Anwesenheitsbestätigung, damit sie mir nicht ins Gesicht patscht, um zu überprüfen, ob ich noch bei Bewusstsein bin. Genau so etwas würde sie nämlich tun. Ich muss einerseits so freundlich wirken, dass sie kein Problemgespräch eröffnet, andererseits vorsichtig sein, damit sie keine Informationen erhält, aus denen sie irgendetwas aufbauschen kann.

Als meine Schwester das nächste Mal Luft holt, sage ich »Wirklich?« und schüttle kurz belustigt den Kopf, um zu bestätigen, wie absolut irre das ist, was sie mir über ihre neurotische Katze erzählt.

Das war gut. »Ernsthaft!«, ruft sie. Jetzt erst sehe ich, dass an ihren Ohren kleine Christbaumkugeln baumeln. »Ich wollte es auch nicht glauben. Natürlich ist es für eine reine Wohnungskatze …«

»Wirklich?«, frage ich gleich noch einmal.

Ich muss das einfach noch ein bisschen aushalten. Das ist ja keine unerfüllbare Aufgabe. Zehn Minuten mit meiner Schwester in der Küche sitzen, dreimal lächeln, dreimal nicken, dreimal »Wirklich?« sagen. Und dann ist es überstanden, optimistisch gedacht habe ich dann ein Jahr Ruhe vor ihr.

Solange sie nichts fragt, kann ich nichts falsch machen. Also lasse ich sie reden. Ich schließe ganz kurz die Augen.

Das geht natürlich nicht, sie unterbricht ihren Redeschwall. Wenn ich meiner Schwester nicht mit der gebührenden Aufmerksamkeit zuhöre, wird das sanktioniert. Sofort.

»Du sieht gar nicht gut aus, fühlst du dich wohl?«, fragt sie und betrachtet mein Gesicht so forschend wie davor die Küche.

»Doch«, antworte ich und versuche, möglichst interessiert und normal zu gucken. Ich hätte mich gar nicht erst setzen sollen, das war der Fehler, ich begreife es zu spät. Damit habe ich signalisiert, dass wir jetzt gemeinsam in dieser Küche bleiben. Ich hätte stehen bleiben müssen, damit sie versteht, dass sie verschwinden soll. Ich will aufstehen, aber das kommt mir jetzt auch komisch vor. Wovon hat sie gerade gesprochen? Etwas über die Handwerker? Die durchgedrehte Katze?

Wenn mir jetzt eine treffende Frage einfällt, etwas, das sie gedanklich geradewegs zurückschickt zu ihrer Musikschulaufführung oder in die Postfiliale, dann lässt sie mich vielleicht in Ruhe.

Aber mir fällt nichts ein.

Mir fällt nie etwas ein.

ESTHER

Ich brauche einen Kaffee. Mein letzter ist zwei Stunden her, das merke ich inzwischen. Ich brauche bis zum Mittag jede Stunde einen, aber in dieser Küche ist weit und breit keine Kaffeemaschine zu sehen oder zu riechen. Dabei sieht meine Schwester aus, als könnte ihr ein Kaffee auch nicht schaden.

Sie kauert auf dem Stuhl und wirkt fast wie unter Drogen. Vielleicht sind das ihre Beruhigungsmittel. Es ist ein verstörender Anblick. Auf der anderen Seite ist es natürlich gut, wenn sie ihre Tabletten nimmt.

Jedenfalls ist sie nicht normal. Alles, was sie mühsam hervorbringt, ist »Wirklich?«. Mehr nicht.

Vielleicht tut ihr auch weh, was ich erzähle. Wenn sie von unserem Leben hört, muss sie sich noch einsamer fühlen als eh schon. Ich will mir gar nicht vorstellen, wie sie hier Weihnachten verbringt. Ihre einzige Gesellschaft die Erinnerungen daran, wie es mal war, als sie Robert noch hatte. Die Ahnung, wie es hätte sein können, wenn sie mit ihm eine Familie gegründet hätte. Die Selbstvorwürfe, dass sie alles hatte und es dann zerstört hat, für nichts und wieder nichts. Und ich kann nichts für sie tun, im Gegenteil, ich muss Abstand wahren und daran denken, was meine Aufgabe ist: rechtzeitig zurück sein, um den Baum zu holen. Und dann mit meiner eigenen

Familie feiern. Wenn ich sicher sein kann, dass hier alles in Ordnung ist. Und das ist es.

Oder?

Kann ich davon ausgehen, dass es ihr gut geht, wenn sie nichts anderes von sich gibt als »Wirklich«?

Ich hatte vor, ihr das Geschenk zu geben, einige Worte zu wechseln und dann schnell wieder zu fahren. Aber wenn ich sie so vor mir sehe, werde ich unruhig.

Etwas stimmt nicht mit ihr.

Sie ist komisch. Noch mehr als sonst.

Als ich spreche, ist meine Stimme etwas heiser. »Soll ich uns Tee machen?«

Sie zuckt erst unschlüssig die Achseln und nickt dann. Für einen Moment kann ich wieder das kleine Mädchen in ihr sehen. Sie sieht so zerbrechlich und verloren aus, wie sie da unschlüssig den Rücken durchdrückt und wieder rund macht, als wüsste sie nicht, ob sie aufstehen soll oder nicht. Dies ist ihre eigene Küche! Ich würde sie am liebsten anschreien: Du wohnst hier! Sag mir, dass ich mich setzen soll, und dann koch Kaffee, wie sich das gehört, damit wir die Sache hier schnell hinter uns bringen können! Damit ich nicht befürchten muss, dass du gleich umkippst oder in Tränen ausbrichst! So ein winziges bisschen Stabilität wirst du doch wohl hinkriegen, zehn Minuten nur, dann verabschiede ich mich und kann beruhigt wieder fahren!

Aber sie sitzt weiter nur da und guckt in die Luft.

Genau mit diesem Gesichtsausdruck stand sie damals auf dem Schulhof. Unsere Grundschule war ein grauer Kasten, der in irgendeiner Projektwoche mit bunten Kindern bemalt worden war, die einander an den Händen hielten. In der Nische neben den Toiletten drückte sich immer meine Schwester herum und bemühte sich, das Kichern und Tuscheln der anderen zu ignorieren. Ihre schmalen Füße kippelten in diesen Plastiksandalen, die wir damals so cool fanden. Sie wagte kaum, ihre neuen Mitschüler anzusehen, die in einer bunten Gruppe herumalberten und Lachsalven in die Luft feuerten.

Ich ging zu ihr. »Alles okay, Schnecke?«, habe ich gefragt.

»Na klar«, antwortete sie, aber ihr Blick sagte das Gegenteil.

Wenn ich an das kleine Mädchen von früher denke, überschwemmt mich sofort wieder dieses Mitleid. Sie hat den ganzen Mist mit unseren Eltern schon damals nicht so gut weggesteckt wie ich, obwohl ich mich so sehr bemüht habe, sie zu beschützen. Kein Wunder, dass sie auch jetzt nicht gut funktioniert, wo ihr Leben schon wieder vom normalen Weg abgeknickt ist.

Und auch kein Wunder, dass sie die Rolle der Gastgeberin nicht beherrscht. Ob sie es überhaupt schafft, sich selbst Tee zu kochen? Es sieht nicht so aus. Ich seufze. »Welchen möchtest du denn trinken?«

Sie antwortet nicht, und ich trete an den Küchenschrank. Er ist nur halb voll und penibel sortiert, ich verdränge den Gedanken an meinen eigenen: Wenn ich da die Schranktür öffne, fällt mir manchmal sogar etwas entgegen, eine Schachtel, die ich auf die angebrochenen Zuckertüten gestapelt habe, oder der Süßstoffspender, den ich morgens im Halbkoma zurück in den Schrank stopfe, damit Ella ihn später nicht zerlegt, wie sie es schon mehrfach getan hat. Der Warnhinweis, dass der übermäßige Verzehr von Süßstoff abführend wirkt, sollte übrigens ernst genommen werden. Schon zweimal hatte Ella schlimmen Durchfall, nachdem sie sich heimlich mit dem Süßstoffspender unter den Küchentisch verzogen und dort

Tablette um Tablette hinuntergeschlungen hatte. Es ist mir schleierhaft, wie sie das geschafft hat, ohne würgen zu müssen, es gibt nichts Ekligeres als Süßstofftabletten pur – Martin und ich haben sie damals sogar probiert, kopfschüttelnd, weil wir nicht glauben konnten, dass unsere Tochter diese Dinger wirklich gegessen hatte.

Im Schrank meiner Schwester gibt es natürlich keinen Süßstoff. In Reih und Glied stehen da saubere Schraubgläser mit Zucker, Salz, Reis und Mehlsorten in verschiedenen Schattierungen. Der Kontrast zu unseren vielen bunten Schachteln und Tüten mit Fertiggerichten, Süßigkeiten, Müsliriegeln und asiatischen Gewürzmischungen könnte nicht größer sein. Man könnte meinen, hier lebt ein gesundheitsbewusster Mensch, der sich Zeit nimmt, für sich selbst ausgewogen zu kochen. Leider sieht meine Schwester danach nicht aus. Ich öffne die andere Schranktür und finde immerhin eine stattliche Anzahl Pappschachteln mit Tee. »Melisse? Lavendel? Roibusch?«, frage ich so munter wie möglich. Dann fülle ich Wasser in den Kocher und stelle ihn an.

Meine Schwester reibt sich die Augen. »Roibusch.«

»Mit Milch?« Ich öffne den Kühlschrank. Er ist fast leer, in der Tür steht eine einsame Tüte Hafermilch.

»Nein«, sagt sie scharf.

Ich setze mich zu ihr an den viel zu großen Küchentisch. Er ist sauber und leer, ebenso wie die vier Freischwinger, die um ihn platziert sind. Ich denke an unseren Küchentisch, an dem wir essen, trinken, Zeitung lesen, spielen. Ich merke, wie die Leere hier mich deprimiert.

Ich sage: »Ich musste gerade daran denken, wie das an der Schule war. Erinnerst du dich noch an diese gelben Plastiksandalen?«

»Hm?«

»Wir hatten sie im Urlaub in Rimini bekommen und fanden sie total cool. Du wolltest sie danach gar nicht mehr ausziehen.«

»Keine Ahnung.«

»Doch, wirklich. Im Herbst hast du sogar Strümpfe dazu angezogen, damit du sie weiter tragen kannst.«

Der Wasserkocher gibt ein dunkles Brausen von sich, das langsam lauter wird. Sie nickt zögernd. Ich sehe das kleine Mädchen vor mir, wie sie kippelt mit den gelben Sandalen. Sie hat rosa Nagellack auf den Zehen, den ich ihr aufgetragen habe. Den Nagellack habe ich unserer Mutter stibitzt und dann nicht gewagt, ihn selbst zu benutzen, weil ich nicht auffliegen wollte. Aber meine Schwester war ganz aufgeregt, als ich mit dem schmalen Pinsel vorsichtig ihre Zehennägel angemalt habe, mit angehaltenem Atem hat sie gewartet, bis er ganz trocken war.

Und jetzt sitzt sie mir gegenüber und hält schon wieder den Atem an, aber diesmal ohne Nagellack und ohne freudige Erregung. Da ist nur Angst, merke ich. Meine Schwester hat Angst.

Wovor?

Der Wasserkocher hat aufgehört zu sprudeln und sich mit einem Klicken ausgeschaltet. Ich nehme zwei Teebeutel aus einer Schachtel und stelle die Keramikbecher vor uns. Wenn wir bei mir wären, würde ich die Plätzchendose vom Kühlschrank nehmen und Kokosmakronen und Nusstaler auf einem Teller arrangieren, auch die unvermeidlichen, etwas schiefen Engel und Tannenbäume, die die Kinder ausgestochen und mit Tonnen von bunten Streuseln bestreut haben.

Warum habe ich nicht daran gedacht, meiner Schwester eine Dose Weihnachtsplätzchen mitzunehmen? Es mag naiv sein zu glauben, dass selbst gebackene Plätzchen ein bisschen Farbe und Wärme in ihr stilles, düsteres Leben bringen, ja, klar ist das naiv, vermutlich sogar anmaßend, aber es wäre immerhin eine Geste gewesen. Ich ärgere mich über mich selbst. Ich hätte ein bisschen mehr nachdenken können, mich besser vorbereiten. Aber wann? Irgendwo fehlt die Zeit immer. An allen Enden. Vor allem zu Weihnachten.

Wieder fällt mir die Sache mit dem DHL-Paket ein. Es ist praktisch unmöglich geworden, Jonas etwas zu schenken, die Zeiten, in denen er mit Playmobil und Lego zu beglücken war, sind lange vorbei. Jetzt wünscht er sich nur Geld. Zu seiner Enttäuschung haben Martin und ich beschlossen, einem 13-Jährigen keineswegs nur Geld zu schenken. Um uns diese Entscheidung möglichst schwer zu machen, hat Jonas sich sehr angestrengt, sich keinerlei Wunsch anmerken zu lassen. Er spielt die ganze Zeit Computer, und zwar online, aber wir wissen meist noch nicht einmal, was er spielt. Nachfragen blockt er ab. In letzter Sekunde bin ich auf die Idee gekommen, seinen Browserverlauf zu checken, und dadurch kam ich darauf, ihm einen Kapuzenpulli mit dem Logo von *League of Legends* zu bestellen. Kein wirklich tolles Geschenk, aber immerhin wird er beim Auspacken nicht die Augen verdrehen.

Teenager sind so ein undankbares Volk!

Schwestern auch.

SUE

Die Lebenswelten von meiner Schwester und mir sind einfach nicht miteinander vereinbar. Seit ich allein lebe, treten die Unterschiede noch deutlicher zutage. Denn seit ich den ganzen überflüssigen Kram entsorgt habe, der einem alle Energie raubt, sehe ich nur noch das, was wichtig ist. Das sind bei mir die kleinen Dinge.

Die Schneeflocken an der Fensterscheibe, zum Beispiel. Schneeflocken sind Wunderwerke der Physik. Es ist nicht besonders originell, sie dafür zu bewundern, und doch überwältigt mich so etwas immer aufs Neue, ebenso wie der erste Morgen nach plötzlichem Schneefall, wenn die ganze Welt da draußen plötzlich verzaubert und verlangsamt erscheint.

Ich frage mich, warum Weihnachten eigentlich mit so unpassenden Motiven gefeiert wird. Wer hat bitte die Bildsprache dafür entwickelt? Glubschäugige Rentiere, rotwangige dicke Weihnachtsmänner, dazu blinkende Lichterketten – es ist bunt und aufdringlich und falsch. Es passt nicht zu dem Gefühl, das einem eigentlich verkauft werden soll. Ebenso wie dieses kitschige Geschenkpapier, das es überall zu kaufen gibt, von dem Glitzer herabrieselt und das vermutlich zu giftig fürs Altpapier ist.

Wie anders hingegen ist diese Ruhe, die eine echte Schneeflocke mit sich bringt! Ganz unaufdringlich, obwohl sie Wunderbares leistet: Winzige Wassertropfen sortieren sich im freien Fall blind zu sechseckigen Strukturen und explodieren dann geradezu vor Einfallsreichtum, um eine unendliche Fülle von Formen zu bilden. Sie sind alle gleich und doch total verschieden. Ist das nicht unglaublich? Genau diese Balance zwischen Allgemeinverständlichkeit und Individualität habe ich selbst jahrelang versucht in meinen Kampagnen zu treffen – den perfekten Kompromiss für den größtmöglichen Impact. Ich war in meinem Job in der Agentur immer erfolgreich, aber eine solche Perfektion habe ich nie erreicht.

Diesen Zusammenhang zwischen Werbung und Schneeflocken sehe vermutlich nur ich, aber das ist mir egal. Es ist eine Erleichterung, statt für Kunden, die mir ohnehin nicht folgen können, nur noch für mich selber denken zu müssen.

Man sollte das Wunder der Weihnachtsgeschichte ruhig mal gegen das Wunder einer Schneeflocke aufrechnen.

Ich bemitleide meine Schwester für diese unfassbaren Mengen an Selbstgebasteltem, hässlicher Deko und Polyacryl-Weihnachtspullovern. All dieser Kram, der ständig weggeräumt, aufgehängt, gewaschen, gespült und gestopft werden muss. Das bindet so viel Energie, die ich für so was niemals hergeben würde.

Ich verurteile ihr Leben nicht. Aber es ist einfach nicht meins. Ich habe gern Platz um mich, habe gern meine Ruhe.

Das ist aber nicht der einzige Grund, warum ich wünschte, dass sie endlich verschwindet.

ESTHER

Der Tee dampft.

»Erzähl, wie geht es dir so?«, frage ich entschlossen.

»Ganz gut.«

»Und, freust du dich auf die Feiertage? Was hast du so vor?« Darf man das eine Alleinstehende überhaupt fragen?

Sie senkt den Kopf, zögert und sagt: »Die Ruhe genießen.«

»Ich hab ja ehrlich gesagt gar keine Vorstellung davon, was du gerade so alles machst. Hat sich inzwischen etwas getan?«

»Getan?«

»Na, ich meine jobmäßig.«

»Nein.«

»Und wie geht das jetzt weiter?« Ich bemühe mich um einen ganz lockeren, unbefangenen Tonfall und finde, dass der mir auch gelingt. Ruhige Tage? Sie freut sich auf ruhige Tage? Auf Erholung von der Zeit, in der sie hier allein rumsitzt und die Wände anstarrt, während normale Menschen sich den Arsch aufreißen, um den Spagat zwischen Büro, Supermarkt, Musikschulaufführungen und Haushaltspflichten so halbwegs hinzubekommen?

»Das weiß ich noch gar nicht so genau.« Sie nimmt ihre Tasse und setzt an, dann zuckt sie zusammen und stellt die Tasse wieder ab.

Und du warst Papas Schlaue?, will ich schreien. Stattdessen sage ich: »Ich kann mir vorstellen, dass es schwierig ist, sich umzuorientieren. Aber es wäre sicher gut für dich, wenn du dir neue Herausforderungen suchst. Arbeit lenkt ja auch gut ab.«

»Wovon?«, fragt sie.

»Wie bitte?«

»Wovon? Du hast gesagt, dass Arbeit ablenkt. Da frage ich mich, wovon. Wovon lenkt deine Arbeit dich denn ab?«

Ich bin so überrascht von ihrem plötzlichen Interesse an unserem Gespräch, dass ich beinahe den Faden verliere. »Na, von all den Kinkerlitzchen, die sowieso nicht wichtig sind. Da ist es ja ganz gut, wenn man abgelenkt ist. Sonst nimmt man die viel zu ernst.«

»Na dann«, sagt sie und starrt ihre Tasse an.

Ich nehme einen Schluck Tee, er schmeckt grauenhaft gesund. Ich sehne mich nach Kaffee. Ich sehne mich nach zu Hause. Ich sehne mich danach, hier wegzukommen.

Ich greife nach meinem Handy. Es ist 11.20 Uhr. Was, schon? Ich unterdrücke einen Fluch. Das ist diese Landstraße. Die hat mich aufgehalten. Ella müsste gleich aus der Schule kommen. Und Jonas auch. Wieder muss ich an seinen Turnbeutel denken. Ich tippe:

Hast du an den Turnbeutel gedacht?

Dann fällt mir ein, dass Jonas in der Schule sein Handy ausgeschaltet hat. Also schicke ich dieselbe Nachricht noch mal an Martin und noch eine hinterher:

Hast du ihn erinnert?

Ich sehe Pünktchen tanzen, das ist Martin, der eine Antwort schreibt. Es ist eine körperliche Erleichterung, diese

Pünktchen tanzen zu sehen, sie zeigen an, dass ich noch mit der Welt da draußen verbunden bin.

Aye-Aye, Sir!

Ich muss lächeln.

Wie geht's ihr?

Darauf weiß ich nichts zu antworten, ich sehe rüber zu meiner Schwester, die noch immer auf die Tasse starrt. Ich tippe »Na ja«, aber plötzlich ist die Verbindung weg. Kein Netz. Ich blicke auf, und plötzlich sieht meine Schwester mich an, mit weit aufgerissenen Augen.

»Ist hier wieder kein Empfang?«, frage ich.

Sie zuckt die Achseln. »Keine Ahnung.«

»Ich könnte das ja nicht.«

»Ich habe ja das normale Telefon. Das reicht mir. Wobei auch das gerade kaputt ist.«

»Aber vermisst du kein Internet?«

»Manchmal.«

»Ich würde es keinen Tag aushalten ohne Internet.«

»Ja, das kann ich mir vorstellen.«

Wir schweigen. Und ich weiß, dass das ein guter Moment wäre, um aufzustehen und sich zu verabschieden.

»Warum bist du eigentlich hier?«, sagt sie schließlich, es klingt etwas gepresst.

»Na, um dir dein Geschenk zu bringen!«, rufe ich aus und greife nach meiner Handtasche. Zuerst stelle ich die Flasche auf den Tisch.

»Ein Riesling von der Mosel«, sage ich. »Von einem total verrückten Winzer. Den trinken wir gerade besonders gern. Für morgen Abend, weißt du.« Dann sehe ich das Etikett und stutze. Es ist der falsche Wein. Martin hat den falschen Wein hochgeholt. Nun, für meine Schwester dürfte das egal sein.

Aber sie zuckt ohnehin nur die Achseln.

Dann ziehe ich das Geschenk hervor. Das Kräuselband ist etwas zerknickt und außerdem viel zu lang, Ella ist immer so verschwenderisch, aber das macht nichts, man sieht, dass ein Kind dieses Geschenk eingepackt hat. Mit viel Liebe. Und noch mehr Geschenkband. Ich lege es zwischen uns auf den Tisch und bin gespannt, ob sie registriert, dass die Verpackung von Ella kommt. Doch statt zuzugreifen, verschränkt sie die Arme. »Wir hatten doch gesagt, dass wir uns nichts schenken«, sagt sie.

Das ist nicht wahr. Sie hat das zwar gesagt, aber ich habe erwidert, dass ich ihr selbstverständlich etwas schenke, weil sie schließlich meine Schwester ist. »Es ist nur eine Kleinigkeit, wirklich. Na los, pack es aus!«

Sie macht keine Anstalten, das Geschenk zu öffnen.

Wieder muss ich an diesen Urlaub in Rimini denken. An das Eis. Und den Nagellack. Ich sehe vor mir, wie sie angespannt die Luft anhält, als ich das Fläschchen aufschraube. Die Ungläubigkeit, dass ich, die Große, meinen Schatz tatsächlich mit ihr teilen will. Ihren Stolz. Und jetzt sitzt sie mir gegenüber und will nicht einmal das Weihnachtsgeschenk auspacken.

Wie kann ein Mensch aus so etwas ein Problem machen? Ich denke daran, was Martin gesagt hat: »Vielleicht ist sie ja ganz stabil.« Von wegen. Sie ist noch nicht einmal normal genug, um dieses Geschenk auszupacken und ein paar vernünftige Sätze mit mir zu wechseln. Ich wünschte, es wäre so einfach wie früher, mit ihr in Kontakt zu treten. Ihre große Schwester zu sein. Ich wünschte, ich müsste dafür nichts weiter tun, als unserer Mutter ein Fläschchen rosa Nagellack zu klauen und ihre winzigen braun gebrannten Zehen damit zu bemalen.

Unvermittelt frage ich: »Weißt du noch, der rosa Nagellack?«

»Was? Nein.«

»In Rimini. Als wir in dieser Ferienwohnung waren, wo es im Bad so schrecklich nach Schimmel gerochen hat. Da habe ich Mama den Nagellack geklaut und dir die Zehen angemalt. Du warst total stolz.«

»Und?«

»Da musste ich eben dran denken. Wie das damals war.« Ich muss mich räuspern. »Das war schön, damals. Wir beide. Mir fiel eben ein, wie süß du ausgesehen hast mit den gelben Sandalen und diesem Nagellack.«

Sie sieht mich an, dann glitzert etwas in ihren Augen. Sie richtet sich auf und sagt gehässig: »Ich hab den nicht gewollt. Ich fand den gar nicht schön.«

Es ist nur ein kleiner Pfeil, aber er trifft mich. Ich muss an das kleine Mädchen denken, das mich so dankbar angesehen hat. Ich weiß genau, dass das nicht stimmt, was sie sagt. Aber ich darf jetzt nicht mit ihr streiten, sie ist nicht in der Verfassung für Streit. Also sage ich ganz ruhig: »Oh, das tut mir leid. Hättest du doch etwas gesagt.«

Meine Schwester steckt voller Lügen. Es sind keine großen Lügen, es sind lächerliche kleine Dinge, die aber alle dasselbe Ziel haben. Sie entstellen die Realität in ihrem Sinne, lassen sie wie das Opfer aussehen, lenken von all ihren Privilegien ab – ihrem Reichtum, ihrer Freiheit, von alldem, was Menschen für sie tun, unablässig. Mein Schwager hat sich die Beine ausgerissen für sie, aber meine Schwester ist ein Fass ohne Boden, ein gieriger Schlund. Das weiß niemand besser als ich. »Unsere Kleine«, hat meine Mutter immer gesagt, »wir müssen Rücksicht nehmen. Du musst auf sie aufpassen.«

Aber egal, was ich tue, es ist nie genug.

Sie blickt auf die Weinflasche. Wieder ist dieser Vorwurf in ihrem Blick. Statt sich dafür zu schämen, dass sie nicht mal ein kleines Verlegenheitsgeschenk für mich hat, straft sie jetzt die Weinflasche mit Missbilligung.

»Pack doch aus«, sage ich und weise auf das Geschenk. Und denke: Bitte schnell, damit ich gehen kann.

Sie dreht das Geschenk langsam in ihren Händen. Unter dem blauen Papier steckt ein Taschenbuch, eine Familiengeschichte zu Kolonialzeiten in Indien, etwas, das nicht als Anspielung verstanden werden kann. Und dann das Format: Ich habe extra ein Taschenbuch gekauft, eine Kleinigkeit, damit sie sich nicht unter Druck gesetzt fühlt, falls sie wieder nichts für mich hat. Genauso ist es ja gekommen – was mich enttäuscht, aber ich muss gestehen, dass ich das inzwischen gar nicht mehr erwarte.

Ich habe das Buch nicht im Buchladen einpacken lassen, weil ich deren Motivpapier (grüne Tannen auf cremefarbenem Hintergrund) unpassend fand, es erinnerte mich an den Wald, in dem meine Schwester lebt. Und statt unser Geschenkpapier zu nehmen, von dem wir viele Rollen im Drogeriemarkt gekauft haben, habe ich mich für das hochwertigste aus dem Schreibwarenladen entschieden: dickes hellblaues Papier mit glitzernden Schneeflocken. Ella hat bewundernd mit ihrem kleinen Zeigefinger die hochgeprägten Flocken nachgespürt und »Blindenschrift, oder, Mama?« gerufen. Und dann hat sie erstaunt gefragt: »Ist Tante Schnecke blind?«

Auch die Kinder haben ihre Tante seit einem Jahr nicht gesehen, seit letztem Weihnachten, und alles, was sie vermutlich indirekt über Martin und mich mitbekommen – sorgenvolle Mienen, gedämpfte Stimmen –, lässt offenbar durchaus so etwas zu wie die Mutmaßung, dass ihre Tante blind sein könnte.

Das ist sie nicht. Und irgendwie ist sie es doch, ja, eigentlich ist sie genau das.

Sie starrt auf das eingewickelte Buch, als wollte sie die Schneeflocken zählen, und sie sieht nicht, was dieses Geschenk bedeutet. Dass es mein Versuch ist, den Faden zwischen uns nicht ganz abreißen zu lassen, das kann sie nicht sehen.

Und plötzlich weiß ich, dass sie es nicht auspacken wird. Weil sie nichts Gutes annehmen kann. Sie kann einfach nicht. Und sie tut mir unendlich leid. Sie ist meine Schwester, und ich liebe sie. Ich will sie retten, das wollte ich immer schon. Aber sie trägt ihren stacheligen Panzer und wehrt alles Gute ab.

Schon als kleines Mädchen hat sie sich beklagt, dass niemand sie liebt und niemand sie beachtet, aber wehe, ich tue es. Wehe, ich lackiere ihre Zehennägel, wehe, ich will ihr Rollschuhfahren beibringen, wehe, ich erzähle ihr abends Geschichten. Wehe, ich besuche sie am Tag vor Heiligabend und schenke ihr etwas. Dann tut sie alles, um das ins Gegenteil zu verkehren.

Sie hat entschieden, dass alles schlimm ist und schlimm bleiben muss, seit Jahren schon arbeitet sie unablässig an ihrem Untergang.

Den ich verhindern muss.

Denn das ist meine Aufgabe als große Schwester: Ich muss verhindern, dass meine kleine Schwester untergeht.

Und auch, dass sie andere mit sich reißt.

Darum bin ich hier.

In meine Gedanken hinein sagt sie: »Ich hab den nicht gewollt. Ich fand den nicht schön und er hat gestunken. Und außerdem hatte ich Angst, dass Mama schimpft.«

»Bitte was?«

»Ich wollte das nicht. Ich habe gesagt, dass ich das nicht will. Mehrfach habe ich das gesagt. Du hast mir nicht zugehört.«

Ich lächle sie an. Ich darf das nicht persönlich nehmen. »Pack es doch erst mal aus. Ich kann es auch umtauschen, wenn es dir nicht gefällt.«

Sie schüttelt den Kopf. »Den Nagellack. Ich hab es gesagt.«

»Ach so, ich dachte, du meinst das Buch.«

Sie sieht mich an. »Das auch.«

Ich weiß, dass sie mir wehtun will. Aber ich bin die Große. Ich kann das aushalten. Es ist mir nicht egal, wenn sie so zu mir ist. Aber es ist besser als das, was passiert, wenn ich die Dinge einfach laufen lasse.

Denn ich weiß, was passieren kann.

Ich erinnere mich noch viel zu gut an alles. An das Blaulicht, die Sirene, die Sanitäter.

Wie soll ich das vergessen?

SUE

Ich kann mir hundertmal sagen, dass ich mich nicht von ihr provozieren lassen darf. Ich kann es vermutlich auch aufschreiben. Ich kann es mir auf die Wände schreiben oder auf die Innenseite der Augenlider tätowieren:

ICH DARF MICH VON MEINER SCHWESTER NICHT PROVOZIEREN LASSEN!

Ich werde trotzdem nie lernen, das umzusetzen. Irgendwie gelingt es ihr immer wieder, mich auszutricksen.

Es ist die Lebensaufgabe meiner Schwester, die Aufmerksamkeit von Menschen zu erlangen, die ihr eigentlich keine geben wollen. Situationen unter Kontrolle zu bekommen, die sie eigentlich nichts angehen.

Und bei mir fällt es ihr besonders leicht, weil wir diese familiäre Vorgeschichte haben. Meine Abwehr durchstößt sie mit Leichtigkeit, und das genießt sie. Für Außenstehende mag das alles harmlos aussehen, nach Kleinigkeiten. Aber bei meiner Schwester ist nichts Zufall, und Kleinigkeiten sind eben keine Kleinigkeiten. Im Gefüge einer kaputten Schwesternbeziehung sind Taschenbücher Degen und eine Weinflasche ist eine Kanone. Oder so.

Diese Sache mit dem Wein ist ein gutes Beispiel.

Nicht nur, dass sie ein Geschenk als Vorwand benutzt, um

sich Zutritt zu meinem Haus zu verschaffen, obwohl ich ihr bei jeder Gelegenheit sage, dass sie nicht einfach so kommen soll, nein, sie wählt dafür auch noch etwas, von dem sie genau weiß, dass ich es ablehne, und dafür wiederum muss ich mich dann bedanken, sonst bin ich in ihren Augen nicht normal.

Zehn Minuten mit meiner Schwester, und schon bin wieder ich ihre Geisel, und sie malträtiert mich ohne Gnade: »Was ist los? Du hast so abgenommen, isst du? Isst du sicher? Geht es dir nicht gut?«

Trotzdem versuche ich, ganz ruhig und bei der Sache zu bleiben. Darum sage ich ganz neutral: »Das hier ist Salbeitee.« Ich habe es schon am Geruch erkannt, als sie die Tasse vor mich gestellt hat. Und auch das ist typisch.

Sie lächelt. »Wirklich? Ich hab mich schon gefragt, was das ist. Er schmeckt scheußlich.«

»Du hast ihn gemacht!«

Sie runzelt die Stirn und dimmt die Lautstärke. Das ist die Stimme, die sie für Kinder und Kranke reserviert hat. »Na hör mal, er stand in deinem Schrank.«

»Ja klar. Aber – nur, damit du verstehst, worum es hier geht. Du hast gefragt, welchen Tee ich will. Die Schachteln standen vor dir. Ich sage Roibusch. Und du gibst mir Salbeitee.«

»Und?«

»Das ist nur ein Beispiel. Ich sitze hier in meiner eigenen Küche mit Tee, den ich nicht wollte, und muss dafür auch noch Danke sagen.«

Sie steht auf. Alles an ihr ist die Große, die Rücksicht nimmt auf ihre gestörte Schwester. Sie ist die Gute, die sich kümmert und sich plagt und die dabei ungerechterweise nur Undank erntet, und dennoch beklagt sie sich nicht, das würde sie niemals tun.

Sie sagt: »Ich mache dir neuen Tee. Sorry.«

»Nein, vergiss es.«

»Doch, kein Problem.«

Unerbittlich dreht sie das Wasser auf und füllt den Wasserkocher erneut, dann stellt sie ihn an. Wir lauschen der Stille, warten auf das aufkommende Brausen. Es wird dauern, bis das Wasser kocht. Dann wird es dauern, bis der Tee gezogen hat. Dann wird es dauern, bis er auf Trinktemperatur abgekühlt ist. Und dann wird es dauern, bis wir ihn getrunken haben. Und während der ganzen Zeit wird sie hierbleiben, und ich muss aufpassen, was ich sage.

Ich merke, wie Panik in mir aufsteigt.

»Ich will gar keinen neuen Tee, wirklich nicht!«

Aber ich sitze in der Falle. Ich habe den Tee reklamiert und ihr damit die Chance gegeben, mich eine halbe Stunde länger zu bearbeiten. Ich habe alles falsch gemacht. Ich bin selbst schuld.

Ich vermute, sie triumphiert innerlich. Sie steht auf und legt beide Handflächen auf den Tisch, es sieht aus wie eine mysteriöse Yogaübung. »Beruhig dich. Alles ist gut.« Sie zieht die Vokale in die Länge. In ihrer Stimme liegt etwas, das mich wahnsinnig macht, das mich schon immer wahnsinnig gemacht hat. Es ist die Stimme einer Krankenschwester, die einen rebellierenden Patienten beruhigt. Es ist die Stimme der Vernunft, die es wieder so dreht, als wäre ich irgendwie bekloppt.

»Ich bin ruhig!«

»Alles ist gut.«

Guuuut.

»Ich will dir nichts Böses. Wir trinken nur eine Tasse Tee zusammen, okay? Roibuschtee, ganz so, wie du wolltest.«

Ich schließe die Augen und schüttle den Kopf. Es läuft vollkommen falsch. »Hör mir zu. Bitte. Ich habe das mit dem Tee nicht gesagt, weil ich mich beschweren wollte. Ich will auch gar keinen Roibuschtee. Ich will nur, dass du verstehst, was ich meine. Darum geht es. Das ist genau das, was ich immer meine.«

Meine Stimme ist viel zu hoch und viel zu spitz, ich merke selbst, dass das nicht überzeugend klingt, und ich spüre, wie gestresst ich bin.

Ein Tosen schwillt an, das ist nur der Wasserkocher. Er wird immer lauter.

Genauso kocht es auch in mir hoch. Das Geräusch passt genau, ich konzentriere mich auf das Wasser im Kessel.

»Es tut mir leid, stimmt, ich hätte gleich Roibuschtee machen sollen.«

Ihre Stimme ist beruhigend, sie gurrt und schnurrt, wenn ich mich jetzt hier hinlegen und mich ihr einfach ergeben würde, wäre alles gut, das weiß ich plötzlich. Ich klappe den Mund zu und beschließe, nichts mehr zu sagen, sondern alles einfach auszuhalten, bis sie geht. Ohne Widerrede und Gegenwehr. Irgendwann wird sie gehen. Muss sie ja. Sie kann hier ja schlecht einziehen.

Das Rauschen ist jetzt ohrenbetäubend, dann schaltet sich der Wasserkocher mit einem hörbaren Schnappen aus. Zielsicher gießt sie einen Schwall brodelndes Wasser in eine neue saubere Tasse und hängt einen Teebeutel hinein. Sie stellt die Tasse vor mich.

Ich wage kaum zu riechen. Was, wenn es wieder Salbei ist? Ich halte für möglich, dass sie mich prüfen will. Das wäre so eine typische Nummer von ihr. Sie setzt mir zum zweiten Mal den falschen Tee vor, einfach nur um mich ihre Macht spüren zu lassen.

Vorsichtig atme ich ein.

Salbei.

Eindeutig.

Der Geruch ist ein Rammbock, der die Tore meiner Abwehr aufstößt und mich wimmern lässt.

»Was ist los?«, ruft meine Schwester scheinheilig.

»Nichts«, flüstere ich. Ich atme tief durch. »Danke«, sage ich. Nicht weil ich dankbar bin. Sondern weil das die normale Antwort ist. Ich werde mich ganz normal verhalten. Damit sie schnell wieder geht.

»Ist wirklich alles in Ordnung?«, fragt sie.

»Ja, klar.«

»Du kommst mir so abwesend vor. Komm, trink einen Schluck Roibuschtee.«

Ich zucke zusammen wie unter einem Peitschenhieb, aber folgsam setze ich die Tasse an und trinke. Es schmeckt tatsächlich wie Roibuschtee. Ich betrachte unauffällig den kleinen Zettel am Teebeutel – Roibuschtee. Ja.

Eine kleine Weile in der Nähe meiner Schwester, und ich weiß nicht mehr, wo oben und wo unten ist.

»Schnecke, ganz ehrlich, du siehst noch schlechter aus als letztes Jahr an Weihnachten.« Ihr Unterton ist dramatisch.

Meine Hände fangen an zu zittern.

Sie muss hier weg.

Als Kind habe ich mich vor ihr versteckt. Sie hatte die nervige Angewohnheit, den ganzen Pausenhof nach mir abzusuchen. Ich habe mich in den hintersten Winkeln der Schule verkrochen, in den Schulklos, hinter den Büschen. Meine Freundin Annika fand das lustig, sie wollte ein Versteckspiel daraus machen. »Kommt deine Schwester wieder? Diesmal findet sie uns nicht, ich hab eine Idee, lass uns …« Für Annika war das ein Riesenspaß. Für mich nicht.

Seit sie eine Familie hat, ist es besser geworden. Und als ich noch verheiratet war, hat sie mich beinahe in Ruhe gelassen. Doch jetzt geht es wieder los. Sie tut so, als würde sie sich Sorgen machen, das ist immer schon ihre beste Ausrede für alles gewesen. Dass sie letztes Jahr Weihnachten erwähnt, kommt mir wie eine Drohung vor.

Um sie loszuwerden, muss ich ihre angeblichen Sorgen zerstreuen. Ich muss ganz, ganz normale Sachen erzählen. Die allernormalsten. Oder Fragen stellen. Ganz langweilige Dinge. Nur das wird sie davon überzeugen, dass ich so ticke wie sie.

»Was habt ihr denn eigentlich für einen Baum dieses Jahr?«, frage ich.

Sie blinzelt überrascht. Das hätte sie mir nicht zugetraut. »Wir haben einen bestellt im Bioladen.«

Ich lege den Kopf schief, etwas nur, nicht zu sehr. »Was für einen?«

»Keine Ahnung.«

»Meistens haben sie dort nur Nordmanntannen. Nichts gegen Nordmanntannen, sie haben ihre Vorzüge. Der Wuchs ist wunderschön, und natürlich sind diese weichen Nadeln ein Vorteil. Sie pieksen nicht so, und noch dazu nadeln sie nicht so schnell.«

»Aber?«, fragt meine Schwester.

Sie hört mir tatsächlich zu.

Ich richte mich auf. Es tut so gut, über etwas zu sprechen, das ich mag. Tannen. »Sie riechen nicht. Das finde ich sehr schade. Ich mag den Geruch von Tannen so gern, und da ist es ja blöd, wenn man sich etwas ins Wohnzimmer holt, das nicht nach Tanne riecht.«

Meine Schwester scheint zu überlegen. »Ich glaube, letztes Jahr hat unser Baum auch nicht gerochen. Jonas sagte, das sei, weil er gespritzt ist. Weil die ganzen Chemikalien den Geruch abtöten.«

»Das stimmt nicht«, widerspreche ich. »Es liegt tatsächlich an den Nordmanntannen. Die haben einfach keinen Geruch. Willst du mal an meinem Baum riechen?«

Meine Schwester sieht mich hocherfreut an, als wäre ich ihr nie weniger gestört vorgekommen als jetzt, wo ich sie frage, ob sie mal an meinem Baum riechen will. Um ehrlich zu sein, ich habe ihr noch nie etwas erzählt, das so viel mit mir zu tun hat.

»Ja, super«, sagt sie und folgt mir lammfromm ins Wohnzimmer, die Teetassen lassen wir in der Küche zurück.

Kaum betreten wir das Wohnzimmer, bleiben wir wie angewurzelt stehen.

»Oh wow!«, sagt sie, und ich denke zuerst, dass sie nur den Geruch meint, der in der Tat das ganze Wohnzimmer erfüllt mit seiner harzig-köstlichen Würzigkeit.

Sie tritt ans Panoramafenster und blickt hinaus. Massen von Tannen stehen da, schwer beladen mit Schnee, ruhig und würdevoll. Ich merke, wie etwas in mir sich weitet, weil sie das offenbar auch nicht ungerührt lässt, dieser Anblick. Vielleicht versteht sie ja jetzt, warum ich keinen Glitzer möchte. Warum ich Tannen möchte. Das hier.

Sie dreht sich zu mir um. »Wirklich schön hast du es«, sagt sie, und es klingt, als käme das aus tiefstem Herzen. »Und dieser Duft, ja, ich verstehe, was du meinst.«

Und da wird mir noch wärmer, denn ich merke, dass sie das wirklich so meint. Und darum habe ich das Gefühl, etwas mit ihr teilen zu müssen.

»Soll ich dir etwas sehr Schönes zeigen?«

Sie nickt.

»Hast du schon mal Harztaschen gesehen?«

»Was?«

»Harztaschen. Komm, ich zeige sie dir.« Und ich nehme das Messer und trete an den Baum. »Steck mal den Kopf da rein. So, dass du den Stamm sehen kannst.«

Meine Schwester biegt vorsichtig einen Tannenzweig beiseite und zwängt sich näher an den Stamm. »Und jetzt?«

»Siehst du sie, da am Stamm?«

»Nein.«

»Geh noch näher ran.«

Sie zögert einen Moment, dann gehorcht sie. »Ich seh nichts.« Sie tastet nach dem Handy, zieht es heraus und leuchtet.

Ich folge ihr in das Grün der Zweige.

»Sieh mal, da am Stamm. Darauf wachsen einige Nadeln glatt nach unten. Und dazwischen sind diese kleinen Hubbel, kleiner als eine Erbse. Siehst du?«

Der Schein ihres Displays huscht den Stamm auf und ab, erst unruhig, dann verharrt er auf einer Stelle, wo sich zwischen den dunklen Nadeln die Harztaschen verbergen.

Sie ruft: »Ach, da. Tatsächlich.« Sie verstummt für einen Moment. »Und jetzt?«

»Pass auf.« Ich führe das Messer an die Harztasche und steche zu. Leicht durchstößt die Spitze die Rinde, und dann quillt ein glänzender, dunkler Tropfen aus der Wunde. Ich tippe mit der Messerspitze an die Rinde, es quillt noch mehr Harz heraus. Und dann explodiert sein Duft, und plötzlich ist alles voll davon, eine überwältigende Fülle von Wald und Baum und Grün und Zitrus.

»Wow!«, ruft meine Schwester überrascht aus. »Was war das?«

»Das sind die Harztaschen. Willst du auch mal?«

Sie zögert erst, nickt dann. Für einen Moment flackert ihr Blick, als ich ihr das Messer gebe, dann nimmt sie es und reckt ihr Kinn. Ich nehme ihr Handy und leuchte. Aufmerksam gleitet ihr Blick den Stamm auf und ab, sie sucht eine besonders dicke Harztasche. Sie streicht mit dem Zeigefinger den Stamm entlang, verharrt dann. »Die!«, sagt sie triumphierend, nimmt das Messer und sticht zu. Golden quillt uns das Harz entgegen, und sie stößt einen entzückten Laut aus. »Wow!«, ruft sie. »Das muss ich den Kindern zeigen!«

Ich lächle. »Das gefällt ihnen sicher.«

ESTHER

Es ist, als hätte der Tannenbaum meine Schwester verändert. Stark kommt sie mir plötzlich vor und glücklich, vor allem aber ist sie stolz.

In den letzten Jahren ist ihr Leben immer mehr aus dem Ruder gelaufen. Ich kann an meine Schwester gar nicht mehr anders denken als mit Sorge und Mitleid. Aber jetzt hat sie mir etwas gezeigt, das ich nicht kannte.

Ich würde gern Martin schreiben. »Weißt du, was Harztaschen sind? Sie hat es hier im Wald herausgefunden.«

Er würde einen Witz daraus machen. Martin ist eigentlich gar nicht wirklich der witzige Typ, aber im Zusammenhang mit meiner Schwester versucht er immer, alles ins Lächerliche zu ziehen, damit er sie auf Abstand zu uns halten kann.

Vielleicht würde er schreiben:

Dudeneintrag: »einen an der Harztasche haben«, nhd., total verrückt sein und es nicht diagnostiziert bekommen, weil man im Wald lebt und einen keiner sieht

Nein, ich möchte mich nicht darüber lustig machen. Wenn ich ehrlich bin, rührt es mich. Warum kann der Baum sie glücklich machen, aber nicht ich? Wie wäre es, wenn sie eigene

Kinder hätte, denen sie die Harztaschen zeigen könnte? Oder wenn sie Robert noch hätte, ihn oder einen anderen Mann, dem sie zuprosten könnte, wenn er erfolgreich die Lichterkette aufgehängt hat?

Ach nein, meine Schwester würde keine Lichterkette wollen. Zu viel Plastik. Sie würde gelbe Bienenwachskerzen in alte Halter stecken und diese auf den pieksenden Zweigen festklemmen. Das wäre noch mehr Arbeit als die Lichterkette.

Aber im Moment spürt sie nicht, dass sie keinen Mann und keine Kinder hat. Sie ist glücklich, weil sie mit dem Messer in diese Harzknubbel stechen kann. Und jetzt gerade kann ich sie sogar irgendwie verstehen.

»Ich glaube, die Kinder fänden das auch ganz toll, wenn sie mit Messer und Taschenlampe zwischen den Ästen diese Dinger suchen dürften«, sage ich leise. Ich sehe Ella vor mir, ja, das fände sie toll. Allerdings ist unser Baum so voll behangen, ich höre schon die Kugeln klirren.

Meine Schwester schüttelt den Kopf. »Dann hoffe ich mal, dass euer Baum Harztaschen hat.«

»Kann man das nicht bestellen? Einen Baum mit Harztaschen?«

»Wenn du eine Edeltanne bestellst, bist du auf der sicheren Seite. Nordmanntannen haben keine.«

»Mist, das hätte ich vorher wissen müssen.« Ich ziehe das Handy aus der Tasche und schreibe Martin.

Frag, ob sie Edeltannen haben

Keine Nordmanntanne!

»Oder Nobilis«, sagt meine Schwester. »Das ist dasselbe, aber manchmal verkaufen sie die unter verschiedenen Namen.«

Oder Nobilis!

Ich stecke das Handy weg. »Für Ella wäre das toll.«

»Lass sie mit Taschenlampe suchen, Taschenlampen finden alle Kinder toll!«

Jetzt sieht sie ganz eifrig aus, und ich muss lächeln. »Taschenlampengespenst«, sage ich, sie wirft mir einen Blick zu, erst schüchtern, dann lacht sie laut, und ich sehe, dass wir an dasselbe denken. Meine Erinnerung hat sie erreicht.

Wir haben im Urlaub immer in einem Zimmer geschlafen, und ich als Ältere hatte die Herrschaft über Kassettenrekorder und Taschenlampe. Wir lagen nebeneinander im Doppelbett, und zwar auf derselben Seite, sodass eine Betthälfte frei blieb für unsere Kuscheltiere und die Schwimmflügel und das Wasserspielzeug. Ich ließ den Kegel der Taschenlampe durchs Zimmer huschen. »Das ist das Taschenlampengespenst!«, rief ich, »Hilfe, es findet dich!«, und dann ließ ich den Schein über die Wand gleiten bis zum Fußende des Schwesternbettes. Sie kreischte und schrie und verbarg sich unter der Decke. Das haben wir viele Jahre gespielt. Erst nach dem Tod unseres Vaters haben wir aufgehört, als Familie in den Urlaub zu fahren.

»Kleine Mädchen brauchen dringend Taschenlampengespenster«, sagt sie.

Ich stelle mir Ella vor, und dann sage ich: »Es wäre schön, wenn wir Ella das zeigen könnten.«

Und plötzlich sehe ich es vor mir: sie, wie sie zwischen Ella und mir unter Ellas Minnie-Maus-Bettdecke liegt, drei kleine Mädchen, die quietschend das huschende Taschenlampengespenst betrachten.

»Komm mit«, sage ich schnell, ehe ich es mir anders überlegen kann. »Wäre das nicht schön, wenn wir zusammen feiern?«

Sie schüttelt den Kopf.

»Bitte.«

»Aber ganz lieb, dass du fragst«, sagt sie etwas steif.

»Die Kinder würden sich riesig freuen. Wir machen es uns ganz gemütlich, nichts Besonderes. Und dann stecken wir die Kinder ins Bett und machen uns eine schöne Flasche Wein auf.«

Sie presst die Lippen aufeinander.

»Es ist nicht gut, wenn du an Weihnachten allein bist. Und es muss auch nicht sein, weil wir …«, ich stocke, aber nur ein wenig, »… weil wir dich alle so gern bei uns hätten.«

Sie starrt mich an, sie sieht die Lüge, ich sehe sie auch.

Nur ich will sie bei mir haben.

Martin will das auf keinen Fall.

Nicht nach dem, was letztes Jahr geschehen ist.

SUE, LETZTES JAHR

Letztes Jahr hat sie mich überredet.

Nein, eigentlich stimmt das nicht. Das hieße, dass ich zu irgendeinem Zeitpunkt »Ja« gesagt hätte, und so war es definitiv nicht. Es muss irgendwie daran gelegen haben, dass ich nach der Trennung von Robert erschöpft war und deswegen versäumt habe, die Verteidigung gegenüber meiner Schwester aufrechtzuerhalten, und ehe ich mich versah, befand ich mich an Heiligabend in ihrer Stadtwohnung und hievte meine Reisetasche in Ellas Kinderzimmer, in dem ich schlafen sollte. Kiefernmöbel, Minnie-Maus-Bettwäsche, an den rosa gestrichenen Wänden Einhorn-Plakate und selbst gemalte Regenbogen. Auf Bett, Regal und Fensterbank aufgereiht saßen Kuscheltiere und starrten mich mit ihren blanken Knopfaugen an.

Klopfen an der Tür. Und die Stimme meiner Schwester so dicht, dass ich wusste, ihre Lippen berührten fast das Holz. »Hast du alles, was du brauchst?«

»Ja, danke.«

»Stört dich die Bettwäsche? Ich kann auch erwachsenere Bettwäsche aufziehen, aber Ella fand die besser. Sie hat das nämlich gemacht.«

»Alles gut, danke.«

Ein Schnaufen.

Ich hörte, wie sie sich an der Tür zu schaffen machte, und rechnete fast damit, dass sie sie aufreißen würde, aber das konnte sie schlecht, nachdem sie eben noch so vornehm und diskret geklopft hatte. Dann rief sie: »Ich leg dir frische Handtücher auf die Waschmaschine.«

Und nicht mal eine Minute später wieder: »Ist alles okay?«

Als ich nicht sofort antwortete, riss sie die Tür dann doch auf. Sie sah sich etwas hektisch um, ehe sie mich anstrahlte. »Martin hat schon einen Sekt für uns aufgemacht. Kommst du dann? Wir sitzen alle im Wohnzimmer. Also, lass dir Zeit, aber wenn du fertig bist …« In ihrem Blick lag die Frage, was ich hier eigentlich die ganze Zeit tat. Das war berechtigt, denn ich tat nichts. Ich wollte nur nicht raus aus diesem Zimmer, weil ich nicht zu den anderen wollte. Zu ihr. Und dem Sekt.

Ich trinke keinen Alkohol mehr. Das ist besser für mich.

Als unbeteiligte Beobachterin kann man nur staunen, wie viele Gelegenheiten Menschen finden, um Alkohol zu trinken und anderen aufzudrängen.

Bei meiner Schwester fällt mir das besonders auf. Sie hatte dieselben Eltern wie ich und sollte eigentlich Verständnis haben für meine Abstinenz, aber das Gegenteil ist der Fall. Mit jedem Nein von mir lässt sie es so aussehen, als würde ich immer unhöflicher und bockiger, während sie geduldig versuchte, mir doch nur etwas Gutes zu tun.

Ich kannte das Spiel also schon, und trotzdem, als ich das dritte Mal Sekt angeboten bekam, wurde meine Stimme auch an diesem Abend etwas gereizt.

»Ich trinke immer noch keinen Alkohol«, sagte ich.

Meine Schwester arrangierte, ganz tüchtige Hausfrau, Nachschub an Selbstgebackenem und Mandarinen auf dem

Couchtisch, während Ella neben dem Tannenbaum hockte, etwas Unverständliches summte und an ihrer Tonie-Box herumfummelte. Es war gut, dass sie nicht mehr versuchte, mit mir Kontakt aufzunehmen, so wie eben, als sie mir unbedingt erklären wollte, wie das Ding funktioniert. Es ist nicht leicht, zu Weihnachten fremde Kinder unter einem Tannenbaum zu ertragen, wenn man selbst eins gewollt und nicht bekommen hat.

Sie riss die Augen auf. »Auch heute nicht? Gar nichts?«

»Nein.«

»Nur einen Sekt? Zur Begrüßung? Ganz klein.« Sie zeigte mit Daumen und Zeigefinger, wie klein, und fegte mit der Hand Mandarinenschalen zusammen, die die Kinder auf dem Tisch verstreut hatten.

»Nein, danke.«

»Einen Sherry?«

»Ich trinke nie.«

»Früher hast du schon getrunken. Man muss ja nicht viel trinken, aber zum Anstoßen …«

»Nein, danke. Ich muss doch nicht, oder?«

»Nein, natürlich nicht!«

»Na, dann ist ja gut.«

»Okay. Wenn du doch was willst, sag Bescheid, ja? Ich kann auch noch was aus dem Keller holen. Also, wenn du was anderes willst.« Und dann sagte sie wie aus dem Nichts: »Papa hatte gar kein Problem mit Alkohol.«

Meine Schwester, Papas Mädchen. Ich zog die Nase hoch. »Ach nein? Womit dann?«

»Du weißt schon.« Sie stand auf, um die Mandarinenschalen in die Küche zu bringen. »Gleich geht's los in die Kirche. Behältst du das an? Kannst du natürlich. Es ist nicht so, dass wir uns dafür schick machen müssen. Aber ich kann dir auch was leihen.«

Ich dachte in dem Moment, dass das jetzt die ganzen Tage so weitergehen würde. Sinnlose, nervenzerfetzende Gesprächskreisel, die immer erst dann von ebenso sinnlosen Aktionen unterbrochen wurden, wenn sich etwas Relevantes einschlich.

Ich hatte ja keine Ahnung, dass sich alles in eine vollkommen andere Richtung entwickeln würde.

ESTHER

Das ganze Wohnzimmer duftet nach Tanne, und wir liegen uns in den Armen. Ich lege meinen Kopf auf ihr knochiges Schulterblatt und drücke sie, so fest ich kann, »bis es knackt«, das hat unsere Oma früher immer gesagt, und genauso machen wir es jetzt, und ich flüstere: »Noch fester!«, und meine Schwester antwortet: »Bis es knackt!«, und da muss ich lachen, und sie lacht auch, und auf unserem Lachen und Prusten schwimmen Tränen obenauf.

»Du schaffst das hier, oder?«, frage ich in ihr strähniges Haar hinein und spüre, dass sie nickt. »Du isst, versprochen? Du musst genug essen. Und deine Tabletten nehmen. Du nimmst doch deine Tabletten?«

Der Kopf unter meiner Nase nickt, und dennoch, ich habe das Zögern gespürt. Das Innehalten, das die Lüge verrät.

Bitte nicht, Schwester! Tu mir das nicht an!

Mein Herz beginnt heftig zu klopfen, und ich drücke sie noch fester, damit sie nicht merkt, wie erschrocken ich bin. Dass ich bemerkt habe, dass sie gelogen hat.

Man darf Psychopharmaka nicht einfach absetzen. Das ist gefährlich. Das weiß jeder. Selbst wenn man denkt, dass es einem gerade gut geht, sollte ja klar sein, dass das wahrscheinlich nur an den Tabletten liegt. Und dass es einem schlechter gehen wird, sobald man sie absetzt. Vor allem an Weihnachten. Das ist die Zeit, in der man Menschen nicht alleinlassen darf. In der es diese wahnsinnig hohe Suizidrate gibt.

Weihnachten ist Krisenzeit.

Ich kann nicht fassen, dass sie mich anlügt. Dass sie das bringt, nach dem, was letztes Jahr passiert ist. Dass sie riskiert, dass es wieder geschieht.

Ich verberge meine Erschütterung, ich küsse beruhigend das Haar meiner Schwester, während mein Herz klopft wie wild, und dann flüstere ich: »Ich muss noch mal aufs Klo.«

Ich lächle ihr aufmunternd zu und husche aus dem Wohnzimmer. Es macht keinen Sinn, sie noch einmal zu fragen, sie könnte mir jetzt zehnmal versichern, dass sie ihre Tabletten nimmt, ich würde ihr nicht glauben.

Ich bin eine große Schwester. Ich bin nicht für Vertrauen da, sondern für Kontrolle.

Das ist der Drecksjob, den große Schwestern erledigen müssen.

Vertrauen ist für die anderen.

ESTHER

Sie kann mich nicht hereinlegen. Es geht um Fakten, und ich werde diese Fakten überprüfen. Wenn ich mich irre und sie nimmt ihre Tabletten doch, dann finde ich diese im Badezimmer oder in der Küche. Medikamente, die man täglich nimmt, hebt man an leicht zugänglicher Stelle auf. Vor allem, wenn man alleine wohnt.

Wenn ich ihre Tabletten finde, ist alles gut.

Wenn ich sie nicht finde, weiß ich, dass es wieder losgeht. Dann bereitet sie wieder systematisch ihren eigenen Untergang vor.

Und uns alle wird sie mit hineinziehen.

Dann muss ich etwas unternehmen.

Sie hat noch nie kapiert, wie instabil sie ist. Das war schon immer ihr Problem. Meine Schwester hält jede Kleinigkeit, die sie fühlt, für die beinharte Realität. »Glaub nicht alles, was du fühlst!«, möchte man ihr zurufen, denn so stiftet sie das Chaos, in dem sie zugrunde geht.

Das Gästebad ist riesig. Menschen, die Besuch bekommen, würden den Platz für Topfpflanzen nutzen, sie würden auf der gemauerten Ablage Hygieneartikel in einer diskreten Schachtel bereithalten, dazu verschiedenfarbige Gästehandtücher und einen Korb auf dem Boden, der für die gebrauchten bestimmt ist. Aber in diesem Haus gibt es keine Gäste, und wenn meine Schwester es selbst gebaut hätte, gäbe es vermutlich auch kein Gästebad. Ein einsames Handtuch hängt schlaff am Haken, ein Stück grüne Seife vertrocknet auf der Ablage. Mir schaudert, ich werfe einen letzten Blick durch die kahle Kammer.

Das war es. Hier sind keine Tabletten.

Im Flur ist es still, kein Geräusch dringt aus dem Wohnzimmer.

Ich eile die Treppe hinauf. Hier war ich noch nie.

Eine normale Schwester hätte mich kurz nach dem Einzug zu einer Hausführung eingeladen, wir hätten Kaffee oder Sekt getrunken, der Esstisch wäre gedeckt gewesen, und voller Stolz hätte sie mir dieses Haus gezeigt, das Arbeitszimmer, das Schlafzimmer, das Ankleidezimmer. Nicht dass meine Schwester ein Ankleidezimmer braucht, um sich ihre Strickpullover überzuziehen, aber was sonst soll sie mit all diesen Zimmern machen? Ich gehe schwer davon aus, dass sie eins hat, ebenso wie Gästezimmer und Arbeitszimmer, auch wenn sie nichts, wirklich nichts davon braucht.

Aber um ehrlich zu sein: Ich weiß nicht, was das für Zimmer sind, denn so eine Hausführung hat es nie gegeben. Also muss ich mich ganz allein zurechtfinden.

Das Badezimmer hat ein großes rechteckiges Fenster, durch das ich geradewegs in den verschneiten Wald blicke. Die riesigen Bodenfliesen sind fast schwarz, mit transparenten grünen Schlieren, marmoriert, aber kein Marmor, so was habe ich noch nie gesehen. Auch hier herrscht Kargheit. Eine frei stehende Badewanne mit allerlei Düsen und Griffen, eine Dusche in der Ecke, die Toilette diskret hinter einem gekachelten Vorsprung.

Ich öffne den Badezimmerschrank über dem doppelten Waschtisch. Das Erste, was mir ins Auge sticht, ist ein Brillenetui. Ich öffne es. Ein klassisches Horngestell. Vorsichtig klappe ich die Bügel auseinander und setze es auf. Ich blicke meinem Spiegelbild entgegen, alles ist etwas verschwommen.

Meiner Schwester war ihre Gesundheit immer egal. Mehr noch, ich glaube, dass sie sie teilweise bewusst aufs Spiel setzt, um dafür Aufmerksamkeit zu bekommen. Als Mädchen weigerte sie sich, ihre Brille zu tragen, obwohl die Kurzsichtigkeit ihr Kopfschmerzen verursachte, die sie ganze Nachmittage ins Bett zwangen. Ich probierte damals alles Mögliche, um sie zu unterstützen. Aber im Nachhinein glaube ich, sie wollte die Kopfschmerzen haben. Jedenfalls hat sie ihre Brillen so oft heimlich zertrampelt, bis Mama aufgab.

Offenbar hat sie jetzt eine, aber sie trägt sie nicht. Warum? Eitelkeit kann es kaum sein, so nachlässig, wie sie herumrennt.

Ich lege die Brille zurück ins Etui und inspiziere den Schrank.

Tuben, Zahnbürsten, Shampooflaschen. Schließlich finde ich links oben auch Medikamente. Ich wühle zwischen den Schachteln. Aspirin, Pflaster, etwas gegen Bronchitis. Hastig sammle ich alles im Waschbecken, ich muss es nachher in der richtigen Reihenfolge wieder hineinräumen. Ganz hinten im Fach finde ich Flaschen, die eher nach Drogeriemarkt als nach Apotheke aussehen, das sind Nahrungsergänzungspräparate, einige davon abgelaufen.

Nichts sieht nach dem aus, was ich suche. Nichts sieht –

Ein Geräusch lässt mich herumfahren.

Sie steht in der Tür.

»Was machst du da?«, zischt sie.

»Wo sind deine Tabletten?«

»Was du da machst, will ich wissen!«

Sie sieht aus wie ein Gespenst. Mager und krumm, das aschblonde dunkle Haar im krassen Kontrast zu ihrem viel zu blassen Gesicht.

Sie starrt mich an. »Du durchsuchst mein Badezimmer!«

Ich trete auf sie zu und will sie an den Unterarmen fassen, sie weicht zurück, als hätte ich sie geschlagen. »Sag es mir jetzt ganz ehrlich, ich bitte dich. Nimmst du deine Tabletten?«

Sie scheint zu überlegen. »Das habe ich dir doch gesagt.«

»Ja«, sage ich und bemühe mich um eine freundliche, vertrauensvolle Stimmlage. »Aber stimmt es auch?«

Sie schweigt.

»Ich kann sie nicht finden, deine Tabletten. Zeig sie mir bitte.«

Jetzt bricht etwas in ihrem Gesicht auf, es ist Wut. »Das geht dich nichts an!«

»Oh doch, das geht mich sehr wohl etwas an. Ich muss nämlich sichergehen, dass du hier klarkommst.«

»Ich komme klar. Und ich würde noch viel besser klarkommen, wenn du nicht hier wärst und mich …« Sie bricht ab.

Ich greife nach ihrer Schulter und drücke sie vorsichtig hinunter, bis sie auf dem Rand der Badewanne sitzt. »Weißt du noch, was letztes Jahr passiert ist?«

Sie hebt den Kopf, und es flackert in ihrem Blick. »Oh ja«, sagt sie, es klingt drohend. Das irritiert mich. Warum sollte sie mir drohen? Sie? Mir?

Plötzlich habe ich Angst, dass es wieder losgeht, jetzt und hier. Dass sie durchdreht.

»Okay. Und wir wollen doch beide verhindern, dass so etwas wieder geschieht.«

Sie antwortet nicht, und das verstehe ich sogar. Es muss ihr so entsetzlich peinlich sein, was da passiert ist. Es war für uns alle schlimm. Und es hat etwas gezeigt, was vorher irgendwie verborgen war, auch wenn man es schon hätte ahnen können.

»Schnecke«, sage ich behutsam. »Es muss dir nicht peinlich sein. Du warst eben sehr verwirrt letztes Jahr.«

Sie sieht mich an und hebt die Augenbrauen. »Ach ja?«

ESTHER, LETZTES JAHR

Die Sache mit den Geschenken hat mich eigentlich mehr verletzt als das mit Martin.

Es geht nicht einmal darum, dass sie, meine vermögende Schwester, mir nichts Richtiges schenkt. Einige Leute würden vielleicht sagen, dass das als Höflichkeitsgeste dazugehört, wenn man für mehrere Tage die Gastfreundschaft anderer Leute in Anspruch nimmt, aber ich sehe das nicht so eng. Ich wusste ja auch, dass es ihr psychisch nicht gut ging. Aber dass sie nicht wenigstens den Kindern etwas mitgebracht hat, das nahm ich ihr echt übel.

Als sie mit ihrer ledernen Reisetasche vor der Tür stand, wusste ich das ja noch nicht. Es war ja auch möglich, dass ihre Tasche, für die sie vermutlich den Gegenwert unserer Monatsmiete hingeblättert hatte, voll mit Geschenken war, die sie erst zur Bescherung hervorzaubern würde.

Meine Schwester sah schmal und blass aus, und schon bei der Begrüßung kam sie mir vor, als ob sie gleich in Tränen ausbrechen würde. Sie verschwand gleich in Ellas Zimmer, das wir als Gästezimmer ausgesucht hatten, und dann tauchte sie einfach nicht mehr auf.

»Lass sie doch«, sagte Martin. »Vielleicht will sie sich nur frisch machen.«

»Sie ist die ganze Zeit im Zimmer.«

»Wahrscheinlich zieht sie sich um. Sie macht sich schick. Für die Kirche.«

»Meine Schwester?«

Er grinste, und ich begriff, dass er einen Witz gemacht hatte. »Setz dich, ich mach einfach schon einmal den Sekt auf, irgendwann wird sie auftauchen.«

»Wir müssen um zwanzig vor da sein, wenn wir Sitzplätze bekommen wollen.«

»Das ist erst in einer Stunde, Süße. Soll ich den Sekt jetzt aufmachen? Nach einem Glas Sekt können wir das Krippenspiel besser ertragen.« Er ließ den Korken ploppen, es schäumte in unserem Glas. Als er es mir reichte, flüsterte er: »Und deine Schwester erst recht.«

Ich seufzte. Das stimmte. Und trotzdem stand ich auf, um noch einmal nach ihr zu sehen.

Wie die meisten Familien haben wir eine feste Abfolge, wie das an Heiligabend läuft. Die Kirche gehört immer dazu. Ehrlich gesagt liegt das aber nur daran, dass die Kinder früher immer in irgendwelchen Krippenspielen mitgespielt haben und wir fanden, dass der Spaziergang dem Tag ein bisschen Struktur gibt. Außerdem ist es immer gut, die Kinder an die frische Luft zu kriegen.

Als meine Schwester endlich zu uns ins Wohnzimmer trat, hatte sie sich natürlich nicht umgezogen, sie trug dasselbe wie vorher. Ich staune immer über ihre Klamotten. Sie trägt Sachen, die fünfmal so viel kosten wie meine, aber alles ist trist, schlecht gepflegt, lieblos zusammengestellt. Dieses Mal hatte ihr blauer Pullover sogar einen Fleck am Ärmel.

Es ist ihr einfach egal, wie sie aussieht. Meine Schwester hat keine Liebe für Dinge. Nicht für Kleider, nicht für Glückwunschkarten, nicht für Einrichtung. Sie ist keine, die Sachen hegt und pflegt und ihnen Aufmerksamkeit schenkt. Auch ihrer Ehe hat sie keine Aufmerksamkeit geschenkt. Sie ist der Meinung, dass alles von selbst funktionieren muss. Vielleicht gibt sie deswegen so gedankenlos und viel Geld aus: weil sie denkt, dass sie sich dann nicht mehr kümmern muss. Und was nicht funktioniert, kommt weg. Fertig. Dass sich das mit ihrer scheinbar so bewussten Achtsamkeit und dieser puristischen Lebensweise, die sie so zur Schau stellt, beißt, auf die Idee kommt sie, glaube ich, gar nicht.

Sie stellte ohne Worte eine riesige Stumpenkerze auf den Esstisch und setzte sich. Das war wie ein Statement. Echtes Bienenwachs, ohne Geschenkverpackung, ohne Worte. Zack.

Ich fragte sie nicht, was das sollte. Es machte mich aggressiv, dass sie nicht wie ein normaler Mensch »Schau mal, was ich euch mitgebracht habe« sagen konnte oder »Danke für die Einladung«. Oder dass sie für die Kerze nicht einfach eine passende Tüte geholt oder sie hatte einpacken lassen. Die verdammte Kerze hatte sicher 30 Euro gekostet, aber durch das vollkommene Fehlen von Aufmerksamkeit fühlte sie sich für mich wertlos an.

Trotzdem ging ich darauf ein. Ich muss solche Situationen immer irgendwie retten, ich kann nicht anders. Vielleicht auch, weil ich es gewohnt bin, ihr zu helfen, egal, wie seltsam und unpassend sie sich benimmt.

»Oh«, sagte ich und tat so, als wäre ich überrascht. »Ist die von dir?«

Ihr Blick streifte mich und die Kerze flüchtig. »Ja.«

»Für mich? Wie schön!«

Ich wartete, und als weiter nichts kam und meine Schwester begann, an der Sofalehne herumzuzupfen, schob ich hinterher: »Danke!«

Ich befreite die Kerze aus dem Cellophan – offenbar war sie nicht aus dem Bioladen, sonst wäre sie in Papier verpackt gewesen. Schade, denn das wiederum würde beinahe als Geschenkverpackung durchgehen. Es war spießig von mir, so zu denken, aber mich verletzte diese zur Schau gestellte Gedankenlosigkeit meiner Schwester, vor allem angesichts all der Mühe, die ich mir an Weihnachten gebe. Die sich jeder an Weihnachten gibt. Bis auf solche Menschen, die sich bloß einladen lassen und dabei jede soziale Konvention ignorieren.

Ich holte einen Untersetzer, stellte die Kerze auf den Tisch und zündete sie an. »Schau, Ella, Tante Schnecke hat uns eine Kerze mitgebracht!«

Ella reagierte nicht, sie war damit beschäftigt, eine Mandarine zu schälen.

Meine Schwester spielte mit einer Streichholzschachtel.

Martin goss mir Sekt nach und legte mir die Hand auf die Schulter. Ruhig!, hieß das. Reg dich nicht auf, sie ist eben so!

Nach der Kirche war die Stimmung meiner Schwester nicht wirklich besser geworden, die Bescherung ließ sie einfach nur über sich ergehen, beim Essen pickte sie geistesabwesend im Salat und schob die Gänsekeule auf dem Teller herum.

Die Kinder aßen wie immer nur Klöße mit Soße, sie behaupten immer, dass sie Gans lieben, aber eigentlich lieben sie nur die Soße und verschmähen das Fleisch. Sie waren gut gelaunt und freuten sich über ihre Geschenke, Jonas hatte Weihnachtsmusik aufgelegt.

Martin hatte extra für die Feiertage einen Riesling aus dem Elsass bestellt, aus dem Ort, wo wir die Sommerferien verbracht hatten. Er schenkte uns ein, und wir ließen wie immer unser Glas hin und her wandern. Meine Schwester weigerte sich, etwas anderes als heißes Wasser zu trinken, und spielte mit dem Wachs ihrer Stumpenkerze, deren Rand inzwischen ziemlich zerbeult aussah. Längst bereute ich, dass ich sie angezündet hatte. Hoch konzentriert tunkte sie eine Fingerspitze nach der anderen in das flüssige Bienenwachs, drehte die Hand um, betrachtete sie versonnen und pulte dann einen wächsernen Fingerabdruck nach dem anderen ab, um diese dann nebeneinander auf das Tischtuch zu legen, ehe sie sie wieder im flüssigen Wachs der Kerze zu versenken versuchte. Die Kinder beobachteten sie irritiert, Martin sah in unser Glas, niemand war gewillt, meinen hilflosen Gesprächsangeboten zu folgen. Es war, als ob die Wachsspielchen meiner Schwester dem Weihnachtsessen alle Energie entzogen wie ein schwarzes Loch.

Das hat sie schon als Kind gemacht, obwohl sie es nicht durfte. Und natürlich hat unsere Mutter es ihr durchgehen lassen, so, wie sie ihr irgendwie alles durchgehen ließ. Ich weiß noch, wie mich ihr Blick streifte, wenn sie die Tischdecke mit Wachskrümeln vollsaute, dieser Blick, beiläufig, aber voller Triumph. Damals habe ich mich gefragt, was eigentlich passieren würde, wenn ich selbst trotz der Ermahnungen mit Wachs spielen würde, aber natürlich habe ich es nie gemacht, warum auch, es ergab keinen Sinn. Aber ich sah schon kommen, dass Jonas, der seine Tante gebannt beobachtete, ihr das nachmachen würde, woraufhin ich dann Schwierigkeiten hätte zu erklären, warum er das nicht sollte.

»Schnecke, kann ich dir was anderes Gutes tun, wenn du keinen Wein willst?«

»Ich hab doch schon gesagt, dass ich nichts trinken will.«

Ihre Stimme klang genervt. Sie benahm sich wie ein pubertierender Teenager. Nur dass der einzige echte Teenager am Tisch sich eigentlich ganz gut benahm.

Jonas stand auf. »Ich geh dann noch eine Runde zocken.«

»Sagst du uns noch gute Nacht?«

»Gute Nacht!«

Ich beschloss, das als Anlass zu nutzen, um auch Ella ins Bett zu schicken.

Ella war müde und zufrieden und leistete daher keinen Widerstand. Sie suchte noch die seltsame Plüschfigur aus einem Anime-Film, die sie bekommen hatte, unter einem Berg aus Geschenkpapier hervor, dann winkte sie in alle Richtungen wie eine Karnevalsprinzessin und verschwand.

Meine Schwester hatte den Nachschlag nicht angerührt, sie spielte weiter mit Wachs, den Blick gesenkt. Bei ihr sieht man den Gewichtsverlust vor allem im Gesicht, sie hat diese scharfen Falten zwischen Nase und Mundwinkel, die so verbittert aussehen. Es ist kaum vorstellbar, dass wir uns als Kinder ähnlich sahen. Vielleicht würde man diese Ähnlichkeit wieder erkennen, wenn sie fünf Kilo zunehmen würde. Und ich fünf Kilo abnehmen. Und wenn sie mal zum Friseur gehen würde, um sich dieses Nachgedunkelte ein bisschen sonniger strähnen zu lassen, wie es alle Naturblondinen irgendwann tun müssen.

»Ich hab ja noch einen Nachtisch gezaubert«, sagte ich. »Den haben die Kinder jetzt verpasst, aber so bleibt mehr für uns.«

Es sollte scherzhaft klingen, aber meine Schwester sah mich an, als hätte ich sie angeschossen.

»Ich geh dann mal rauchen«, sagte sie, ging zum Balkon und knallte die Tür hinter sich zu.

»Oh je. Soll ich dir mit dem Nachtisch helfen?«, fragte Martin.

Ich seufzte. »Geh ihr lieber nach. Vielleicht kannst du sie etwas aufmuntern.«

Martin schüttelte den Kopf. »Lass sie doch.«

»Bitte!«, flüsterte ich.

Er seufzte. »Ich tu das für dich.«

»Ich weiß. Kuss?«

»Kuss!« Er trottete in Richtung Balkontür.

Eigentlich hätte auch meine Schwester vorschlagen können, etwas zum Essen beizutragen. Wenn es auch nur ein Dessert gewesen wäre – etwas aus dem Supermarkt, von mir aus, einen Panettone oder etwas Tiefgekühltes –, hätte mich das schon entlastet. Stattdessen schmierte sie wie ein Kind rum, und ich würde nachher lauter Wachsflecken vom Tisch entfernen müssen.

Ich stellte die Glasschale mit dem Trifle auf den Esstisch und trat zum Balkon, um die beiden zu rufen.

Als ich die Tür öffnete, sah ich zuerst nur meine Schwester, die am äußersten Rand des Balkons stand, mit dem Rücken zu mir. Martin war im Dunkel kaum auszumachen, und erst als ich einen Schritt näher trat, erkannte ich, dass sie ihn förmlich in die Ecke gedrängt hatte. Sie stand sonderbar vorgebeugt, und ich verstand zuerst gar nicht, was sie da tat. Erst mit Verzögerung begriff ich, dass sie ihn ungeschickt zu küssen versuchte. Ich sah sein hilfloses Gesicht und dann seine Erleichterung, als meine Schwester mich bemerkte und von ihm abließ.

Und ich begriff, dass es mit den Wachsflecken nicht getan war. Meine Schwester war auch in anderer Hinsicht das Kind geblieben, das neidisch auf alles war, was ich hatte.

Ich hatte meine Schwester wie ein verfrorenes Kätzchen zu uns geholt, um mich um sie zu kümmern und sie ein wenig aufzupäppeln. Und kaum wandte ich ihr den Rücken zu, machte sie sich an meinen Mann ran.

Aber ich war die große Schwester. Und sie war verrückt.

Also sagte ich nur: »Der Nachtisch ist fertig.«

Ich war schon immer die Stärkere. Ich bin stärker als meine Schwester. Und ich bin stärker als Martin.

Ich an seiner Stelle hätte ihr eine gescheuert, wenn sie versucht hätte, sich auf mich zu stürzen. Aber dass er so etwas nicht auf die Reihe bekommt, ist mir klar, und ich bin daran nicht unbeteiligt.

Seit wir ein Paar sind, ist meine Schwester ein Thema, nicht nur ein Thema, sie ist ein Drama, und zwar eins, das er nicht versteht. Er versteht nicht, wie ich mich so über sie aufregen kann, er versteht nicht, was ich so schlimm an ihr finde, er versteht vor allem nicht, warum ich nicht einfach damit aufhören kann, ihr helfen zu wollen. Man könnte auch sagen: Er versteht das Konzept Kernfamilie nicht.

Aber im Laufe der Jahre hat er akzeptiert, dass sie immer ein Thema in meinem Leben sein wird.

Und darum hat er mich auch darin unterstützt, ihr durch die Peinlichkeit dieses Abends zu helfen.

SUE, KINDHEIT

Im Sommer spielten wir oft auf dem Garagenhof, und weil wir im Gegensatz zu den anderen Kindern keine Nachmittagstermine wie Sport oder Musikschule hatten, waren wir dort oft nur zu zweit.

Einmal, es war der erste heiße Tag, und Mama hatte uns die blonden Haare zu Zöpfen geflochten, saß meine Schwester in kurzen Hosen auf dem Boden und ließ ihren neongrünen Glitzerflummi springen. Ich mochte den hallenden Gongschlag, der ertönte, wenn der Flummi gegen das metallene Garagentor titschte. Staunend beobachtete ich, wie der Flummi meiner Schwester gehorchte, sie warf ihn auf den Boden, er sprang gegen das Tor, landete wieder auf dem Boden und flog von da aus genau in ihre Hand.

»Ich will auch mal!«, bettelte ich.

Entschieden schüttelte sie den Kopf. »Nein, dafür bist du zu klein.«

»Dann gib mir meinen eigenen Flummi zurück.« Ich besaß selbst einen neonpinken, aber den hatte sie mir abgenommen. Unser Vater hatte uns die beiden Flummis beim letzten Sonntagsausflug in einem Automaten ziehen lassen, jeder hatte eine Mark gekostet.

»Den kann ich dir nicht zurückgeben, Sue.«

»Warum nicht?«

»Weil große Schwestern immer über alle Flummis bestimmen dürfen. Das ist ein Gesetz.«

Ich glaubte ihr kein Wort. »Aber Annika nimmt Annette auch keine Sachen weg!«

Der Blick meiner Schwester verfolgte angespannt die Flugbahn ihres Flummis. »Das liegt nur daran, dass Annika keine gute große Schwester ist. Die schlechten großen Schwestern dürfen so etwas nicht, weil sie nicht gut auf ihre kleinen Schwestern aufpassen. Aber die guten dürfen alles.« Der Flummi sprang in ihre Hand, und sie hielt ihn fest und sah mich an.

Mir wurde mulmig. »Das stimmt nicht.«

»Ich kann es beweisen. Darum heiße ich nämlich auch so«, erklärte sie.

Ich verstand nicht, was sie meinte.

»Pass auf. Ich will dich etwas fragen.« Sie griff in ihre Hosentasche und zog meinen pinken Glitzerflummi heraus, sie präsentierte ihn mir zwischen Daumen und Zeigefinger. »Wenn du meine Frage mit Ja beantwortest, bekommst du nicht nur deinen Flummi zurück, sondern sogar meinen dazu.« Sie ließ die beiden Flummis zwischen ihren braun gebrannten Händen hin- und herwandern. »Okay?«

»Okay«, sagte ich nervös.

»Du darfst aber nicht lügen. Wenn du lügst, stirbst du.«

»Ich lüge nicht«, versicherte ich hastig.

»Erste Frage.« Sie drehte sich wieder zur Garagenwand und ließ den grünen Flummi springen. Mein Herz begann aufgeregt zu schlagen, so sehr wartete ich auf die Frage. »Heißt es Bruder und Schwannika?«

Ich wollte nur JA! rufen, um meinen Flummi wiederzubekommen, aber ich verstand nicht, was »Schwannika« bedeuten sollte.

Der grüne Flummi landete in der Hand meiner Schwester. »Zeit ist abgelaufen!«, schrie sie und nahm den pinken Flummi. »Zweite Frage: Heißt es Bruder und Schwanette?«

Ohnmächtig betrachtete ich meinen Flummi dabei, wie er über den Boden des Garagenhofs titschte und gegen das Tor prallte. Plötzlich gefiel mir das Geräusch gar nicht mehr.

»Zeit ist abgelaufen!«, schrie meine Schwester. »Dritte Frage: Heißt es Bruder und Schwue?«

Jetzt warf sie beide Flummis gleichzeitig, und mir schossen Tränen in die Augen.

Dann sprang sie auf und wischte sich den Staub von den braunen Knien. »Und der Verlierer iiist … meine kleine Schwue!«, verkündete sie. Die Flummis steckte sie ein.

Den grünen in die linke, den pinken in die rechte Hosentasche.

ESTHER

»Zeig mir bitte deine Tabletten«, sage ich so ruhig wie möglich. »Ich möchte mich nur vergewissern, dass du sie nimmst.«

Im selben Augenblick fällt mir ein, dass das keine lückenlose Beweiskette ergeben wird – wenn sie mir eine Schachtel zeigt, bedeutet das nicht, dass sie täglich was nimmt. Und selbst wenn sie vor meinen Augen eine Pille schluckt, heißt das nicht, dass sie das auch morgen tun wird. Und überhaupt, reicht das, eine täglich? Ich kenne mich mit dem Zeug nicht aus.

Aber eins ist klar: Wenn sie nichts hier hat, dann nimmt sie auch nichts. Dann hat sie vorhin gelogen. Und dann muss ich sie mit zu uns nach Hause nehmen. Oder ins Krankenhaus bringen.

Sie drückt den Rücken durch und sagt: »Ich nehme gar nichts. Ich brauche das nicht.«

Jetzt hat sie es ausgesprochen. In mir kriecht Verzweiflung hoch.

»Schnecke«, sage ich, es ist nur ein Flüstern. »Hör zu, wir haben das doch besprochen.«

»Haben wir nicht.«

»Oh doch, das haben wir. Du musst die Tabletten regelmäßig nehmen, damit du stabil bleibst.«

»Es geht mir gut, ich brauche nur meine Ruhe.«

Ich nicke, damit sie sieht, dass ich auf ihrer Seite bin. Ich gehe auf sie zu und strecke die Hand nach ihr aus, versuche, ihre Arme beruhigend zu streicheln, es misslingt. Es ist, als würde ihre Haut einen Widerstand aufbauen gegen meine warmen, liebevollen Schwesternhände.

Ich sage: »Ich verstehe, dass du ohne Medikamente auskommen möchtest, dass du denkst, du brauchst sie nicht. Aber leider müssen wir sichergehen. Ich möchte nicht, dass so etwas wie letztes Jahr noch einmal passiert. Und darum musst du deine Medikamente nehmen.«

»Ich habe nie Medikamente genommen.«

»Schnecke, letztes Jahr bist du ins Krankenhaus gekommen, und da haben sie dir was verschrieben.«

»Nein.«

»Doch.«

Sie stößt die Luft aus und lässt den Kopf hängen. Dann sagt sie: »Bitte, ich will, dass du jetzt sofort gehst. Sofort. Es bringt nichts, das alles hier, merkst du das nicht?«

Ich würde am liebsten laut schreien. Stattdessen sage ich ganz ruhig: »Schnecke, verstehst du nicht, dass ich jetzt erst recht nicht mehr gehen kann? Jetzt, wo du mir sagst, dass du dich an deine Medikamente nicht einmal erinnerst?«

Sie erhebt sich vom Badewannenrand und schüttelt den Kopf. Dann schließt sie die Augen und streckt die Arme aus, als würde sie gleich zu singen beginnen. »Stopp«, sagt sie. »Stopp. Merkst du eigentlich, was du hier machst? Merkst du eigentlich überhaupt noch irgendetwas?«

Ihre Stimme hat jetzt einen schrillen Unterton bekommen, ein sirrendes, verwirrendes Störgeräusch.

Ich trete instinktiv einen Schritt zurück. »Beruhig dich. Ich will dir nichts Böses.«

Sie holt Luft, und dann schreit sie los. Ich wundere mich, woher sie plötzlich die Kraft zum Schreien nimmt.

»Ich soll mich beruhigen? Bei allem, was du hier veranstaltest? Du behauptest, dass du mir nur ein Geschenk bringen willst, und statt es mir vor die Tür zu legen und einfach wieder abzuhauen zu deinem Mann und deinen Kindern, drängst du dich hier rein und kochst mir falschen Tee und stocherst rum und setzt mich unter Druck, und wenn ich dann irgendwann etwas lauter werde, weil du mir einfach nicht zuhörst, dann behauptest du, dass ich verrückt werde! Dabei ist es genau das, was du willst, richtig? Mich verrückt machen.« Sie schreit jetzt ganz laut.

Ich sage: »Wir beruhigen uns jetzt, okay? Atme mal ganz tief durch.«

Sie sieht mich wild an, ihre Augen rollen. Und ich begreife, dass ich nichts für sie tun kann. Sie reagiert nicht auf mich.

Ich sage ganz langsam: »Niemand will dich verrückt machen. Aber du musst aufpassen, dass du dich nicht wieder in irgendwas hineinsteigerst. Ich will doch nicht schon wieder den Krankenwagen rufen müssen! Das wollen wir doch beide nicht!«

In diesem Moment ertönt in meiner Hosentasche das Pling einer eintreffenden Nachricht. Was hat dieses Haus, dass der Empfang so schwankt? Das Netz scheint eine Art Wackelkontakt zu haben, sodass es Nachrichten vollkommen willkürlich durchlässt oder abfängt.

Auch meine Schwester hat das Piepen gehört, sie zuckt zusammen. Wir starren einander an. Für einen Moment sind wir beide abgelenkt. Ich widerstehe dem Impuls, wie sonst sofort die Nachricht zu checken.

»Das ist Martin, wegen der Einkaufsliste«, sage ich. »Er muss jetzt ja alles allein machen, weil ich hier bin. Da hat er eine Menge zu tun.« Eigentlich will ich schreien: So wie jeder normale Mensch, alle außer dir haben heute eine Menge zu tun, damit sie es nachher zu Weihnachten schön und ruhig haben, nur du kannst tun und lassen, was du willst, und ich wünschte, das könnte ich auch mal, statt mich immer für alle aufzureiben!

Es plingt wieder.

Eine weitere Nachricht von Martin.

Sie starrt mich an und sagt: »Er fragt sich, wo du bleibst. Er findet auch, dass du nicht hier sein solltest. Na los! Schreib ihm, dass du auf dem Weg bist!«

Ich öffne die Nachricht und lese:

Alles okay bei euch? Ich bin sicher, sie kommt klar. Lass sie und komm schnell zurück.

Meine Schwester beobachtet mich. Sie fragt: »Und? Habe ich recht?«

»Nein«, sage ich. »Es geht um Paprika. Die roten sind aus, er fragt, ob er gelbe nehmen kann.«

Und dann tippe ich:

Gelbe sind ok.

???

Paprika.

Ich habe kein klassisches Helfersyndrom, das muss ich jetzt mal klarstellen. Von älteren Schwestern wird das geradezu erwartet. So ist es bei mir aber nicht.

»Lass sie los«, sagt Martin immer. »Du kannst sie nicht retten. Man kann niemanden zu seinem Glück zwingen. Lass sie doch einfach in Ruhe.«

Ihm wäre es am liebsten, wenn ich den Kontakt zu ihr komplett einstellen würde.

»Das will sie doch auch!«, sagt er immer.

Der Unterschied ist schwer zu kapieren für ihn. Natürlich sagt sie, dass sie ihre Ruhe will, aber so einfach ist das alles nicht. Wir haben ja gesehen, wohin das führt, wenn sich niemand um sie kümmert.

Das führt zu ihrem Untergang.

Martin versteht das alles nicht. Selbstverständlich wünsche ich mir nichts mehr, als mit Martin und den Kindern in Ruhe Weihnachten zu feiern. Aber wie kann ich das, wenn ich keine Gewissheit habe, dass es meiner Schwester gut geht? Dass sie in Sicherheit ist?

Es würde alles so viel einfacher machen, wenn sie sich endlich ein Handy anschaffen würde! Aber obwohl ich angeboten habe, ihr eins zu schenken, will sie keins, auch mein altes will sie nicht.

Letztes Jahr konnte ich den Krankenwagen rufen, als sie durchgedreht ist. Aber dieses Jahr ist sie allein hier im Wald. Was, wenn man sie erst Tage nach Neujahr findet, mit aufgeschnittenen Pulsadern in der Badewanne, mit dem Kopf im Gasofen, oder draußen unter einer Tanne, an einem Strick baumelnd?

Meine Sorge um sie ist nicht ganz frei von Egoismus. Wenn es bei ihr schiefgeht – was auch immer, wann auch immer –, dann wird das mein Versäumnis sein. Meine Schuld. Und dann würde ich mir ewig Vorwürfe machen.

Ich blinzle. Sie hat sich in die Ecke zwischen Badewanne und Dusche zurückgezogen wie ein verängstigtes Tier.

Und plötzlich wird mir klar, was der einzige Weg aus diesem Dilemma ist. Meine Familie wartet auf mich, aber meine Schwester bindet mich hier. Ich kann mich nicht zweiteilen. Ich muss sie einpacken und mitnehmen. Es gibt gar keine andere Möglichkeit, wenn ich nicht bis in alle Ewigkeit in diesem Badezimmer stehen will.

Ich tippe:

Wäre es okay, wenn ich sie mitbringe?

Pünktchen tanzen. Er schreibt und löscht und schreibt wieder.

Keine gute Idee.

Es geht ihr nicht gut. Ich fürchte, ich kann sie nicht alleine lassen.

Nein!!!

Es muss sein!

Ein Geräusch aus der Ecke zwischen Dusche und Badewanne lässt mich vom Display aufsehen, es ist meine Schwester. Sie sagt matt: »Bitte geh, geh einfach. Ich komme klar.«

Auf absolut gar keinen Fall.

Lass dich nicht verwickeln.

Ich sage zu ihr: »Du kommst jetzt mit zu uns.«

Denn sonst wird hier etwas Entsetzliches passieren, das weiß ich genau.

Sie schüttelt den Kopf, erst langsam, dann immer heftiger.

Eine Nachricht nach der anderen erreicht mit einem Pling

mein Handy, ich packe es weg und sehe noch ein »Tu es nicht!«, ehe ich es in die Tasche stecke.

Ich sehe meine Schwester an, und ich sehe nicht nur ihre Verrücktheit, ich sehe auch ihre Angst, und die macht mich ganz weich. Ich setze mich ihr gegenüber auf den Boden. »Wir gehen jetzt und packen ein paar Sachen zusammen«, sage ich so bestimmt, wie ich mit den Kindern rede. Und genauso fühle ich mich ihr gegenüber, sie ist wieder das kleine Mädchen vom Schulhof, ich möchte sie in warme Decken einpacken, sie auf mein Sofa legen und ihr Kakao kochen. Und dann würde ich sie bewachen, damit ihr nichts Schlimmes passieren kann.

Ich denke daran, wie innig wir eben noch waren, als sie mir diese Harztaschen gezeigt hat. An das Flackern der Taschenlampe. Daran, wie wir als Kinder im Bett nebeneinander saßen und Taschenlampengespenst gespielt haben.

Damals war alles gut zwischen uns.

Und auch eben war alles gut zwischen uns, für eine kleine Weile.

Und das kann wieder so sein, vor allem wenn wir vor einem leuchtenden, geschmückten Baum sitzen und es nach Kerzen und Tannengrün duftet. Und sie ihrer Nichte und ihrem Neffen diese Harztaschensache erklärt. Dann sind wir Familie. Dann ist Weihnachten.

In meine Augen steigen Tränen.

Da sieht sie mich an, und plötzlich ist ihr Blick wie vergiftet. »Kapierst du es nicht? Du kapierst es nicht. Nie im Leben komme ich mit.«

Im ersten Moment trifft mich dieser Blick wie ein Pfeil, mitten ins Herz. Aber dann verstehe ich, worum es geht.

Es geht um letztes Jahr.

Und ich begreife, wie entsetzlich sie sich schämt.

Mein Herz wird groß und weich und schwer wie ein vollgesogener Schwamm, und ich habe solch ein Mitleid mit ihr, dass ich weinen möchte.

Und ich sage aus tiefstem Herzen: »Oh Schnecke! Nein, bitte, denk das nicht!« Ich greife nach ihrem Arm, aber sie entreißt ihn mir und hält sich die Ohren zu. Ich nähere mein Gesicht ihrem, bis wir fast Nase an Nase sind, und obwohl sie ihre Augen zukneift und ihre Ohren mit den Fäusten verschließt, flüstere ich: »Ich trage dir das vom letzten Jahr nicht nach, wirklich nicht. Wirklich, wirklich, wirklich nicht.«

Und das stimmt. Wenn ich sehe, wie schlecht es ihr geht, dann sehe ich nicht die Schwester, die mir Böses will. Dann sehe ich ein bedauernswertes Mädchen, das Hilfe braucht, und ich merke, wie stark und großzügig mich das macht. Dass ich alles mit ihr teilen will, was mich ausmacht. Meine Familie, meine Wohnung, mein Weihnachtsfest und, ja, in gewisser Weise auch meinen Mann. Wenn auch nicht so, wie sie sich das vorstellt.

»Schnecke«, sage ich in ihr verschlossenes Gesicht hinein, und das wirkt. Sie schlägt die Augen auf und lässt die Fäuste sinken. Und ich sage noch einmal, sehr leise: »Ich trage es dir nicht nach.«

»Ach nein?«, fragt sie.

Ich verstehe sogar, dass sie mir das nicht glauben kann. Ich wundere mich selbst, dass ich ihr so schnell verziehen habe. Es war eine rundum schräge Situation letztes Jahr, vor allem für Martin. Nie hatte ich mehr Mitleid mit ihm als an diesem Abend, als er die entsetzliche Peinlichkeit aushalten musste, seine halb verrückte Schwägerin abzuweisen und gleichzeitig seiner Frau dabei zuzusehen, wie sie tapfer versucht, die Angelegenheit unter den Teppich zu kehren. Martin, der in den vielen Jahren unserer Ehe niemals etwas gegen seine Schwägerin hatte sagen dürfen. Wie hätte er denn reagieren sollen? Was für ein grauenhafter Heiligabend!

Etwas Gutes hatte die Sache aber. Endlich habe ich begriffen, was sich da abspielt zwischen ihr und mir. Wie sehr sie mich als Konkurrentin empfindet. Ich dachte lange Zeit, dass die Rollen zwischen uns klar verteilt seien. Ich die Schöne, sie die Schlaue. So war es in unserer Kindheit, so ist es geblieben. Ich fand das immer ausgewogen, aber das bedeutet ja nicht, dass meine Schwester das genauso sieht. Vielleicht passen die Rollen doch nicht so gut, wie ich immer dachte, zumindest für meine Schwester scheinen sie nicht mehr zu stimmen. Nicht nur weil sie ihren tollen Job in der Werbeagentur nicht mehr hat. Eigentlich fing es schon viel früher an.

Als wir Kinder waren, war es für mich immer selbstverständlich, dass ich größer war und mehr durfte und besser mit dem Leben zurechtkam als sie. Das ist eben so bei Geschwistern, dass die Älteren die Nase vorn haben. Es hat lange gedauert, bis ich kapiert habe, dass das nicht nur am Altersunterschied lag. Meine Schwester blieb auch nach der Pubertät mager wie ein Zaunpfahl und flach wie ein Brett, noch dazu sah sie nie auch nur halbwegs attraktiv aus mit ihrer zu großen Nase, dem verschrumpften Mund und den stumpfen blonden Haaren. Ich bemühte mich nach Kräften, ihr zu helfen. Anfangs ließ sie sich von mir noch Schmink- und Frisiertricks zeigen, all die kleinen Kniffe, die Mädchen in dem Alter untereinander weitergeben. Ich weiß nicht, warum sie sich so ungeschickt anstellte, warum es ihr nie gelang, etwas aus sich zu machen, aber je mehr sie sich bemühte, desto unglücklicher wurde das Ergebnis. Irgendwann tat sie so, als ob sie sich nicht mehr für ihr Aussehen interessierte. Sie bekam bessere Noten, aber ihr heimliches Interesse galt nicht der Schule. Es zerriss mir das Herz, wenn ich merkte, dass sie wieder einmal an meinen Schminksachen gewesen war. Sie schloss sich im Badezimmer ein und mühte sich ab, nur um dann alles wieder abzuwaschen. Wäre nicht die Unordnung in meinem Kosmetiktäschchen gewesen, ich hätte nichts geahnt, denn wenn sie aus dem Badezimmer kam, sah sie genauso aus wie vorher. Sie mühte sich vergeblich ab. Das tat mir weh, aber sie weigerte sich strikt, meine Hilfe anzunehmen. Wie gern hätte ich ihr geholfen, ihren kraftlosen Wimpern ein bisschen Schwung und ihren blassen Lippen etwas Farbe zu verleihen.

Der Unterschied zwischen uns blieb bestehen. Ich hatte meinen ersten festen Freund mit 14, da war sie noch ein Mädchen, das mit Puppen spielte. Und das blieb sie auch, als sie selbst 14 wurde, weil sich die Jungs aus ihrer Klasse nicht für sie interessierten.

Ich weiß noch, wie sie mit brennendem Blick meinen damaligen Freund Nico verfolgte. Das war im Sommer im Freibad. Die Sonne schien mir ins Gesicht, das Wasser war kalt und die Luft war erfüllt vom Chlorgeruch und dem fröhlichen Kreischen der Badegäste. Unter der Wasseroberfläche tasteten Nicos Hände nach meinen Oberschenkeln, und ich spürte ein warmes Kribbeln im Unterleib. Ich überlegte gerade, wie viel ich ihm erlauben sollte, als er sagte: »Deine Schwester beobachtet uns.« Ich blinzelte gegen die Sonne, und da sah ich sie. Sie stand im flacheren Wasser und starrte uns an, und sie sah so erbärmlich und unglücklich aus in ihrem schlecht sitzenden Kinderbikini, dass ich Nico abwehrte und sagte: »Ich glaub, ich muss mal zu ihr.«

Ich watete durch das Wasser auf sie zu, doch noch ehe ich bei ihr angelangt war, schwamm sie zum Beckenrand, zog sich hoch und lief weg.

Damals dachte ich nur, wie kindisch und unreif sie war, aber sie tat mir leid. Ich beschloss, ihr von meinem Taschengeld ein Eis zu kaufen, weil ich dachte, das würde sie trösten.

Ich weiß noch, wie sie mir das tropfende Eis aus der Hand nahm und zögerte, ehe sie daran leckte.

»Schmeckt es?«, fragte ich.

Und ich erinnere mich an die Dankbarkeit in ihrem Blick, als sie sagte: »Das ist das beste Eis, das ich je gegessen habe.«

Damals dachte ich albernerweise, ein Eis könnte sie darüber hinwegtrösten, dass sie keinen Freund hatte. Ich begriff nicht, dass es um etwas anderes ging. Und vielleicht habe ich das erst durch diese Sache im letzten Jahr begriffen, an Heiligabend: Wie sehr sie darunter leidet, was ich alles habe. Und was ihr fehlt. Ich habe ihr das nie unter die Nase gerieben, aber natürlich ist es für eine kinderlose Frau schwer, wenn ihre Schwester ein glückliches Familienleben führt, mit einem liebevollen Mann, der mit ihr durch dick und dünn geht.

Jetzt sitzt sie mir gegenüber und starrt mich genauso verzweifelt an wie damals, und ich bin sicher: Wenn wir im Wasser wären, sie würde von mir wegschwimmen.

Ich sage leise: »Es ist für mich egal, was da letztes Jahr passiert ist. Es ging dir nicht gut. Ich bleibe deine Schwester, und du bleibst meine. Immer.«

Sie antwortet nicht.

Wie gern würde ich ihr ein Eis kaufen, so wie damals im Schwimmbad! Ich wünschte, ich könnte sie aufmuntern, ihren Schmerz lindern. Aber wie soll das gehen? Ich merke, wie mir Tränen in die Augen steigen, ich blinzle sie weg und flüstere: »Es ist egal. Es wird nicht wieder passieren. Du machst das nicht noch einmal. Ganz sicher, das weiß ich.« Ich greife nach ihrer Hand, ich drücke ihre Finger und flüstere: »Ich vertraue dir!«

Ich wünsche mir so sehr, dass meine Worte sie erreichen, aber das tun sie nicht.

Wie auch, wo ich doch gelogen habe?

Ich vertraue ihr nicht.

Ich verzeihe ihr. Aber ich vertraue ihr nicht.

Das ist ein Unterschied.

ESTHER, KINDHEIT

Als ich elf oder zwölf war, wachte ich eines Morgens auf und spürte, dass etwas nicht stimmte. Mit mir. Mit meinem Kopf. Er fühlte sich ungewohnt leicht an. Verstörend leicht.

Ich blickte zur Seite, und da lag im Halbdunkel etwas neben mir. Mein Zopf. Ich blinzelte, ich verstand es zuerst gar nicht. Er war so weit entfernt von meinem Kopf, dass es eigentlich nicht sein konnte. Ich blinzelte noch einmal. Mein Zopf lag auf dem Kissen wie ein abgetrenntes Körperteil, ausgefranst und leblos. Meine Hand fuhr zu meinem Hinterkopf. Und erst da verstand ich, was los war. Was passiert war.

Meine Schwester hatte mir im Schlaf den Zopf abgeschnitten.

Ich stieß einen erstickten Schrei aus und knipste das Licht an, und da sah ich sie in ihrem Bett, das auf der anderen Seite des Zimmers stand. Sie lehnte mit dem Rücken an der Wand und hatte die Augen längst offen. Hatte sie mich auch im Dunkeln die ganze Zeit so beobachtet?

»Was hast du getan?«, schrie ich. Ich hielt den Zopf in der Hand, er baumelte so obszön, dass ich ihn vor Ekel fallen ließ.

Sie verzog keine Miene. Stattdessen streckte sie ihre blassen Füße aus, die in einem verwaschenen Baumwollschlafanzug mit ausgeleiertem rosa Bündchen steckten, und fragte mit dunkler Stimme: »Na, hast du tief und fest geschlafen?«

Nein, ich kann ihr nicht vertrauen.

SUE

Ich weiß genau, wie meine Schwester ist.

Wenn etwas im Nachbarhaus sie interessiert, dann nimmt sie einen Backstein und schmeißt damit das Fenster ein. Und dann steigt sie da durch und durchsucht gierig das ganze Haus, steckt ihre Nase in jede Ecke und jede Schublade, und wenn jemand kommt und sie erwischt, dann ruft sie ohne jedes Schuldbewusstsein: »Ich habe Hilferufe gehört! Wir müssen die Polizei rufen, sofort!«

Das glaubt sie dann sofort selber. Und wenn dann die Polizei kommt, dann wird diese keinesfalls meine Schwester aus dem Haus werfen, sondern ihr helfen, die letzten Türen aufzubrechen, weil meine Schwester Stein und Bein schwört, dass sie dahinter jemanden gehört hat. Und wenn die Polizisten dann kapieren, dass es niemanden zu retten oder zu befreien gibt in diesem Haus, dann verzieht meine Schwester das Gesicht und ruft: »Oh, jetzt fühle ich mich schlecht, direkt so, als wäre ich in ein fremdes Haus eingebrochen. Aber ich war so in Sorge, ich musste einfach etwas tun, als ich diese Geräusche gehört habe. Ich hatte natürlich Skrupel, das Fenster einzuwerfen, aber die winzige Möglichkeit, dass ich damit einem Menschen helfe, war es mir einfach wert. Ich dachte, es geht um Leben und Tod!«

Und alle trösten sie und stimmen ihr zu.

So ist sie. Genau so. Und deshalb wird sie sich auch jetzt wieder auf das Ross der Rechtschaffenheit schwingen und so tun, als müsste ich gerettet werden und als wäre sie die Einzige, die das kann. Und nichts, was ich sage, wird einen Wert für sie haben, weil sie mich längst für unzurechnungsfähig erklärt hat.

ESTHER

Ich weiß, dass sie gefährlich ist, unberechenbar und voller Zorn. Aber sie ist meine Schwester. Und zwar nicht nur die durchgedrehte Albtraumschwester, die mir schlimme Dinge angetan hat. Sondern auch das dünne pubertäre Mädchen, das verzweifelt im Badezimmer steht und mit ihrem Körper hadert und die mich braucht. Der ich beibringe, wie sie sich die Beine rasiert. Sie ist auch die, der keine Brust wachsen will und der ich gut zurede und helfe, einen passenden BH zu finden. Der ich zeige, wie man sich schminkt. Die ich tröste, weil sich kein Junge für sie interessiert, und die ich deshalb manchmal mitnehme, wenn ich mit meinen Freunden ausgehe.

Das Badezimmer war bei uns der Ort für alles Schwesterliche. Für die warmen Momente, für Schwesternsolidarität, aber auch für die typischen erbitterten Rivalitätskämpfe. Wie oft habe ich von außen an die Tür gehämmert, weil ich dringend musste!

Und jetzt sitzen wir wieder zu zweit im Badezimmer, sie auf dem Badewannenrand, ich auf dem Boden. Es ist keine Tür zwischen uns, und doch finden wir nicht zueinander.

Ich neige den Kopf so, dass ich ihr in die Augen sehen kann, und dann greife ich mit beiden Händen nach ihren Ellenbogen und sage behutsam: »Hör mal, wie wäre es, wenn ich uns noch einen Tee koche? Wir setzen uns in die Küche. Dann können wir ganz in Ruhe reden. Es ist ja auch viel zu kalt hier für dich. Hm? Na komm!«

Im selben Augenblick merke ich, dass es keineswegs zu kalt ist. Es ist entsetzlich warm und stickig hier in diesem Badezimmer, genau wie im ganzen Haus. Meine Schwester sieht nur so aus, als wäre ihr kalt, weil sie zittert. Sie ist so dünn, dass sie vielleicht sogar trotz der Hitze friert.

Sie sieht sich um, als wäre sie gerade erst aufgewacht, als hätte sie Schwierigkeiten, sich zu orientieren.

Ich stehe auf und sage: »Keine Widerrede. Komm!« Ich greife nach ihrer Hand, und tatsächlich erhebt sie sich.

Dann folgt sie mir die Treppe hinunter in die Küche, mit unsicheren Schritten, wie ein Mädchen in einem Horrorfilm, das soeben einem Brunnen entstiegen ist.

Ich trete an den Schrank und wühle zwischen den Teeschachteln. Ich hänge zwei Roibusch-Teebeutel in zwei saubere Becher, gieße sprudelndes Wasser darauf und setze mich meiner Schwester gegenüber. »Bitteschön«, sage ich und schiebe den Becher in ihre Richtung. Mit einem seltsamen Blick schiebt sie die Tasse weg, und ich seufze. »Ich meine es nur gut mit dir, Schnecke«, sage ich. »Hör mir zu. Ich weiß, dass du hierbleiben willst und dass du denkst, dass du das schaffst. Aber das geht nicht. Du musst mir einfach vertrauen. Vertraust du mir?«

Sie sieht mich an, wirft einen Blick auf den Tee und lehnt sich zurück. In ihrem Gesicht ist keine Regung. »Nein«, sagt sie.

Ich schiebe meine Hände über den Tisch, sie weicht noch mehr zurück. »Pass auf. Du würdest mir wirklich einen großen Gefallen tun, wenn du kommst. Ich weiß einfach genau, dass ich sonst den ganzen Abend nur daran denken werde, wie du letztes Jahr im Badezimmer … Wer soll denn für dich den Krankenwagen rufen, wenn ich nicht bei dir bin? Falls du wieder, du weißt schon.«

»Niemand wird für mich einen Krankenwagen rufen, weil ich keinen brauche. Weil es mir gut geht hier. So einfach ist das.«

»Schnecke. Es geht ja nicht nur darum, dass du nicht allein sein darfst.« Ich öffne noch einmal die Schranktüren, immer noch nichts als Schraubgläser. Natürlich sind nicht wie durch Zauberhand Schachteln mit Zimtsternen, Dominosteinen und Nougathappen aufgetaucht. Leider.

Seufzend schließe ich den Schrank wieder und setze mich ihr gegenüber. »Wir hätten dich auch einfach gern dabei. Es gibt gutes Essen, eine Gans, Tiramisu. Es ist viel schöner, wenn wir alle zusammen sind. Wir alle würden uns freuen.«

Sie hebt die Augenbrauen.

»Wir alle, wirklich. Ella vor allem, sie hat nach dir gefragt, als sie das Geschenk verpackt hat. Sie hat sich solche Mühe gegeben. Sie fragt sehr oft nach dir.« Mir steht Ellas schiefes, mit Geschenkband gefesseltes Geschenk so deutlich vor Augen, dass ich mir fast selber glaube, dass sie nach ihrer Tante gefragt hat. Aber das hat sie nicht. Für die Kinder ist ihre Tante keineswegs präsent. Martin und ich versuchen, in Gegenwart der Kinder nicht über sie zu sprechen. Ich möchte nicht, dass sie etwas von der Situation wissen, es würde ihnen vermutlich Angst machen. Aber das werde ich meiner Schwester natürlich niemals sagen.

»Das ist ja süß von Ella.« Sie sagt das »Aber« nicht, ich höre es dennoch.

»Aber?«, frage ich.

»Es ist anders, als du denkst.«

»Nämlich?«

Sie runzelt die Stirn. »Ich habe keine Zeit. So einfach ist das. Ich bin schon verabredet.«

»Wie jetzt?«, frage ich.

Sie beugt sich vor und äfft mich nach. »Wie jetzt? Na, verabredet. Du weißt doch, was das ist. Ich bekomme Besuch.«

Das ergibt absolut keinen Sinn. »Von wem bekommst du denn bitte Besuch?«

Sie schnaubt. »Ich bin ein erwachsener Mensch, der Besuch bekommt. Und ich brauche darüber keine Auskunft zu erteilen. So einfach ist das.«

Ich sehe sie vor mir in dieser riesigen kahlen Angeberküche, in der nichts von Weihnachten zu spüren ist. Sie hat die Ärmel ihres Pullis hochgeschoben, sodass ich ihre mageren Unterarme sehen kann, an denen das Fleisch locker hängt. Früher war sie dünn, aber stramm, inzwischen sieht man ihr an, dass sie fast vierzig ist. Dünne Frauen mögen mädchenhaft wirken, wenn sie noch halbwegs jung sind, aber ab einem bestimmten Alter sehen sie aus wie Junkies. So wie meine Schwester.

Ich sage steif: »Entschuldige bitte, ich wusste nicht, dass du Besuch bekommst. Das hättest du mir auch einfach sagen können.«

»Jetzt hab ich es ja gesagt. Also geh bitte. Ich muss den Baum schmücken und den Tisch decken. Essen vorbereiten. Du weißt schon, was man eben an Heiligabend so tut.« Sie starrt mich an, und sie sieht wie die letzte Person auf diesem Planeten aus, die Weihnachtsbesuch bekommen würde. Ich weiß, dass sie lügt.

Ich frage: »Und wer genau kommt, wenn ich fragen darf?«

»Darfst du nicht.«

»Schnecke, das ist doch eine ganz normale Frage.«

Sie presst die Lippen aufeinander, sie weicht meinem Blick aus. Sie sagt: »Ich möchte sie aber nicht beantworten.«

Ich setze mich zu ihr an den Tisch, plötzlich fühle ich mich ausgelaugt. Ich sage: »Du denkst aber nicht, dass Martin kommt?«

Sie lacht, es ist ein schrilles, tonloses Zischen, das mich gruselt. »Gott, du!«, sagt sie. Und: »Es geht dich zwar nichts an, aber es geht um Robert. Robert kommt.«

»Nein.«

»Doch.«

»Robert! Ausgerechnet Robert? Bei allem, was passiert ist?«

Sie schweigt.

»Meinst du wirklich, dass das eine gute Idee ist? Ausgerechnet an Weihnachten?«

Sie schweigt wieder.

»Was, wenn es Streit gibt? Ihr habt euch doch nicht ohne Grund getrennt.«

»Wir verstehen uns inzwischen ganz gut. Und weil es, wie du ja selbst gesagt hast, nicht gut ist, wenn man an Weihnachten allein ist, haben wir ausgemacht, dass wir die Tage zusammen verbringen. Du weißt schon, was Schönes essen, ich mache Steak, Salat, ich habe guten Weißwein besorgt.«

»Okay …«

»Sonst noch was, was du wissen willst? Willst du vielleicht kontrollieren, ob ich ihm das Gästebett faltenfrei bezogen habe? Willst du vielleicht probeliegen?«

Da ist sie wieder, meine misstrauische, fiese Schwester. Ich kann tun, was ich will, sie wird nie annehmen können, dass ich mich um sie kümmere und mir Sorgen mache. Ich sage steif: »Ich habe dir nichts getan. Ich will nur sicher sein, dass es dir gut geht.«

Sie sagt überraschenderweise: »Ich weiß.«

Mir schießen Tränen in die Augen. »Ich will dir nichts Böses. Ich hab mir nur Sorgen gemacht.«

Ich trete zögernd in den Flur und nehme meinen Mantel von der Truhe.

Sie sagt sehr entschieden: »Danke für das … Buch. Auch an Ella.«

Etwas stimmt nicht. Ich kann es spüren. Und darum drehe ich mich noch einmal zu ihr um.

»Bitte, ich merke ganz genau, dass hier etwas nicht stimmt. Ich will dir wirklich nicht zu nahetreten, aber ich wäre einfach beruhigt, wenn ich sicher sein könnte.«

»Sicher in Bezug auf was?«

Ich seufze. »Schnecke, versteh mich. Ich hab einfach kein gutes Gefühl. Ich will mir nicht die ganzen Feiertage hindurch Sorgen machen.«

»Dann mach dir keine.«

»Natürlich mache ich mir Sorgen! Du und Robert zusammen, diese Vorstellung ist … einfach absurd.«

Nie im Leben will Robert freiwillig Zeit mit meiner Schwester verbringen. Und wenn doch, dann nicht in friedlicher Absicht. Aber – nein, eher überhaupt nicht. Ich spüre genau, dass das nicht stimmt. Ich spüre es einfach. Dass Robert nicht kommt. Dass ich jetzt nicht einfach wieder fahren kann.

»Soll ich dir vielleicht seine Nachricht zeigen?«, fragt sie.

»Seine was?«

»Er hat mir eine Nachricht geschrieben.«

»Schnecke«, flüstere ich. »Du hast gar kein Handy.«

»Doch, habe ich.«

»Und warum …« Ich will sagen: »Warum weiß ich nichts davon?«, aber das klingt falsch. Das klingt, als hätte Robert ihr tatsächlich geschrieben, als wäre das nicht bloß eine absurde Phantasie von ihr.

Sie hat immer gesagt, dass sie kein Handy hat, dass sie keins mehr will. Das gehört zu ihrer bescheuerten Ich-finde-mich-selbst-im-Wald-Nummer. Sie hat etwas von ständiger Erreichbarkeit gefaselt und von Strahlung, die die Menschen in der Stadt verrückt macht.

Ich sage ganz vorsichtig: »Schnecke, du hast kein Handy mehr. Du hast es abgeschafft nach deinem Nervenzusammenbruch letzte Weihnachten, erinnerst du dich?«

Sie weicht meinem Blick aus.

Ich sage: »Du meintest, dass du Ruhe brauchst und dass dich diese ständige Erreichbarkeit des 21. Jahrhunderts krank macht.« Ich muss mich sehr bemühen, das ohne jeden Unterton zu sagen. Es war zu lächerlich, wie meine Schwester mit hohlen Wangen und wirrem Haar dem 21. Jahrhundert die Schuld dafür gab, dass sie verrückt geworden war. Nein, lächerlich war es nicht, es war herzzerreißend. Nie sah sie verrückter aus als damals.

Doch, jetzt.

»Ich habe ein Handy und es geht dich gar nichts an«, sagt sie. »Es ist meins.«

»Und warum weiß ich nichts davon?«

»Weil du nichts davon wissen sollst.«

Ich sage behutsam: »Ah, okay, ein geheimes Handy also?«

Sie lacht. »Ja, genau.«

Ich überlege, ob das eine Art Verfolgungswahn ist. Sie hat ein geheimes Handy, wahrscheinlich versteckt sie es in einer Schublade und wickelt es in Alufolie und Amulette, damit man es nicht abhören kann.

Ich frage: »Zeigst du es mir?«

SUE

Für meine Schwester existiert kein Nein. Sie kann es nicht aushalten, wenn es nicht so läuft, wie sie es haben will. Das akzeptiert sie einfach nicht. Selbst wenn ich es schaffe, dass sie mein Haus verlässt, wird sie immer und immer wieder zurückkehren und neue Kaninchen aus dem Hut ziehen, immer wieder, so lange, bis sie das bekommen hat, was sie will.

Menschen wie meine Schwester kann man nur mit körperlicher Gewalt loswerden, fürchte ich.

Sie seufzt tief und sagt voller Kummer: »Ich will dir wirklich nicht zu nahetreten, aber selbst wenn Robert wirklich kommt, glaube ich nicht, dass es gut für dich wäre, ihn zu sehen. Es ging dir so schlecht damals nach der Trennung …«

So wird das immer weitergehen.

Ich sage nüchtern: »Den meisten Menschen geht es nach einer Trennung für eine Weile nicht so besonders. Du weißt das nur nicht, weil du es selbst nie erlebt hast. Das hat gar nichts mit Robert persönlich zu tun. Zwischen ihm und mir ist wieder alles okay.«

Sie reißt die Augen auf, und ich begreife, dass ich ihr Material geliefert habe. Sie wird jetzt erst recht nicht mehr lockerlassen.

Sie ruft: »Du warst vollkommen fertig, Schnecke. Ich weiß zwar nicht genau, was da zwischen euch …«

Ich schaffe es irgendwie, ruhig und beherrscht zu reagieren, auch wenn ich sie unterbreche. »Du weißt gar nichts, weil ich dir gar nichts erzählt habe. Du hast absolut keine Ahnung von mir und Robert.«

»Das stimmt, Schnecke. Aber du wirst ihn ja nicht wegen nichts verlassen haben. Du warst so fertig, dass du nicht einmal mehr arbeiten konntest! Dabei hast du es so weit nach oben geschafft, und dann … Alles umsonst, nur wegen Robert! Ich kann mir vorstellen, dass sich da Sachen abgespielt haben, über die du nicht reden willst. Also, ganz ehrlich, warum solltet ihr freiwillig miteinander die Feiertage verbringen? Das ergibt keinen Sinn.«

»Für dich. Weil du dir unter einer Scheidung automatisch Krieg vorstellst. Manche Ehepaare verstehen sich danach besser als vorher.«

Meine Schwester hat ein so konventionelles Weltbild. Für sie ist Scheidung gleichbedeutend mit Scheitern, und das würde sie selbst natürlich niemals zulassen. Darum muss in ihrer Vorstellung etwas Unaussprechliches geschehen sein, wenn zwei erwachsene Menschen sich trennen. Ebenso wenig geht in ihren Kopf, dass jemand freiwillig den Job kündigt und aus dem ganzen Getriebe einfach aussteigt.

Kein Wunder also, dass sie damals, als ich ihr von der Trennung erzählt habe, ein ganzes Feuerwerk aus Entsetzen, Trauer, Mitleid und Sorge abgefackelt hat, obwohl oder gerade weil sie vorher gar keinen Einblick in meine Ehe hatte. Nach diesen Einblicken gierte sie, nichts hätte sie glücklicher gemacht als tränenreiche Beichten und Berichte über Streits, von der kleinen Schwester, die Schutz sucht vor Robert, dem Monster.

Sie versuchte sich damals meine kurze Ehegeschichte einzuverleiben, sie sich im Nachhinein unter den Nagel zu reißen, zu deuten und zu bewerten. Und das versucht sie noch immer.

»Schnecke, bitte zeig mir dein Handy.«

Ich sage sehr leise und sehr beherrscht: »Na gut, ich zeige dir Roberts Nachrichten, damit du selbst sehen kannst, dass er kommt, und dann verschwindest du. Und du versprichst mir, dass du dich nicht hinter dem Schuppen versteckst, um ihm aufzulauern und ihn zu bitten, mich an irgendwelche Tabletten zu erinnern. Können wir uns darauf einigen?« Das Zittern in mir ist stärker geworden. Ich muss aufpassen.

Ohne eine Antwort abzuwarten, gehe ich zur Küchenschublade und ziehe sie auf. »Da ist es«, sage ich einfach.

In der Schublade liegt mein Handy neben einigen Ladekabeln und einer Packung Batterien.

Sie starrt darauf, als wäre es ein seltenes Insekt. Es dauert erstaunlich lange, bis sie etwas sagt. »Aber – was ist damit, dass du nicht mehr ständig erreichbar sein willst, weil dich das krank macht? Und mit deiner Angst vor Strahlung? Du hast nach deinem Zusammenbruch letzte Weihnachten gesagt, dass du dich der Strahlung nicht aussetzen darfst!«

Ich stoße die Luft durch die Nase aus. »Irgendwas musste ich dir doch erzählen, damit du mit deinen Anrufen aufhörst. Und du glaubst mir eher, dass ich Angst vor Strahlung habe, als dass ich nicht mit dir sprechen will.«

Unendliche Verletzung ist in ihrem Blick, als sie sagt: »Und darum lügst du mich an? Ich verstehe dich einfach nicht.«

Sie lässt sich schwer auf den Stuhl sinken, bereit, wieder das Thema zu wechseln, um weiter diskutieren zu können. Jetzt, wo sie mein Handy gesehen hat und klar sein sollte, dass ich nicht so schräg und von der Welt abgeschnitten bin, wie sie dachte, wird sie mir einen Vortrag halten, dass ich sie angelogen habe und was das über mich aussagt.

Sie macht mich wahnsinnig.

Ich entsperre mein Handy und suche nach der letzten Nachricht von Robert.

Ohne aufzusehen, sage ich: »Ich habe dir nichts von dem Handy gesagt, weil du mich sonst ständig mit Nachrichten bombardiert hättest. Mit Fotos von deinen Kindern, deinen Ausflügen, deinen Anschaffungen, deinem ganzen langweiligen Leben. Weil du gefordert hättest, dass ich mein Essen fotografiere, damit du kontrollieren kannst, ob ich mich so ernähre, wie du es gern hättest.«

Sie schnieft und zieht ein Taschentuch hervor.

Jetzt kommt diese Nummer. Das verletzte Reh.

Sie muss raus.

Sie macht mich wahnsinnig.

Sie muss raus, sonst bringe ich sie um.

ESTHER

Sie wischt über das Display und streckt mir das Gerät entgegen. Die letzte Nachricht ist von Robert. »Bis nachher, du kannst ja schon mal vorbereiten!«, hat er geschrieben. Das steht da wirklich.

Es stimmt.

Ihr Gesicht zeigt nichts, keine Genugtuung, keine Wut. »Und? Zufrieden?«, fragt sie.

Nein, bin ich nicht. Wer weiß, ob das nicht ein anderer Robert ist. Oder sie hat sich die Nachricht selbst geschrieben, von einer Nummer aus, die sie unter »Robert« eingespeichert hat. Ist das plausibel? Oder ist es vollkommen übersteigert von mir, so zu denken? Mir kommen beide Szenarien wahrscheinlicher vor als die, dass Robert kommt, um mit seiner Ex-Frau Weihnachten zu feiern.

Ich starre das Handy an und überlege. Sie nimmt die Teebecher und bringt sie zur Spüle. Ich weiß, was sie mir damit signalisieren möchte. Ich weiß, dass sie will, dass ich gehe. Aber ich kann noch immer nicht sicher sein, dass nichts Schlimmes geschieht, wenn ich sie allein lasse.

Deshalb habe ich keine Wahl.

»Entschuldige bitte, aber ich tue das hier für dich«, sage ich zu ihr.

Sie dreht sich zu mir um. »Was?«

Ich drücke auf Anruf und führe das Gerät zum Ohr.

»Ist jetzt nicht dein Ernst«, sagt sie. Fassungslos steht sie an der Spüle. Und dann schreit sie los. »Das ist nicht dein Ernst!!!«

Ich drehe mich zur Seite, um besser hören zu können. Es tutet. Und meine Schwester schreit.

Und schreit.

Und schreit.

Und dann fliegt etwas an meinem Kopf vorbei und verfehlt mich um Haaresbreite. Der Teebecher. Er trifft die Wand und hinterlässt dort einen hässlichen Fleck.

»Ey!«, schreie ich. »Beruhig dich mal!«

Sie steht da wie eine Furie mit rollenden Augen und hebt den Arm, um auch den zweiten Becher zu werfen. »Raus hier!«, schreit sie. »Raus aus meinem Haus!«

Ich trete hastig durch die Tür, hinter mir fliegt auch der zweite Becher. Und da höre ich, wie die Mailbox anspringt. »Dies ist die Mailbox von Robert Wendt«, sagt eine tiefe Männerstimme. Das ist die Stimme meines Ex-Schwagers. Ich erkenne sie.

Dabei kann das gar nicht sein.

Denn das würde bedeuten, dass meine Schwester die Wahrheit gesagt hat.

»Bitte sprechen Sie nach dem Piep«, sagt mein Ex-Schwager.

Mit erhobenen Händen trete ich in die Küche, ich lege das Handy auf den Tisch wie eine gestellte Verbrecherin eine Waffe. Aber ich muss mich gar nicht verteidigen. Meine Schwester hat mir den Rücken zugewandt, sie ist über die Spüle gebeugt, ihre Schultern zucken. Weint sie?

Ich sage leise: »Es tut mir leid. Es tut mir so leid.«

Sie schweigt.

Ich sage: »Bitte glaub mir, es war nur meine Sorge um dich. Ich will doch nur, dass es dir gut geht.«

Sie dreht sich um, in Zeitlupe. Ich dachte, sie wäre vollkommen verheult, aber das ist sie nicht. Ihr Gesicht ist trocken und wieder so regungslos wie eben. Sie sagt: »Dann wäre ja wohl alles geklärt.«

»Ja.« Ich gehe in den Flur, plötzlich habe ich es sehr eilig, hier wegzukommen. Ich denke an Martin, der nicht will, dass ich sie mitbringe. Jetzt ist mir klar, wie recht er damit hat. Und ich denke an das »Wir«, von dem er schreibt.

Wir, das sind Martin und ich, das sind die Kinder. Sonst niemand.

Soll meine Schwester doch hierbleiben und ihren Baum abstechen und mit ihrem Ex-Mann machen, was auch immer sie vorhat und wie verrückt das auch sein mag nach allem, was sie erleiden musste. Ich werde keinen Gedanken daran verschwenden.

Ich drehe mich noch einmal um.

Sie ist mir gefolgt. »Schöne Tage euch«, sagt sie und reißt die Haustür auf. »Und … noch mal danke für das Geschenk.«

Es ist eiskalt draußen, der Wind pfeift an uns vorbei, und augenblicklich friere ich. Ich habe gar nicht mehr gemerkt, wie heiß es drinnen war. Kann man sich so schnell an ungesundes Klima gewöhnen? Wie ein Frosch im siedenden Wasser habe ich hier gesessen.

Höchste Zeit, dass ich wegkomme.

ESTHER

Im Wagen ist es eiskalt. Ich drehe die Heizung auf und schließe für einen Moment die Augen. Es wird dauern, bis es warm wird. Die Kälte tut aber auch gut, sie macht mich wach und frisch und klar, der Kontrast zu der stickigen, ungesunden Luft im Haus meiner Schwester ist überdeutlich.

»Macht 'n frischen Kopp«, sagt Martin immer, wenn ich mich über Kälte beschwere.

Martin.

Ich starte den Wagen und lenke ihn vorsichtig durch den Schnee die Einfahrt hinunter. Es fühlt sich an wie eine Flucht. Ich biege auf die Zufahrtsstraße ab und beschleunige. Der Schneefall ist stärker geworden, alles um mich herum ist weiß. Ich werfe einen Blick aufs Navi. Eine Stunde und dreiundzwanzig Minuten, das ist lange, sicher gab es weitere Unfälle auf der Strecke. Aber egal, bald bin ich zu Hause.

Es ist, als hätte ich an einem Kaleidoskop gedreht. Plötzlich sieht alles anders aus.

Die farbigen Punkte und Flecken haben ihre Formation geändert, und wo vorher nur meine Schwester war, die ich so dringend retten wollte, dass mir alles andere egal war, selbst das Wohl meiner Familie, da sehe ich jetzt unser Weihnachtsfest, uns vier unter dem Weihnachtsbaum, egal, ob der bio ist oder nicht.

Und auch alles andere ist wieder da.

Der Turnbeutel, zum Beispiel.

Ich denke an Jonas, und dann denke ich an Ella, ich fühle fast ihre dünnen Ärmchen, wie sie mich umarmt. Ich werde ihr sagen, wie sehr ihre Tante sich über das Geschenk gefreut hat und wie sie die Verpackung bewundert hat. Und dann darf sie mir helfen, die Gans vorzubereiten. Sie darf die Äpfel schneiden, das kann sie schon.

Jetzt erst spüre ich, wie die Verantwortung abfällt. Ich muss mich nicht um meine Schwester kümmern, das tut jemand anders. Robert ist da, um alles zu regeln, falls sie ausflippt. Ich darf mit meiner Familie Weihnachten feiern, darf zusehen, wie Ella den Baum mit selbst gebastelten, schiefen Figuren behängt, Jonas wird darüber die Augen verdrehen, wir werden das frustrierte Knurren des Katers hören, den wir in der Küche einsperren, damit er den Baum in Ruhe lässt, Martin und ich werden jedes Mal anstoßen, wenn Jonas seine pubertären Sprüche ablässt. So ist mein Leben, unser Leben. Das wird schön. So schön wird das! Das ist alles, was ich wollte.

Oder?

Ich drücke am Autoradio rum, es rauscht. Ich muss eine Weile suchen, bis ich einen Sender klar eingestellt habe, der Weihnachtslieder spielt.

Doch.

Das wird schön.

SUE

Sie hat es geschluckt.

Ich glaube nicht mal, dass sie mir wirklich geglaubt hat, aber Roberts Nachricht hat ihr die Sprache verschlagen.

Gut, dass sie den Gesprächsverlauf davor nicht gelesen hat, das hätte ich ihr auch noch zugetraut, dass sie alle meine Nachrichten durchforstet auf der Suche nach belastendem Material. Dass sie nicht lockerlässt, mich gefesselt und geknebelt in ihren Kofferraum legt und mit nach Hause nimmt, wo sie mich in ihre Krippe stellt als Teil ihrer Heile-Welt-Installation aus Katze, Baum, Kindern.

Und Martin.

Ich wusste immer, wie meine Schwester ist. Aber ich habe sie aus der Erwachsenenperspektive nicht wirklich kennengelernt. Sobald wir aufeinandertreffen, sind wir wieder die Kinder, die wir waren.

Letztes Jahr habe ich gesehen, wie sie als Erwachsene ist.

Ich erinnere mich noch genau, wie sie in der Küche stand. Martin und ich hatten die Gläser erhoben und ließen sie aneinander klirren, die kurze Abwesenheit meiner Schwester ließ uns vergessen, dass wir im Grunde nur ihre Krippenfiguren waren.

Dann kam sie zurück und setzte sich auf ihren Platz neben

ihm. Ein winziger Seitenblick. Sie griff nach seinem Glas und halblaut raunte sie ihm zu: »Fünf?«

Sonst nichts, nur diese Zahl. Und Martin sackte förmlich zusammen.

Sie legte ihre Hand auf seinen Rücken und lächelte zufrieden, und ich wusste sofort, warum sie das tat. Ich begriff, welches Spiel hier gespielt wurde, warum Martin jetzt den Kopf senkte und meine Schwester triumphierte.

Sie legte den Kopf in den Nacken, um den letzten Schluck aus Martins Glas zu trinken, ganz tief in den Nacken, es sah beinahe unanständig aus, und ihre albernen Rentier-Ohrringe glitzerten.

Und oh, wie ich mich gruselte.

»Fünf.«

ESTHER

Die hügelige Winterlandschaft zieht viel zu langsam an mir vorbei.

Ich muss das Geschenk für Martin noch einpacken. Den Sattel. Das sollte ich nicht vergessen. Schon komisch, dass man ausgerechnet für den Menschen, der einem am wichtigsten ist, am wenigsten Geschenkenergie investiert. Stattdessen nehme ich mir absurd viel Zeit, um für meine Schwester, die ich weder wirklich mag noch sehen will, das richtige Buch und passendes Geschenkpapier auszusuchen, und dann fahre ich auch noch in den tiefsten Wald zu ihr, ausgerechnet an dem Tag, an dem wir noch mehr zu tun haben als an jedem anderen Tag des Jahres, am Tag vor Heiligabend.

Vielleicht ist es das, was ich falsch mache, die ganze Zeit. Ich investiere all die Kraft, die meiner Familie zusteht, in meine Schwester, die das nicht mal will und die ich deshalb nie erreichen werde. Meine Schwester, die mir nie etwas zurückgeben wird. Nie. Weil sie ein schwarzes Loch ist, das meine Energie und Liebe einfach schluckt, ohne mich auch nur zur Kenntnis zu nehmen.

Und darüber vergesse ich sogar Martin, der mich die ganze Zeit vor ihr beschützen will.

Er hat beinahe Angst vor ihr, das weiß ich. Martin ist nicht so stabil, er meidet sie, außer ich zwinge ihn dazu, sie auszuhalten. Eigentlich sollte ich ihn nicht zwingen. Instabile Menschen werden von Verrückten eben abgeschreckt, das ist ja eigentlich gut so. Ein sehr sinnvoller Reflex, der Schlimmeres verhindert. Der auch die Katastrophe beim letzten Weihnachtsfest hätte verhindern können, wenn ich Martin nicht angefleht hätte, nett zu meiner Schwester zu sein. Es ist kein Wunder, dass er am liebsten maximalen Abstand zu ihr hätte.

Ich bin mit ihr aufgewachsen, ich kenne mich aus mit ihr, aber für ihn ist sie fremd und gruselig. Deshalb will er auch mich von ihr fernhalten, um mich zu schützen.

Mich überkommt eine solche Sehnsucht nach Martin, dass es mich selbst überrascht. Ich bin sonst gar nicht so. Wir sind weder besonders romantisch noch außergewöhnlich verliebt miteinander, das ist ja auch klar, nach so vielen Jahren und mit zwei Kindern, aber jetzt, in diesem Moment, wird mir richtig warm, wenn ich an ihn denke.

Darum rufe ich ihn an.

Er nimmt sofort ab. »Ja?«

»Ich wollte dich beruhigen. Sie kommt nicht mit.«

»Das ist gut.«

»Ja.«

»Bist du auf dem Rückweg? Wann bist du da?«

Für einen Moment bin ich enttäuscht über den Kontrast zwischen meinen überquellenden Empfindungen und seiner knappen Frage.

»Ja, bin ich. Es dauert noch« – ich werfe einen Blick auf das Navi – »eine Stunde und vierzehn Minuten, bis ich bei euch bin.«

So lange? Ich bin gefühlt schon ewig unterwegs.

»Ist was Bestimmtes?«, fragt er.

»Ich wollte nur deine Stimme hören.«

»Ah. Gut. Okay, wir –«, ich höre Hintergrundgeräusche, als würde er etwas einräumen, vermutlich kommt er gerade vom Einkaufen. Er hat natürlich einiges zu tun, dennoch wäre mir lieber, er würde sich jetzt auf mich konzentrieren.

Er klappert mit irgendetwas und sagt: »Was war denn da mit Paprika?«

»Was? Wie bitte?«

»Du hast eben irgendwas von Paprika geschrieben, ich hab jetzt extra noch einmal nachgeschaut, auf der Liste stand aber nichts von Paprika.«

Ich kann mich kaum daran erinnern, aber es stimmt, das war vorhin, als ich bei meiner Schwester war. Es kommt mir jetzt so fern vor, dass ich eben noch neben ihr stand, beinahe wie ein Traum.

»Stimmt, Paprika«, sage ich.

»Hast du geschrieben, aber nicht, welche Paprika und wie viel. Ich hab jetzt trotzdem welche geholt, also drei, eine von jeder Farbe.«

»So ein eingeschweißtes Dreierpack?«

»Ja. Ich wusste ja nicht, welche, du hast nichts geschrieben.«

»Und jetzt haben wir je eine rote, gelbe, grüne?«

»Genau.«

Das ist idiotisch, und das sollte er wissen. Kein Mensch isst grüne Paprika. Es gibt eine einzige Sache auf der Welt, für die man grüne Paprika braucht, und zwar Gazpacho. Da gehört sie rein. Aber seit wir Kinder haben, machen wir eigentlich ohnehin keine Gazpacho mehr, also seit dreizehn Jahren. Es ist typisch Martin, falsche Paprika zu kaufen. Grüne Paprika zu Weihnachten ist das Abwegigste der Welt. Zumindest bei einem Einkaufszettel, den ich geschrieben habe. Wir werden sie wegschmeißen, ebenso wie die überflüssige Plastikfolie, in die sie verpackt ist.

Ich unterdrücke meinen Ärger. »Eine grüne brauchen wir nicht, nie, aber das ist ja egal. Dann schmeißen wir sie eben weg. Hauptsache, mit dem Baum ist alles glattgegangen.«

Eine Pause.

»Martin?«

»Ja, also«, sagt er. »Ich war rechtzeitig bei *Momo's*, also ich wäre rechtzeitig da gewesen, aber vorher wollte ich noch zur Post, um das Paket abzuholen. Ich fand, dass das Paket wichtiger ist, da ist ja das Geschenk für Jonas drin. In der Post war eine superlange Schlange, aber es schien schnell voranzugehen, also hab ich mich angestellt. Und dann war ich nach einer halben Stunde fast vorn, stell dir das mal vor, da haben an zwei Schaltern irgendwelche Rentner ihre Postbankgeschäfte angefangen, das hat ewig gedauert. Aber ich konnte ja schlecht raus aus der Schlange, es sah auch wirklich so aus, als wäre ich bald dran, und –«

»Der Baum«, sage ich. »Was ist mit dem Baum?«

»Ich hab das Paket dann noch bekommen.«

»Und den Baum nicht.«

»Genau. Aber ich habe einen anderen geholt, der ist zwar nicht bio, aber –«

»Dir ist schon klar, dass die Post bis sechs aufhat und der Baum, den ich extra bestellt habe, bis zwei abgeholt werden musste?«

»Stimmt, ja.«

Ich denke daran, dass für Jonas der blöde Baum vermutlich sogar wichtiger ist als das Geschenk. Wenn wir einen gespritzten Baum haben, wird er nicht lockerlassen, das zu beklagen, er wird versuchen, das Ganze irgendwie zu boykottieren, seine ganzen düsteren Teenie-Hormone gegen uns und den Baum richten, und dann gibt es Gebrüll und schlechte Laune, noch ehe Ella Gelegenheit hatte, das erste Getränk umzustoßen.

Und ausgerechnet diesmal wäre es vermeidbar gewesen, weil Jonas eigentlich recht hat, zumindest wegen Pimki, die wir ja nicht vergiften wollen. Er hat es ganz vernünftig angesprochen, und wir haben ihm versprochen, dass wir einen Bio-Baum besorgen, was im Prinzip ja kein Problem ist. Im Prinzip, genau. Man muss nur daran denken.

Ich sage, so ruhig ich kann: »Und warum hast du es dann nicht andersrum gemacht, wenn du weißt, dass es stimmt?«

»So genau hab ich das nicht überlegt, ich dachte nur an das Paket, wegen Jonas.«

Ich schweige und konzentriere mich auf den Verkehr, dabei ist da gar kein Verkehr, da draußen gibt es nur Landstraße und Schnee und Wald und Hügel und noch mehr Schnee.

Martin sagt: »Sag was.«

Ich brauche eine Weile, bis ich sprechen kann, vor Ärger. »Der Baum war wichtig.«

»Es tut mir leid! Aber ganz ehrlich, das ist eine riesige Liste, die ich hier abarbeiten soll, das schafft kein Mensch, nicht an einem Tag, wo die Stadt total voll ist und alle Schlange stehen.«

»DU schaffst das nicht«, sage ich.

»Ja«, sagt er. »Du hättest das besser geschafft, aber du musstest ja zu deiner Schwester fahren.«

»Lass meine Schwester da raus! Sie kann nichts dafür, dass du …« Ich verstumme, ehe ich ihm noch mehr Vorwürfe mache.

»Ich hab doch gesagt, du sollst nicht fahren.«

»Sei mal froh, dass ich bei meiner Schwester war«, sage ich giftig. »Sonst hättest du ja gar keine Schuldige dafür, dass du es nicht schaffst, die paar Sachen zu erledigen. Und übrigens, warum hast du die falsche Weinflasche in meine Tasche getan? Liegt das daran, dass der Riesling von Günni schon leer ist? Warum ist das so, Martin?«

»Ich will nicht –«, sagt Martin, aber da lege ich auf.

Ich mache das Radio wieder an, aber jetzt hilft die Musik nicht mehr, sie macht mich wütend. Oder traurig.

Hat wieder jemand am Kaleidoskop gedreht? Ich frage mich, ob es überhaupt richtig ist, Martin über meine eigene Schwester zu stellen. Nur weil er sie nicht dabeihaben will, lasse ich sie gerade allein. Eigentlich ist auch Martin der Grund, dass sie nicht kommen will, weil es ihr vor ihm peinlich ist, was letztes Jahr passiert ist.

Weg damit, weg mit diesen Gedanken! Ich will nach Hause, ich will keine Störgeräusche, ich will nicht mehr grübeln und nachdenken und mir Sorgen machen.

Ich beschleunige, auch wenn ich das nicht tun sollte, die Straße ist nicht richtig geräumt, und der Wagen schlingert.

Das Navi gibt an, dass ich in 59 Minuten zu Hause bin. Da wartet der gespritzte Baum, den die Kinder vermutlich gerade schon schmücken, nein, Ella wird das allein tun, erst hängt sie den ganzen selbst gebastelten Kram hinein, dazu die Familien-Plastikkugeln und die Wollsterne, und erst zum Schluss die schönen roten Kugeln, die so leicht zerbrechen. Ich hoffe, Martin ist bei den Kindern. Nicht dass er jetzt los ist, um andere Paprika zu kaufen, und dafür ist Ella allein zu Haus und zerbricht die roten Kugeln. Falls Martin überhaupt daran gedacht hat, sie aus dem Keller zu holen. Vielleicht schafft Ella das aber auch allein.

Der Gedanke an Ella tut gut. Alles ist besser, als wütend auf Martin zu sein. Noch schlimmer allerdings wäre es, an meine Schwester zu denken, meine arme, irre Schwester, die ich an Weihnachten allein lasse, mit ihrem Ex-Mann, der sie so schlecht behandelt hat. Ich vermute, er hat sie sogar geschlagen. Aber daran denke ich nicht.

Ich denke an heute Abend.

Die Gans. Ich denke an den fetten, schweren Geruch, der bald durch unsere Wohnung ziehen wird, und dann flirrt doch noch etwas anderes durch meinen Kopf, etwas, das nicht stimmt, wie ein Störgeräusch.

Gans. Steak.

Essen.

Kühlschrank.

Der Kühlschrank meiner Schwester.

Störgeräusch. Und dann höre ich nicht nur, was da nicht stimmt, ich sehe es auch.

Ich fahre rechts ran und bremse, der Wagen rutscht auf dem Eis, kommt dann aber doch zum Stehen.

»Oh mein Gott«, flüstere ich.

MARTIN

»Fahr nicht«, hat er gesagt, und zwar aus verschiedenen Gründen. Auch aus Gründen, von denen sie nichts weiß, bisher.

Die jeweilige Auswirkung dieser Schwesterntreffen ist für ihn immer völlig unkalkulierbar. Manchmal muss seine Frau danach bloß etwas Dampf ablassen, daran ist er gewöhnt.

Sie redet sich dann in Rage über irgendetwas, was ihre Schwester gesagt oder getan hat. Dass sie so viel arbeitet und so viel Geld verdient. Dass sie nicht mehr arbeitet und trotzdem noch genug Geld hat. Wasserfallartig ergießt sich dann ein ätzender Schwall über ihn, der doch eigentlich gar nichts damit zu tun hat. Das tut ihnen als Paar manchmal sogar gut. Sie braucht ihn dann als Gesprächspartner. Oder eher als Bestätigung dafür, dass sie alles richtig und ihre Schwester alles falsch macht. Diese Dialoge beherrscht er im Schlaf.

Eigentlich ist das seine sicherste Rolle, denn er kann praktisch nichts falsch machen. Wenn er sorgenvoll mit den Augen rollt und raunt, wie bekloppt seine Schwägerin ihm wieder vorkam, dann ist seine Frau plötzlich handzahm. Das ist genau das, was sie hören will. Und um sie richtig in Entzücken zu versetzen, betont er dann noch, wie entsetzlich abgemagert ihre Schwester sei. Esther schnurrt dann förmlich vor Genugtuung. Nichts lieben Frauen mehr als abwertende Bemerkungen über andere Frauenkörper.

Es gibt aber auch Situationen, in denen sie sich so sehr über ihre Schwester aufregt, dass es für ihn nichts mehr zu retten gibt und es stattdessen zu einem Eklat kommt. Dass sie sich die halbe Nacht über ihre Schwester ereifert und gar nicht mehr zur Ruhe kommt. Oder eben, dass sie die Vorbereitungen für Heiligabend nicht hinbekommt. Dass er das dann ausbaden muss, weil sie es nicht ertragen kann, wenn etwas nicht perfekt läuft, und weil sie auch nie daran schuld sein will. Für diese Rolle ist er schließlich besetzt. Und deshalb sitzt er dann nachts in seinem Sessel im Wohnzimmer. Das braucht er, um sich von ihr und ihren Schimpftiraden zu erholen. Dieser räumliche Abstand ist existenziell notwendig für ihn. In ihrer Nähe hat er manchmal das Gefühl, gar nicht denken und atmen zu können, seine Schultern verkrampfen sich, er fühlt sich unter ständiger Beobachtung. Er will diese unerträgliche Situation dann nur noch beenden oder zumindest lindern. Mit einem Glas Wein. Mit einem Satz, der ihr gefällt und sie zum Lachen bringt oder wenigstens zustimmend nicken lässt. Er sehnt sich nach allem, was etwas Linderung verschafft.

Und deswegen sind ihm die Nächte allein mit seinem Wein in seinem Sessel im Wohnzimmer so wichtig: Zeit, in der er allein ist, um im Internet zu surfen, Musik zu hören oder seinen Gedanken nachzuhängen. Eigentlich ist das die einzige Zeit, in der er wirklich entspannt und er selbst ist, in der er keinen Druck empfindet. Und deswegen dauern diese Nächte auch so ungesund lange. Oft geht er erst im Morgengrauen ins Bett, weil er den Gang so scheut, an dessen Ende er sich neben sie ins Ehebett legen muss.

Er versteht nicht, wie andere Paare es schaffen, nebeneinander einzuschlafen. Er braucht Abstand, um zur Ruhe zu kommen, räumlich wie zeitlich. Wenn sie nicht schon mindestens zwei Stunden sicher schläft, ehe er sich leise neben sie legt, kann er gar nicht schlafen, dann liegt er da und atmet mit geschlossenen Augen gegen das Druckgefühl in der Brust an, bis er Durst bekommt und wieder aufsteht.

Er hasst es, neben ihr zu liegen. Er beneidet Paare mit getrennten Schlafzimmern. Das wäre sein Traum.

Einmal, als er erkältet war, hat er geschnarcht, weil seine Nase verstopft war. Er schnarcht sonst nie.

»Martin, du hast heute Nacht gesägt.« Sie hatte es sogar aufgenommen, das war typisch für sie. Triumphierend drückte sie auf Play, und die ganze Familie lauschte am Frühstückstisch seinen dröhnenden Schnarchlauten.

Da schoss ihm die Idee durch den Kopf, diese Sache auszunutzen. Es gab doch so viele Männer, die wegen ihrem Schnarchen ausquartiert wurden ... Wäre das nicht vielleicht die Chance?

Er träumte heimlich davon, ein Bett im Arbeitszimmer aufzustellen, der Gedanke euphorisierte ihn. Er würde morgens allein aufwachen, er müsste nicht immer so spät ins Bett gehen, nur um ihr nicht zu begegnen. Er würde deshalb automatisch weniger trinken und mehr schlafen, vermutlich würde es ihm insgesamt viel besser gehen. Alles würde besser werden. Alles wäre erträglicher.

Der Vorschlag zu den getrennten Schlafzimmern müsste natürlich von ihr kommen. Es durfte keinesfalls so wirken, als wollte er sich von ihr entfernen, sondern musste so aussehen, als würde sie ihn für sein Schnarchen mit Verbannung bestrafen. Er fand, dass eine solche Reaktion gut zu ihr passen würde.

Je mehr er darüber nachdachte, desto realistischer erschien es ihm, dass er sein Ziel erreichen könnte. Er bereitete sich vor, indem er verschiedene Schnarchgeräusche und ihre Abfolge übte. Wenn er sich neben sie legte – zu ähnlichen Zeiten wie vorher, damit sie keinen Verdacht schöpfte –, zählte er in Gedanken bis viertausend. Das wäre ein realistischer Zeitraum, um die fürs Schnarchen notwendige Schlafphase zu erreichen. Dann erst begann er sein Konzert. Beim zweiten Mal rüttelte sie ihn, bis er verstummte, dann tat er so, als ob er aufwachte.

War ihre Geduld bereits erschöpft? Er frohlockte. Aber zu früh.

Leider funktionierte der Trick nicht, der ihm so schlau vorgekommen war. Stattdessen nähte sie ihm Tennisbälle in den Schlafanzug, um ihn davon abzuhalten, auf dem Rücken zu schlafen. Denn nur so, das hatte sie gegoogelt, könne man Schnarchen effektiv bekämpfen.

Und diesen Schlafanzug muss er jetzt noch immer tragen. Nie hat er sich besiegter gefühlt als in den Nächten, in denen er neben ihr liegt und ihrem Atem lauscht, während ihn die Bälle im Rücken am Einschlafen hindern, sodass er sich widerwillig auf die Seite dreht. Es ist das Ergebnis einer demütigenden, verlorenen Schlacht, die genau zur Entwicklung ihrer Ehe passt. Die Moral von der Geschichte ist: Er darf gar nicht erst versuchen, sich zu wehren. Oder etwas zu verändern. Denn dann wird es schlimmer.

Immer schlimmer.

Einmal hat er das Pyjamaoberteil ausgezogen und mit nacktem Oberkörper auf dem Rücken geschlafen. Das kann sie gar nicht gestört haben, schließlich schnarcht er ja nicht wirklich.

Aber sie ließ es ihm nicht durchgehen. Morgens rüttelte sie ihn wach.

»Ich habe schreckliche Kopfschmerzen. Habe kaum ein Auge zugetan. Bitte, schlaf nächste Nacht wieder mit Oberteil, ich habe es dir schließlich extra umgenäht.«

»Habe ich geschnarcht?«, fragte er ungläubig, und er wusste sofort, dass er das nicht hätte fragen sollen, es klang viel zu schuldbewusst.

Und natürlich antwortete sie: »Ja.«

Was sollte er darauf sagen? Dass er genau wusste, dass er nicht schnarchte? Dass er nur so getan hatte, um im Arbeitszimmer schlafen zu dürfen? Also sagte er: »Entschuldige.«

»Zwei Stunden, höchstens. Mehr habe ich nicht geschlafen. Dabei ist heute Elternsprechtag. Und den Wagen muss ich auch noch aus der Werkstatt holen.«

»Entschuldige«, wiederholte er, und dann konnte er sich nicht verkneifen zu sagen: »Das nächste Mal, wenn ich schnarche, weck mich einfach direkt.«

Sie sagte kühl: »Das fehlt ja gerade noch, dass du dann auch nicht schläfst. Bitte zieh einfach nur das Oberteil an.«

»Aber aufgenommen hast du mich diesmal nicht?«, wagte er zu fragen.

Sie sah ihn an, ihre Nase zuckte. Und er erkannte, dass sie haargenau wusste, welches Spiel hier gespielt wurde. Dass sie wusste, dass er es wusste. Und sie sagte: »Glaub mir, Liebling, das möchte keiner hören.«

Er nickte besiegt und hasste den Gedanken jetzt schon, in den kommenden Nächten schlaflos neben ihr zu liegen, mit Tennisbällen im Rücken.

Beim Frühstück waren ihre Kopfschmerzen offenbar verflogen. »Der Papa hat heute Nacht so ein schönes Konzert veranstaltet«, scherzte sie, legte den Arm um Ella und Jonas und küsste ihn. »Er hat sogar die Marseillaise für mich trompetet.«

Er wünschte so sehr, dass eines der Kinder sie bitten würde, das aufzunehmen, einfach nur, damit er beweisen konnte, dass er auch ohne das Bälle-Oberteil nicht schnarchte, aber stattdessen rief Ella entzückt: »Wirklich, Papa? Oh bitte, mach noch mal!«, und Martin musste die Marseillaise brummen, um seine Tochter zu amüsieren, ganz so, wie er es angeblich im Schlaf getan hatte.

Er lachte selbst, während er in die strahlenden Gesichter der Kinder blickte. Und in das strahlende Gesicht seiner Frau, die ihm zuzwinkerte, als sie ihm seine Kaffeetasse aus der Hand nahm, prüfend hineinsah und sie dann austrank. Und er fragte sich, wie sie es schaffte, vor anderen immer so glücklich verheiratet zu wirken. Und warum ihm das offenbar selbst auch ganz okay gelang.

Obwohl doch das Gegenteil der Fall war.

ESTHER

Ich bin rechts rangefahren und habe den Wagen vor einem Waldweg mit Schranke abgestellt, ich schalte das Standlicht ein und steige aus. Um mich herum sind nur Bäume und Blätter, aber es kommt kaum Licht durch die dichten Kronen, und eigentlich ist da nur Schnee, überall Schnee.

Und die Erkenntnis, dass meine Schwester gelogen hat. Und ich habe ihr geglaubt, weil ich nicht genug aufgepasst habe.

Vor meinen Augen sehe ich das Innere ihres Kühlschranks, und dieses Bild ist eindeutig. Das ist nicht der Kühlschrank von jemandem, der einen Gast erwartet. Nie im Leben.

Was hat Robert noch geschrieben? Dass sie das Essen schon einmal vorbereiten soll?

Nichts von dem, was sie angeblich kochen will, befand sich eben in diesem Kühlschrank. Kein Steak, kein Salat. Nicht einmal Getränke, außer dieser Hafermilch.

Und ich traue meiner Schwester durchaus zu, dass sie mit einem Glas Hafermilch anstoßen würde, aber Robert ist nicht so, oh nein. Er hat immer gern ein Glas mit uns getrunken.

Und da der Kühlschrank praktisch leer ist, wird sie ganz sicher auch keinen Zweitkühlschrank im Keller haben.

Sie hat Robert zwar zum Weihnachtsessen eingeladen. Aber sie hatte nie vor, für ihn zu kochen. Oder mit ihm zu feiern.

Aber was dann?

In diesem Moment schrillt mein Handy.

Martin.

»Ja?«

»Lass uns nicht streiten«, sagt er. »Es tut mir leid, dass ich das mit dem Baum nicht geschafft habe.«

Ich brauche einen Moment, um zu reagieren. »Wenn Jonas das erfährt, wird er enttäuscht sein, und zwar zu recht. Du musst also einfach so tun, als wäre der Baum bio. Okay?«

»Okay.«

»Pass auf, dass da nicht irgendein Schild dran ist. Also, falls da ein Schild dran ist, mach es ab. Und tu es nicht so in den Müll, dass er es nachher findet.«

»Mach ich alles«, sagt Martin. »Und du kommst jetzt nach Hause, okay? Du bist jetzt nur so gestresst, weil du von deiner Schwester kommst. Dann kann ich es dir nie recht machen. Ich bin mir sicher, heute Abend wirst du dich entschuldigen und sagen, dass du eine dumme Kuh warst und dass es dir leidtut.«

»Ach, bist du da so sicher, ja?« Ich muss lächeln und trete mit der Stiefelspitze gegen einen Schneehaufen.

»Ja. Das sagst du nämlich immer, wenn du mich total grundlos angemeckert hast. Und du meckerst mich absolut immer grundlos an, wenn du bei deiner Schwester warst, aber nachher siehst du es immer ein und entschuldigst dich.«

»Und warum sagst du mir das dann jetzt schon? Damit entgeht dir ja nachher die Entschuldigung.«

»Ja, aber weißt du«, seine Stimme wird leiser und dann wieder lauter, »ich wollte dir Zeit sparen helfen. Wenn du dich jetzt entschuldigst, können wir uns viel schneller um so wichtige Dinge wie Paprika kümmern. Brauchen wir die? Was essen wir denn mit Paprika? Roh mögen die Kinder die doch eh nicht.«

»Ehrlich gesagt ist das total egal. Jetzt, wo sie da sind, können wir sie den Kindern irgendwann heimlich in die Tomatensoße pürieren.«

»Du bist so raffiniert!«

»Nicht wahr?«

»So was von raffiniert!«

»Ich entschuldige mich hiermit. Aber du musst mir kurz helfen.«

»Okay«, sagt er, die Stimme hebt er etwas an, fragend.

Ich räuspere mich. »Ich kann das jetzt nicht ganz erklären, aber … da stimmt etwas nicht bei meiner Schwester. Kannst du mal eben …«

»Bitte«, sagt er. »Süße. Bitte nicht.«

»Hör mir einfach zu. Ich bitte dich, das jetzt zu machen.«

»Was zu machen?«

»Ruf Robert an und frag ihn, ob und wann er sie besuchen will.«

»Warum rufst du ihn nicht selbst an?«

»Weil ich gerade auf einer verschneiten Landstraße fahre und mich lieber aufs Fahren konzentriere, damit ich gleich heil und wohlbehalten bei euch ankomme.«

Na ja, eher weil mein Verhältnis zu meinem Schwager nicht so eng ist, dass er am stressigen Tag vor Heiligabend garantiert ans Telefon gehen würde. Martins Nummer hingegen kennt er nicht. Da geht er dran.

»Ganz ehrlich, Süße, das kommt mir nicht …«

»Bitte. Wenn du mir helfen willst, tu es einfach.«

Er seufzt. »Okay. Robert anrufen. Und was soll ich noch mal genau fragen?«

»Ob er sie besuchen will zu Weihnachten. Und wann er sie besuchen will.«

»Warum sollte Robert sie denn besuchen, ausgerechnet?«

»Eben!«, sage ich. »Ich erklär dir das später. Aber bitte check das. Nicht nur auf seinem Handy.«

Ich steige wieder in den Wagen und starte den Motor. Die Hinterräder brauchen einen Moment, um sich aus dem Schnee herauszugraben. Ich sehe auf die Straße, sie ist das Einzige hier, was nicht komplett weiß ist. Der Asphalt glitzert von Eiskristallen. Ich fahre langsam wieder auf die Landstraße.

»Ach, und wenn du ihn nicht erreichst, ruf Monika an.« Monika ist Roberts Mutter. Bei ihr würde er sonst Weihnachten verbringen, zumindest vermute ich das. »Frag sie, ob sie weiß, was er heute vorhat. Und, Martin …«

»Ja?«

»Danke. Kuss?«

»Kuss. Fahr schnell, Liebling. Bitte, beeile dich.«

»Ja, mache ich.«

Das ist eine Lüge.

Denn ich fahre gerade zurück zu meiner Schwester.

ESTHER

Jedes Jahr an Weihnachten tut sich der Boden um meine Schwester auf und gibt einen Abgrund frei.

Nicht nur weil diese Tage, an denen alles schön und heil sein sollte, sowieso schon so schwer zu überstehen sind. Sondern vor allem, weil dann ihre dunklen Geister auftauchen. Ich weiß nicht, was genau diese Geister ihr sagen, aber letztes Jahr habe ich eine Ahnung davon bekommen. Von ihrer Verzweiflung. Ihrem Hass auf mich. Von ihrem unbedingten Willen, mir zu rauben, was ich habe an Glück, und sei es symbolisch, indem sie meinen Mann anfällt.

Was sagen ihr die Geister dieses Jahr? Wie passt diese Geschichte mit Robert da rein?

Sie hat uns nie verraten wollen, was er ihr damals angetan hat. Mein Neid auf ihre Privilegien hat mir offenbar den Blick verstellt auf das, was bei ihr los ist. Warum wagt sie sich nicht aus dem Haus? Warum kann sie nicht mehr arbeiten? Warum ist fast nichts mehr von dem übrig, was sie einmal ausgemacht hat?

Wenn sie mir, ihrer Schwester, auf die sie immer schon neidisch war, den Mann stehlen wollte – was hat sie dann erst mit ihrem Ex-Mann vor, der sie zu dem gemacht hat, was sie jetzt ist?

Der Wagen schlingert, als ich noch mehr beschleunige.
Ich darf keinen Unfall bauen. Aber ich muss so schnell wie möglich bei ihr sein.

ESTHER

Ich habe schon die Hälfte der Strecke zurückgelegt, als Martin zurückruft.

Er sagt: »Ich habe Robert nicht erreicht. Es ging nur die Mailbox dran, ich habe aber nicht draufgesprochen. Auf Festnetz dasselbe.«

»Und Monika?«

»Ja. Pass auf. Die sagt, Robert ist bei Sue. Er ist schon gestern hingefahren, sie sagt, dass er zum Abendessen da sein wollte.«

»Danke.« Ich starre auf die Schneewehen, sie lösen sich in Zeitlupe auf und verschwimmen vor meinen Augen zu einer zähen weißen Masse.

»Was ist denn los? Ist Robert jetzt da oder nicht?«

Ich drücke Martin weg.

Robert ist schon gestern in den Wald zu meiner Schwester gefahren.

Er müsste da sein.

Aber das ist er nicht.

Die Nachricht auf dem Handy meiner Schwester kam eindeutig von Robert, ich habe ja angerufen und seine Mailboxansage gehört.

In Gedanken gehe ich zurück zu der Situation eben, ich höre sie brüllen, sehe die Tassen auf mich zufliegen, spüre den Luftzug.

Und dann, wie sie plötzlich ruhig wird, von einer Sekunde auf die andere.

Wie sie nichts mehr sagt.

Wie sie an der Spüle steht, wie ihre Schultern zucken vor unterdrücktem Schluchzen.

Und ich begreife.

Es war alles umgekehrt.

Ihre Schultern zuckten vor unterdrücktem Lachen, weil sie mich wieder einmal hereingelegt hat.

Weil sie im genau richtigen Moment scheinbar die Fassung verloren und mich angeschrien und beworfen hat.

Ein Ablenkungsmanöver.

Sie hat nicht die Fassung verloren, im Gegenteil. In dem Moment, in dem ich auf Anruf gedrückt habe, wusste sie, dass es gleich im Haus klingeln würde. Roberts Handy. Weil Robert im Haus ist.

Und darum hat sie herumgeschrien und mit Sachen geworfen. Damit ich das Klingeln nicht höre. Nur um dann zu verstummen, als die Mailbox angesprungen ist, damit ich höre, was ich hören sollte. Dass die Nachricht vom richtigen Handy kam. Damit ich beruhigt bin.

Und jetzt verstehe ich, was sie getan hat.

Und warum sie mich unbedingt loswerden musste.

SUE

Wenn ich es nachher klirren höre, werde ich nicht einmal überrascht sein.

Ich kenne sie ja. Sie lässt sich nicht davon aufhalten, dass ihr niemand die Tür öffnet. Meine Schwester ist eine Dampfwalze, die nur eine Richtung kennt, und wer sich ihr in den Weg stellt, wird plattgemacht. So ist sie schon immer gewesen. Und an Weihnachten ist sie noch schlimmer als sonst.

Ich hocke also im Schlafzimmer auf dem Bett, die beiden Kopfkissen in den Rücken gestopft und die Beine angewinkelt. Ich würde viel lieber im Wohnzimmer beim Tannenbaum die Kisten mit Weihnachtsschmuck auspacken, aber dann würde sie ums Haus herumgehen und mich sehen, sie würde an die Scheibe klopfen und rufen und winken, und sie würde sehen, dass ich sie gesehen hätte.

Warum ist es so leicht für die einen, den anderen Kontakt aufzuzwingen?

Warum ist es so schwer für die anderen, diesen zu verweigern?

Ist das Zivilisation? Erziehung? Sind es Familienbande?

Wenn ich jedoch im Wohnzimmer sitzen und sie einfach ignorieren würde, wie sie da steht und klopft und ruft, dann würde sie das Fenster einschlagen, da bin ich mir sicher. Sie würde dann behaupten, ich sei taub oder verrückt geworden oder beides. »Du hast mich gar nicht gehört, obwohl ich direkt auf der anderen Seite des Fensters war, ich hab mir solche Sorgen gemacht! Ich dachte, du hättest einen Schlaganfall oder einen Herzinfarkt!«

Deshalb ist es besser, hier im Schlafzimmer zu warten. Hier habe ich wenigstens meine Ruhe, bis sie sich schließlich selbst Zutritt verschafft hat, wie sie es immer tut. Immer und immer wieder.

MARTIN

»Fahr schnell, Liebling. Bitte, beeile dich«, hat er eben noch in den Hörer gesagt. Das war ebenso gelogen, wie es ernst gemeint war. An so vielen Stellen sind für Martin Lüge und Wahrheit inzwischen ineinandergeflossen, dass er das eine vom anderen manchmal selbst nicht mehr unterscheiden kann.

»Wann kommt Mama?«, fragt Ella.

»Ich weiß es nicht, Süße.« Er sieht auf die Uhr. Tatsächlich, langsam sollte er sich Sorgen machen. Er greift nach dem Handy und ruft sie an, aber sie drückt ihn weg.

Das ist einerseits typisch. Das tut sie oft, es ist ihre Art von Dominanzverhalten. Sie selbst will zurückrufen und den Zeitpunkt bestimmen. Umgekehrt wird sie rasend, wenn er nicht sofort ans Telefon geht.

Aber jetzt sitzt sie im Auto. Und eben klang es so, als würde sie auf Tuchfühlung mit ihm gehen, wie so oft, wenn sie Kontakt zu ihrer Schwester hatte. Üblicherweise hat sie dann ein großes Bedürfnis, mit ihm das innige Paar zu geben.

Und da sie gerade fährt und die Freisprecheinrichtung aktiviert hat, könnten sie diesem Bedürfnis jetzt bis zu ihrer Ankunft nachgehen. Doch etwas anderes scheint sie zu beschäftigen.

Aber was?

Er tippt:

Wo bleibst du?

Ich mache mir Sorgen.

Keine Antwort. Er würde sie gern noch einmal anrufen, aber das lässt er besser.

»Was ist los, Papa?«, fragt Ella und klettert auf seinen Schoß. Ihre Finger kleben. Vermutlich war sie heimlich an der Plätzchendose. Vorsichtig löst er ihre Hände von seinem Hemd – na super, Marmeladenflecken. Aus einem dummen Impuls heraus reibt er mit den Fingerknöcheln darüber, jetzt kleben auch seine Fingerknöchel.

»Was ist das?«, fragt er streng.

Ella reißt die Augen auf. »Ein Fleck?«

»Ja, und zwar von deinen Händen. Hast du etwa die Marmeladenplätzchen gegessen?«

»Nein?« Sie lässt es wie eine Frage klingen und betrachtet ihn unsicher, als wollte sie ihm die Entscheidung überlassen, ob er schimpft oder einen Spaß daraus macht.

»Wenn ich ein Detektiv wäre, würde ich sagen, dass du heimlich an der Dose warst. Die Flecken beweisen es.«

»Aber die sind auf deinem Hemd? Nicht auf meinem?« Sie versteckt die Hände hinter dem Rücken.

»Wir gehen jetzt beide Hände waschen.« Er steht auf, aber dann piepst sein Handy. Schnell greift er danach.

Eine Antwort von ihr.

Alles gut.

Das irritiert ihn. Warum schreibt sie, wenn sie im Auto sitzt? Normalerweise ruft sie dann zurück.

»Hände waschen«, sagt er zu Ella, aber es kommt halbherzig heraus. Seine Gedanken sind bei dieser Nachricht.

Er hat eine Art inneres Frühwarnsystem für seine Frau entwickelt. Das ist überlebenswichtig für ihn. Je genauer er ihre Stimmung einschätzt, je besser er vorhersehen kann, was sie will, umso besser kann er sich darauf einstellen. Umso größer ist die Wahrscheinlichkeit, dass die Stimmung nicht kippt. Dass er sie nicht verärgert.

Er tippt:

Bist du noch im Auto?

Die Nachricht wird abgesendet, aber nicht gelesen. Also ruft er sie jetzt doch noch einmal an, es klingelt, sie nimmt nicht ab.

»Papa?«

»Gleich.«

Etwas stimmt nicht. Im Auto würde sie sofort abnehmen. Oder ihn zumindest wegdrücken, wie eben.

Wenn sie nicht im Auto ist, wo ist sie dann? Seine Kopfhaut prickelt. Das ist es, das Frühwarnsystem. Aber wie soll er reagieren, wenn er sie nicht erreicht?

Zur Sicherheit schreibt er ihr noch ein paar Nachrichten, um ihr zu signalisieren, wie wichtig es ihm ist. Damit macht er bestimmt nichts falsch.

Und trotzdem wird ihm immer unwohler. Er sieht auf die Uhr. Er hätte jetzt gern ein Glas Wein. Und vor allem wüsste er gern, dass hier nichts aus dem Ruder läuft.

Sie soll schnell fahren. Sehr, sehr schnell.

ESTHER

Ich wünschte, ich wäre eine Schwarzseherin, eine Pessimistin, eine Kassandra. Denn das würde bedeuten, dass die Realität nicht so ist, wie ich sie mir ausmale.

Es wäre so schön, wenn ich mich irre. Denn natürlich hoffe ich, dass meine Schwester ihren Ex-Mann nicht vor mir versteckt hält, tot oder lebendig. Dass er nicht die ganze Zeit schon im Haus war. Wollte er sich vielleicht bemerkbar machen? Will sie seine Leiche entsorgen? Oder hat sie das schon getan?

Ich hoffe, ich irre mich. Aber leider ist meistens alles noch viel, viel schlimmer.

Und darum darf ich ihr nicht glauben, was sie sagt. Vertrauen ist gut, Kontrolle ist besser.

Ich drücke meinen Daumen auf den Klingelknopf.

Der Wind in meinem Rücken hebt zu einem dumpfen Brausen an. Es klingt, als würde er Luft holen, um mich und den Wald und das Haus mit meiner Schwester darin fortzupusten, weit weg, irgendwohin, wo nicht Weihnachten ist. Irgendwohin, wo Martin mich nicht wiederfinden kann, wo er mich auch niemals suchen wird.

Mir ist schwindelig, aber das ist bei meinen Befürchtungen auch kein Wunder.

Ich drücke erneut auf die Klingel, ich höre sie von drinnen, es kann also nicht sein, dass sie plötzlich kaputtgegangen ist.

Ich klingle noch einmal, dann klopfe ich mit der Faust gegen die Tür. »Schnecke!«, rufe ich. Meine Stimme wird beinahe verschluckt von diesem Wind, der immer stärker wird.

Keine Antwort.

Diesmal nehme ich den Ellenbogen und lasse ihn an die Tür krachen.

»Schnecke!«

Das Haus steht stumm, nur der Wind, der brüllt jetzt beinahe.

Es ist Blödsinn, lauter zu klopfen und zu rufen. Wenn sie die Klingel nicht hört, dann hört sie auch das Rufen nicht.

Als ich die zwei Stufen der Eingangstreppe hinuntergehe, wirft mich der Wind fast um. Schnee weht mir in die Augen, ich sehe fast nichts mehr.

Ich trete ans Küchenfenster.

Der Wind hat einen Großteil des Tageslichts schon an sich gerissen, und in der Küche brennt keine Lampe. Ich beschirme meine Augen mit den Händen und nähere mich der Scheibe, um hineinzuspähen. In der Küche erkenne ich nichts, nur den Tisch mit den Stühlen, auf denen wir vorhin noch gesessen haben, sie und ich.

Ich hebe meine Faust und klopfe gegen das Küchenfenster, einmal, zweimal. »Schnecke!«, rufe ich. Es ist nur noch ein symbolisches Rufen, ich weiß schon, dass sie mich nicht hört. Aber warum? Was ist da drinnen los?

Der Schnee ist so dicht geworden, dass ich kaum noch etwas sehen kann. Auch das letzte Licht verschwindet langsam hinter den Bäumen. Ich bewege mich auf den Geräteschuppen zu, der Riegel klemmt, als ich mit vor Kälte steifen Fingern versuche, ihn aufzuziehen. Im Innern des Schuppens ist es noch dunkler, ich leuchte mit meinem Handy hinein und erkenne mit Mühe einen Rasenmäher, Werkzeuge, die ordentlich an der linken Wand hängen, eine erstaunliche Anzahl Gummistiefel direkt neben dem Eingang, dazu ein Stapel Eimer.

Dass sie nicht hier drin ist, war doch klar. Wieso habe ich überhaupt reingesehen? Ich ziehe die Tür wieder hinter mir zu und stapfe zum hinteren Teil des Hauses. Von dort scheint ein schwacher Lichtschein zu kommen. Ich klemme meine vor Kälte tauben Finger unter die Arme und gehe um das Haus herum.

Tatsächlich, da ist das große Panoramafenster, das Wohnzimmer ist hell erleuchtet. Ich sehe den Baum und glaube fast, die aufgestochenen Harztaschen riechen zu können.

Meine Schwester sehe ich nicht. Sie ist irgendwo da drinnen.

Ich ziehe mein Handy aus der Tasche und überlege, was ich tun soll. Die Polizei rufen? Martin anrufen?

Meine Schwester kann ich nicht anrufen, weil ich ihre Nummer nicht habe. Ich hätte Martin bitten sollen – aber nein, er hat Robert ja nicht erreicht. Und es ist unwahrscheinlich, dass Roberts Mutter die Nummer meiner Schwester hat.

Wenn ich jetzt Roberts Nummer wähle, klingelt sein Handy. Das heißt: Wenn ich es ins Haus schaffe und ihn anrufe, höre ich, wo er ist. Dann finde ich ihn.

Ich reiße mich vom Anblick der Tanne im Wohnzimmer los und stapfe durch den Schnee zum Geräteschuppen zurück. Wenn ich mich richtig erinnere, liegt dort ein Backstein, mit dem sich eine Scheibe einschlagen lässt.

Ich habe Angst.

Und ich weiß nicht, ob es die Angst um meine Schwester ist.

Oder die Angst vor ihr.

SUE

Als ich das Klirren höre, ist es fast eine Erleichterung. Sie hat den Einstieg durch das Gästebad gewählt, das ist ja eigentlich nett von ihr. Denn so eine kleine Scheibe ist viel leichter zu ersetzen als ein Küchenfenster, zumindest vermute ich das. Auf jeden Fall ist beides besser als das Panoramafenster.

Ich höre, wie sie die Treppe hochkommt. Und dann höre ich ihre Stimme im Flur. »Schnecke?«

Ihre Stimme klingt so unfassbar harmlos, gemessen daran, dass sie gerade in mein Haus eingebrochen ist.

Ich möchte nicht antworten, aber wenn ich stillhalte, dann nimmt sie das als Aufforderung, mich überall zu suchen. Dann kommt sie in mein Schlafzimmer und möglicherweise setzt sie sich sogar auf mein Bett. Das möchte ich nicht.

Also stehe ich auf, gehe zur Schlafzimmertür und öffne sie.

Sie steht auf der obersten Treppenstufe, die Augen weit aufgerissen, ihre Schuhe hinterlassen nasse Flecken.

Sie sieht mich und stößt einen Laut aus, der wohl Erleichterung und Überraschung ausdrücken soll.

Ich sage nichts. Es gibt nichts zu sagen.

Nur für sie, für sie gibt es immer etwas zu sagen. Sie sieht mich an, schüttelt den Kopf, schwer erschüttert sieht sie aus. Und dann sagt sie: »Oh mein Gott! Warum hast du nicht aufgemacht? Hast du nicht gehört, wie oft ich geklingelt habe? Und gerufen?«

Da steht sie, voller rechtschaffener Empörung und Sorge, und ich bin diesen ewig gleichen Text zwischen uns so leid. Wie kann es sein, dass man in Familien immer, immer dieselben Gespräche führt, über Jahrzehnte? Ist es denn nicht möglich, da mal eine Variation reinzubringen?

Mir fällt keine ein.

Sie sagt anklagend: »Monika hat gesagt, dass Robert schon seit gestern bei dir ist. Du hast mir die falsche Nachricht gezeigt, weil du mich täuschen wolltest.«

Ich nicke.

»Was hast du mit Robert gemacht?«, flüstert sie voller Entsetzen.

Ich schließe die Augen. Was ist schlimmer, nichts zu sagen oder ihr die Wahrheit zu sagen?

MARTIN

»Papa?«, fragt Ella gefühlt zum hundertsten Mal.

»Gleich«, sagt er und starrt auf sein Handy. Noch immer keine Antwort.

»Ich will den Aschenbrödel-Film gucken! Mama hat gesagt, dass wir den heute gucken dürfen!«

Er antwortet nicht. Er spürt, dass sich etwas zusammenbraut. Es ist nicht nur seine Kopfhaut, die prickelt.

Ella nimmt seinen Arm und schüttelt ihn. »Papa! Da sind drei Pferde! Es ist nicht immer dasselbe Pferd! Sie haben die Pferde getauscht! In dem Film, Papa! Das sollen wir gucken!«

»Sei still!«, herrscht er sie an. Wie laut er ist, erkennt er erst an dem Schrecken in ihrem Gesicht.

Er zwingt sich durchzuatmen.

Und dann nimmt er sich zusammen und sagt ruhig: »Bitte doch einfach Jonas, dass er den Film anmachen soll, Süße.«

Ella presst die Lippen aufeinander und zögert, aber offenbar befindet sie den Vorschlag nach einer Weile für gut. Sie dreht sich um und verschwindet im Wohnzimmer.

Martin nimmt erneut das Handy. Er ahnt, was passiert ist. Sie muss zurückgefahren sein.

Er tippt:

Komm schnell.

Und er sagt es zur Sicherheit noch einmal vor sich hin. »Komm bitte, bitte schnell.«

Und er betet, dass sie ihre Schwester nicht mitbringt. Denn er weiß: Noch ein Weihnachtsfest zu dritt würde alles ans Licht bringen.

Und seine Familie in Schutt und Asche legen.

SUE

Sie steht immer noch auf der obersten Treppenstufe, dann tritt sie einen Schritt auf mich zu und legt ihre weichen Arme um mich, das ist mir so unangenehm, dass ich erschaudere.

Sie flüstert: »Du kannst mir alles sagen, Schnecke, das weißt du, oder? Ich bin für dich da. Wir schaffen das. Zusammen schaffen wir das. Zeig mir, wo er ist.«

Ich halte die Luft an, solange ich kann, und dann drehe ich den Kopf etwas zur Seite, weil ich ihren Atem nicht in meinen Lungen haben will. »Er ist zu Hause«, sage ich gepresst. »Bei sich zu Hause.«

Sie lässt mich abrupt los und schüttelt den Kopf. »Das ist er nicht! Also?«

»Doch, er ist zu Hause.«

Sie atmet geräuschvoll aus und flüstert: »Was hast du ihm angetan, Schnecke? Sag es mir! Ich werde dir helfen, egal, was du getan hast!«

Ich dränge mich an ihr vorbei zur Treppe. Plötzlich habe ich es eilig, sie von meiner Schlafzimmertür wegzubekommen. Auch wenn ich damit gerechnet habe: Sie ist einfach so in mein Haus eingedrungen und hier hochgekommen, das geht zu weit, viel zu weit. Alles geht zu weit. Aber meine Schwester geht immer zu weit. Sie geht zu weit und kommt mir zu nah. Beides.

»Warte!«, ruft sie, dann kommt sie hinter mir her. »Ich rede mit dir!«

Ich gehe in die Küche und lasse mich auf meinen Platz fallen, ich bin erschöpft. Sie folgt mir. Natürlich tut sie das.

Sie hat die Augen weit aufgerissen. »Schnecke!«, flüstert sie. »Was hast du nur getan? Er geht nicht ans Telefon, also erzähl mir nicht, dass er …«

»Kann ich mir vorstellen«, sage ich knapp. »Schon mal daran gedacht, dass er keinen Bock hat, mit dir zu telefonieren, so oft, wie du ihn in den vergangenen Jahren angerufen hast, um deine Nase in unseren Privatkram zu stecken?«

Ich erinnere mich noch gut an die Anrufe.

Zuerst war Robert neutral bis offen gegenüber meiner Schwester. Er ist Einzelkind, darum dauerte es, bis er spürte, wie schief das zwischen uns ist.

»Nimm das nicht alles so schwer«, sagte er immer, »so ist Familie eben, immerhin hast du eine! Sei froh, dass sich deine Schwester so bemüht um dich, ich hätte auch gern Geschwister.«

So viel ich ihm auch von unserem schwierigen Verhältnis erzählte, so wenig wollte er dabei mithelfen, sie auf Abstand zu halten. Ich glaube, er dachte, meine Familie sei jetzt auch seine Familie, und er war auch immer etwas stolz, dass er diese Schwager- und Schwiegersohnrolle so gut ausfüllte, wohingegen ich selber alles schrecklich kompliziert machte, wie er fand.

Das nutzte meine Schwester nach Kräften aus. Wenn ich nicht auf ihre zahlreichen Anfragen reagierte, egal, ob es um Einladungen zu gemeinsamen Abendessen ging oder allgemein um mein Befinden, rief sie Robert an. Und bat ihn dann, mich ans Telefon zu rufen. Wir hatten dann mehrfach die Situation, dass Robert das Telefon in der Hand hielt, an dessen anderem Ende meine Schwester mithörte, wie ich ihm erklärte, dass ich gerade keine Lust zu telefonieren und sie deshalb auch vorher schon weggedrückt hätte, als sie es zuerst über meine Nummer versucht hatte. Er schnitt Gesichter und fuchtelte in der Luft herum, um mir zu signalisieren, dass sie uns hörte, und ich sagte: »Sie weiß das eh, und es ist ihr egal, das meine ich ja.«

Nach diesen Situationen rief sie ihn dann immer nach wenigen Minuten noch einmal an, um ihm zu erklären, wie leid es ihr tue, dass sie ihn in einen Loyalitätskonflikt gebracht habe, wie sie es nannte, aber ihr Wunsch, sich mit mir zu versöhnen, sei aufrichtig, und sie hoffe, dass er jetzt ihretwegen keinen Ärger mit mir bekäme, das wolle sie nun wirklich nicht.

Langsam begriff Robert dann doch, in was er da hineingeraten war. Er begann ihre Anrufe ebenfalls zu ignorieren. Selbstverständlich akzeptierte meine Schwester das nicht. Sie stellte es so dar, dass es entsetzliche Missverständnisse gegeben habe, die wir unbedingt aufklären müssten, weil sie ja alles nur gut gemeint habe und immer noch nur das Beste für alle wolle. Und dann brachte sie Martin schließlich dazu, mit seinem Handy bei uns anzurufen. Das tat er eine Zeit lang auch, wobei sie ihm jedes Mal nach wenigen Minuten das Telefon aus der Hand riss, um wieder selbst zu übernehmen.

Nach der Trennung rief sie Robert erst recht an, um seine Meinung zu allem zu erfragen, um all die Details herauszufinden, von denen ich ihr nichts erzählen wollte. Es war eine wirklich schöne Sache, dass Robert immerhin noch so loyal war, meine Schwester aus unseren Angelegenheiten rauszuhalten. Egal, wie wütend er auf mich war, immerhin fütterte er sie nicht mit irgendwelchen Informationen, aus denen sie dann wieder Anlässe gestrickt hätte, um in irgendeiner Weise Macht über mich zu gewinnen.

Man darf ihr nichts sagen. Nie.

Man muss sie auf Abstand halten, so gut es geht.

Aber das ist so schwer.

Ich sage: »Er will nicht mit dir telefonieren. Na und?«

Sie starrt mich an, als hätte ich einen Kübel Wasser über ihr ausgeschüttet. Doch sofort fängt sie sich wieder, um weiter ihren Film zu fahren. Sie flüstert: »Was hast du ihm angetan?«

»Nichts.«

Sie atmet aus, Drama im Blick, und zieht ihr Handy hervor. Und wählt. Sie reißt das Gerät ans Ohr und betrachtet mich wie eine Richterin die zum Tode Verurteilte. Und dann reckt sie den Kopf und blickt hin und her wie eine Taube, als wollte sie hören, ob irgendwo Roberts Handy klingelt.

Wir schweigen beide. So still sind wir, dass ich höre, wie es tutet, und dann, wie die Mailbox anspringt.

»Na, geht er nicht dran?«

»Wo ist er?«

»Keine Ahnung.«

»Er ist hier, bei dir! Gestern ist er losgefahren, das hat Monika verraten!«, triumphiert sie.

Es wundert mich nicht, dass sie meine Ex-Schwiegermutter angerufen hat. Das ist genau ihr Stil. Ich sage: »Ja, er war hier, und dann ist er wieder weggefahren.«

»Wie? Wie jetzt? Er wollte die Weihnachtstage hier verbringen. Und …«

Ich schüttle den Kopf. Eigentlich sollte ich nicht antworten, ich will auch nicht. Und trotzdem tue ich es, das ist das Muster, das sich wiederholt: Auch wenn ich weiß, dass ich gar nicht mit ihr reden sollte, bereitet es mir doch eine gewisse Erleichterung, ihre absurden Theorien zu widerlegen. Darum antworte ich. »Nein, das wollte er nicht. Er ist kurz vorbeigekommen, weil wir Steuerunterlagen fertigmachen mussten. Für das Vorjahr werden wir zusammen veranlagt. Ist ja auch egal. Jedenfalls ist er deswegen kurz gekommen, wir sind den Kram durchgegangen, ich habe unterzeichnet, und er ist wieder weg.«

»Und warum dachte Monika dann, dass …«

Ich sage sehr, sehr, sehr ruhig: »Ich habe absolut keine Ahnung, was Monika denkt. Ich hab auch keine Ahnung, was du sie gefragt hast. Jedenfalls war er hier und ist wieder gefahren. Oder hast du seinen Wagen hier irgendwo gesehen?«

Sie presst die Lippen zusammen und schweigt.

»Siehst du? Er wollte nie mit mir feiern.«

»Das stimmt nicht, Schnecke. Ich habe doch selbst gelesen, dass er meinte, du kannst ja schon mal das Essen vorbereiten.«

»Nicht das Essen. Die Steuerunterlagen.«

Sie überlegt. »Und warum geht er dann nicht ans Telefon?«

»Weil er deine Nummer sieht. Und die von Martin. Weil er nach deiner Dauerbelagerung in den letzten Jahren keinen Bock auf deine Anrufe hat. Genauso wenig wie ich.«

Sie flüstert: »Du hast mir absichtlich diese missverständliche Nachricht von ihm gezeigt. Da frage ich mich: Warum all das? Ich verstehe dich nicht.«

»Weil ich allein sein will. Weil ich, verdammt noch mal, allein feiern will. Das habe ich etwa hundertmal gesagt. Ich will einfach nur meine Ruhe haben.«

Ich höre an den Ausrufezeichen hinter jedem einzelnen Wort, dass ich es nicht schaffe, ruhig zu bleiben.

Einfach! Nur! Meine! Ruhe! Warum hört sie das nicht auch?

Sie sieht mich an, unendliche Verletzung im Gesicht.

»Du gibst also zu, dass du gelogen hast?«

»Ja, genau. Ich würde dir alles erzählen, damit du mich in Ruhe lässt. Wenn ich dafür sagen muss, dass ich Beruhigungsmittel nehme oder kein Handy besitze oder Besuch bekomme oder was auch immer, dann tue ich das.«

»Du meinst, dann lügst du mich an?«

Ich möchte lachen, aber ich kann nicht. »Verrate mir bitte, welches Zauberwort ich sagen muss, damit du kapierst, dass ich allein sein will. Dass du gehen sollst. Bitte, dann muss ich dich nie mehr anlügen!«

Sie richtet sich auf, empört. »Natürlich lasse ich dich in Ruhe, wenn du das willst! Du tust ja geradezu so, als würde ich dich bedrängen! Ich dachte nur, es sei nicht gut für dich, Weihnachten allein zu sein, man sieht dir ja an, wie schlecht es dir geht. Und du weißt doch, wie leicht dann etwas passiert.«

Ich bin es ja gewohnt, dass sie übertreibt, aber ich kann es dennoch kaum fassen: Sie steht vor mir und sie schluchzt auf, gleich wird sie in Tränen ausbrechen. Das ist die nächste Stufe ihrer emotionalen Erpressung.

DAS MÄDCHEN

Das Mädchen kommt nicht ins Badezimmer. Die Tür ist verschlossen.

Es weiß nicht, was es tun soll. Das Mädchen sitzt im Nassen, das ganze Kleid ist nass, aber der Vater will seine Ruhe haben und die Mutter will fernsehen. Das Mädchen soll still sein. Aber es ist sich sicher, dass das Kleid nicht nass werden soll und auch der Boden nicht. Also steht es auf und geht ins Wohnzimmer zur Mutter, ohne etwas zu sagen. So kann es am wenigsten falsch machen, denkt es. Die Mutter sitzt auf dem Sofa und starrt auf den Fernseher. In der Ecke steht der Weihnachtsbaum und leuchtet, die Mutter hat den Stecker der Lichterkette noch nicht rausgezogen. Das Mädchen sieht, wie schön der Baum ist, und fühlt sich direkt getröstet.

Das Mädchen zwängt sich zur Mutter aufs Sofa und lehnt sich zaghaft an sie. Die Mutter schreit auf, als sie das nasse Kleid des Mädchens berührt, sie brüllt, dass das Mädchen in die Hose gemacht hat. Das Mädchen wundert sich, denn es hat keine Hose an, sondern ein Kleid. Doch es sagt nichts.

Die Mutter springt vom Sofa auf, reißt das Mädchen am Arm mit in Richtung Badezimmer, um ihm die nassen Sachen auszuziehen.

Doch das Mädchen weiß, dass die Badezimmertür verschlossen ist.

ESTHER

So etwas bringt nur meine Schwester fertig. Nur sie schafft es, ausgerechnet bei mir so zu tun, als würde meine Sorge um sie irgendwelchen niederen Beweggründen entspringen.

Sie ist ein typisches Nesthäkchen. Eine, die immer eine große Schwester hatte, die sie vor allem Unglück beschützt: mich. Nur deswegen kann sie es sich leisten, auf alles Mögliche demonstrativ zu pfeifen.

Den Preis für die Freiheit meiner Schwester zahle ich, immer schon. Weil ich immer, immer, immer die bin, die aufpasst. Und die nachher die Brände löscht, wenn das nicht gereicht hat. Die den Krankenwagen ruft, weil meine Schwester durchdreht, damit Sanitäter sie ins Krankenhaus bringen, wo man sie ruhig spritzt. Aber so etwas vergisst sie natürlich, weil es ihr unangenehm ist. Sie müsste sonst vielleicht selbst Verantwortung übernehmen für das, was letztes Jahr passiert ist. Oder Danke sagen für meine Hilfe.

Meine Schwester sagt: »Für mich ist Weihnachten einfach nur ein Tag wie jeder andere auch.«

Das ist Unsinn. »Für niemanden ist Weihnachten ein Tag wie jeder andere auch. Selbst wenn man sich das einredet.«

»Für mich schon.« Sie sagt es trotzig wie ein Kind. Und trotzig wie ein Kind blendet sie aus, was wir beide wissen:

dass an Weihnachten eine Menge schiefgehen kann. Dass Menschen durchdrehen. Dass schlimme Dinge passieren, die einen ein Leben lang nicht mehr loslassen. Und dass es dann Familie braucht, die hinter einem steht.

Niemand kann Weihnachten entkommen. Wer behauptet, Weihnachten sei ein Tag wie jeder andere, lügt. Man muss sich Weihnachten stellen und auch der Angst, die an Weihnachten wiederkommt. Der Angst, dass es nicht schön wird. Der Angst vor einem Geschenk, das offenbart, dass der andere einen nicht kennt. Oder zu gut kennt. Der Angst, dass es Streit gibt. Der Angst, dass man sich einsam fühlt. Der Angst, dass jemand durchdreht. Und der schlimmsten Angst: davor, dass man zu viel an früher denkt. An die Zeit, als man noch so klein war, dass man nicht wusste, wie gefährlich Weihnachten sein kann. Was passieren kann, wenn sich nicht alle bis zur Erschöpfung bemühen, ihren Teil zu erfüllen.

Ich verstehe, was sie da versucht. Sie will Geschenken, Gesellschaft und Gesprächen entfliehen, weil ihr das Angst macht, aber sie begreift nicht, dass deshalb die anderen drei Geister der Weihnacht auf sie lauern. Einsamkeit, Traurigkeit und Verzweiflung.

Ich weiß, wie wichtig es ist, dass eine Familie an Weihnachten zusammenhält. Und sie weiß das auch. Oder nicht?

Kann es sein, dass sie das vergessen hat?

Ich bringe es nicht über mich, es anzusprechen. Es auszusprechen.

Stattdessen sage ich ein weiteres Mal, ich kann nicht anders: »Ich habe da einfach kein gutes Gefühl, wenn ich weiß, dass du hier mutterseelenallein im Wald hockst.«

»Du kannst dir deine Barmherzigkeit sparen, ich komme nicht.«

Das kommt so schnippisch und roh aus ihrem Mund, dass ich beleidigt sein müsste, aber das Gegenteil ist der Fall. Ich kenne den Stachelpanzer meiner Schwester. Ich trete einen Schritt auf sie zu, sie weicht zurück. »Schnecke, auch wenn das letztes Jahr etwas unglücklich gelaufen ist, wir sind doch froh, wenn du dabei bist! Ich vor allem!«

»Wofür ziehst du die eigentlich ab, diese Mitleidsnummer? Was bringt dir das?«

Ihre Stimme klingt nun so hart, als hätte ich sie nicht zu uns nach Haus eingeladen, sondern schwer beleidigt. »Ich verstehe nicht, was du meinst.«

»Nein, das tust du offenbar nicht. Weil du es nicht verstehen willst.«

Ich versuche, ganz ruhig zu bleiben. »Mitleid oder kein Mitleid, lass das doch mal weg. Es ist ganz einfach. Wir werden es schön haben. Wir sitzen einfach zusammen, haben eine gute Zeit, wir kochen was Schönes … Ich habe dich gern dabei, weil du meine Schwester bist. Weil wir eine Familie sind. Weil ich Zeit mit dir verbringen will.«

»Und warum? Hast du dich das mal gefragt?«

»Warum was?«

Und jetzt beugt sie sich vor, sodass ihre Nasenspitze beinahe meine berührt. Sie sagt: »Warum du Zeit mit mir verbringen willst, obwohl wir nur streiten und einander nicht ausstehen können. Das ist doch krank!«

»Schnecke, es ist normal, dass Schwestern streiten. Das gibt es in jeder Familie. Das bedeutet doch nicht, dass wir einander nicht ausstehen können! Man kann sich auch lieben, wenn man sich streitet.«

Sie weicht zurück und schüttelt den Kopf. Dann sagt sie knapp: »Also, ich liebe dich definitiv nicht.«

Und ich flüstere: »Ich liebe dich trotzdem.«

Und das stimmt, aber es ist nicht nur das. Denn viel größer als meine Liebe zu meiner Schwester ist meine Angst um sie. Ich weiß, was passiert, wenn man nicht aufpasst.

Und hier in diesem Haus im Wald wird etwas Furchtbares passieren.

Das weiß ich einfach.

Sie lässt den Kopf zur Seite sinken, als hätte jemand die Luft aus ihr rausgelassen, sie macht einen auf Drama. Das kann sie gut. Sie wimmert: »Ich liebe dich trotzdem!«

Ich kenne diesen Teil, und darum trete ich vorsichtshalber einen Schritt zurück, damit sie mir nicht um den Hals fallen kann. »Ja? Dann lass mich in Ruhe. Ich will nicht zu euch.«

»Aber warum? Warum bloß, Schnecke? Sag es mir doch, damit ich es verstehen kann!«

»Wirklich?«

»Ja!«

Ich hole tief Luft. »Weil ich eure Weihnachtsfeiern grauenhaft finde, diese von oben bis unten absolut verlogene Show, die du da abziehst mit deiner glücklichen Familie. Das Essen, der Wein, die Geschenke, die Deko, die Klamotten, die ganze Choreographie …«

Ich merke, wie ich mich in Rage rede.

»Selbst die kleinen Unperfektheiten sind ganz genau geplant, die das Ganze dann so sympathisch machen sollen. Am Baum muss das hängen und nicht das, ihr müsst vorher noch etwa fünf Minuten darüber streiten, ob alles so hängt oder so, haha, was ist das für eine liebenswert schräge Familie, die wegen der verdammten Kugeln streitet, dann ist der

Tisch perfekt gedeckt und alle loben das Essen und ihr könnt damit anfangen, euch sinnlos zu betrinken, und dann werden Geschenke ausgepackt und alle freuen sich wie verrückt über den ganzen überflüssigen Scheiß, den ihr da wieder mal zusammengekauft habt, vor allem deine arme Tochter, und aus lauter Angst, dass sie sich nicht genug freut oder falsch freut oder zu viel freut, schmeißt sie irgendwann ihr Glas um, und dann kriegst du einen hysterischen Anfall, dann sagt Martin, dass du dich nicht aufregen sollst, dann brüllst du ihn an, die Kinder sitzen da starr vor Schreck und warten auf das Signal, dass euer Streit zu Ende ist und sie ihren Happy-Family-Text weitersprechen dürfen, und Martin wartet darauf, dass er endlich betrunken genug ist, dass ihm das alles nix mehr ausmacht, und dabei haben alle riesige Angst, dass irgendetwas schiefgeht und dass etwas von dem ganzen kranken Mist sichtbar wird, den du mit deiner Weihnachtstyrannei übertünchen willst.«

Meine Schwester kneift ihre Lippen zusammen, sie sieht getroffen aus. Ihre Stimme ist gefährlich leise, als sie antwortet. »Ich verstehe. So sieht Weihnachten also aus der Sicht einer depressiven alleinstehenden Arbeitslosen aus, die so wenig mit dem Leben zurechtkommt, dass sie lieber den ganzen Tag allein im Wald sitzt und auf ihren Tannenbaum einsticht, weil sie so immerhin nicht mit dem normalen Leben in Kontakt kommt und sich keine Gedanken über sich selbst und andere machen muss.«

Ich muss fast lachen. »Normales Leben? Dein sogenanntes normales Leben ist reine Tyrannei! Du machst alle Leute um dich rum fertig. Alle. Gerade an Weihnachten. Du bist immer schlimm, aber an Weihnachten bist du noch schlimmer als sonst.«

Meine Schwester stößt Luft durch die Nase aus. »Wie nett von dir, dass du solches Mitleid mit meiner Familie hast, Schnecke. Hast du dich deswegen letztes Jahr so ganz besonders um Martin gekümmert? Weil du Mitleid mit ihm hattest?«

»Nein. Das war einfach nur ein Kuss.«

»Ein Kuss, ja. Ich finde es schon lustig, dass du mir jetzt erklären möchtest, wie schlimm ich mich angeblich an Weihnachten aufführe, obwohl du selbst es warst, die sich auf dem Balkon auf meinen Mann gestürzt hat. Keiner von uns beiden hat dir das vorgeworfen oder nachgetragen, wirklich nicht, weil wir wissen, dass es dir schlecht geht, aber vielleicht solltest nicht ausgerechnet du jetzt anfangen mit Vorwürfen.«

Soll ich dazu etwas sagen? Soll ich sagen, wie ich das sehe? Ich schüttle den Kopf. »Geh. Geh einfach.«

ESTHER

»Geh einfach«, zischt sie, und ich wende mich tatsächlich zur Tür.

Ich weiß, dass ich jetzt wirklich gehen sollte. Aber sobald meine Hand den Türgriff berührt, verraucht meine Wut.

So wie immer. So ist es eben, wenn man die Große ist.

Ich kann meiner Schwester nicht böse sein, das konnte ich noch nie. Große Schwestern beschützen und verzeihen, kleine Schwestern jammern und verurteilen, so ist die Rollenverteilung. Egal, wie gruselig und gestört das ist, was sie getan hat.

Wenn meine kleine Schwester mir den Zopf abschneidet, verzeihe ich ihr.

Wenn sie meinen Mann zu küssen versucht, verzeihe ich ihr auch.

Wenn sie mich am Tag vor Heiligabend aus ihrem Haus wirft, nachdem sie lauter fiese Sachen gesagt hat, werde ich ihr das auch verzeihen.

Weil ich ihr alles verzeihe.

Immer.

Aber gehen werde ich nicht.

SUE, LETZTES JAHR

Ich habe Martin immer für einen Waschlappen gehalten. Weil er so dämlich war, meine Schwester zu heiraten. Weil er mit ihr Kinder bekommen hat. Das bedeutet nicht weniger, als dass er ihr freiwillig noch mehr Munition geliefert hat, mit der sie ihn bekämpfen kann. Ich bin davon überzeugt, dass nur sehr dumme und schwache Männer in so eine Lage geraten, Männer, die möglicherweise allein lebensunfähig sind oder devot veranlagt.

Jetzt, in diesem Moment, sehe ich das milder. Ich stehe in der offenen Haustür und versuche, sie loszuwerden, aber ich schaffe es nicht. Gerade bekomme ich wieder eine Ahnung davon, wie unmöglich es ist, mit einer Botschaft zu meiner Schwester durchzudringen. Das hatte ich vergessen. Nein, vergessen nicht – ich wusste, dass es schwer ist. Aber ich hatte verdrängt, wie krass es ist. Nichts erreicht sie. Kein noch so hartes, deutliches Wort durchdringt ihre Fassade, alles perlt an ihr ab, sie ist aus Teflon.

Und so fühlt man sich in ihrer Gegenwart. Wie etwas, das abperlt, etwas ohne Halt, ohne Bodenhaftung, ohne Orientierung.

Als Kind hatte sie diese Zaubertafel. Eine graue, in einen roten Plastikrahmen eingefasste Tafel mit einem schmalen Plastikgriffel, der mit einer Schnur befestigt war. Wenn sie mit dem Plastikgriffel auf der Tafel malte, entstanden schwarze Formen auf der grauen Fläche. Es gab einen Schieber am Rand, und wenn sie den von der einen zur anderen Seite zog, wurde alles Gemalte wieder gelöscht.

Diese Tafel hat sie offenbar immer noch. Meine Schwester löscht die Realität, und dann greift sie zum Stift und malt beherzt ihr eigenes Lieblingsbild. Und das starrt sie dann an und ist beruhigt, dass alles so ist, wie sie es braucht. Und wenn die Situation sich verändert, löscht sie wieder alles und fängt von vorn an.

Und Martin muss das ertragen, jeden Tag. Er muss ertragen, dass alles, was er sagt und fühlt und denkt, keine Rolle spielt. Niemals. Er gehört zu den unerfreulichen Dingen, die sie wegwischt.

Ich denke daran, wie es war, letztes Jahr.

Zunächst versuchte meine Schwester mit aller Kraft, Kontakt zwischen mir und ihren Kindern herzustellen. Es ist nicht so, dass ich meine Nichte und meinen Neffen nicht mag, aber der Druck, mit dem meine Schwester agiert, führt bei mir automatisch zu Widerwillen.

Ich weiß noch, wie sie mir vor vielen Jahren geradezu aggressiv ihren strampelnden Säugling in die Arme gelegt hat. Vor Schreck hätte ich ihn beinahe fallen gelassen. »Nimm du ihn wieder«, sagte ich entsetzt.

»Du machst das super«, sagte sie und rückte viel zu nah an mich heran, »du musst ihn nur anders halten, damit er sich wohlfühlt. Nimm ihn ein wenig mehr in die Armbeuge und halte seine Füße, damit er nicht so strampeln kann, er fühlt sich geborgener, wenn du …«

Und während ich voller Angst und Unbehagen meinen Neffen festhielt und sie anflehte, ihn mir wieder abzunehmen, erklärte sie mir, welche großartigen Gefühle mich überkommen würden, wenn ich erst selbst Mutter wäre.

Ich wollte das nicht hören. Ich wollte, dass sie mir das Baby abnimmt, ehe ich etwas kaputt mache. Ich hätte es mir lieber aus sicherer Entfernung angeguckt.

»Du musst schon ein bisschen auf das Gleichgewicht achten, Schnecke, er rutscht dir ja fast vom Arm!«, rief sie alarmiert, und ich drückte ihr das zappelnde Babypaket in den Arm und floh ins Bad.

Letztes Jahr schließlich saßen wir vor leer gegessenen Tellern und taten so, als ob wir uns prächtig unterhielten. Martin und Jonas trugen alberne Weihnachtspullover, Ella ein prinzessinnenhaftes Glitzerkleid, meine Schwester wieder irgendetwas mit humorvollem Muster. Aus der Box dudelten amerikanische Weihnachtsklassiker. Die Lautstärke wurde hochgedreht, um das Jaulen der neurotischen Katze zu übertönen, die wegen des Baums verrücktspielte und die meine Schwester deswegen im Schlafzimmer eingesperrt hatte. Die Kinder waren satt und müde und wollten sich mit ihren Geschenken beschäftigen, Martin wollte sich in Ruhe dem Wein zuwenden, und ich wollte nach Hause. Und meine Schwester? Die wollte, dass wir uns alle unterhielten.

»Als Tante Schnecke so alt war wie du, da hat sie sich auch für Insekten interessiert«, sagte sie zu Ella und sah mit übertrieben begeistertem Gesicht von ihr zu mir. »Nicht wahr, Schnecke? Du warst ganz verrückt danach.«

»Stimmt«, sagte ich knapp. Nichts in Ellas Zimmer ließ auf

ein Interesse für Insekten schließen, ich dachte mit Schaudern an die kitschigen rosa Einhörner.

»Für Schnecken, vor allem, nicht wahr?«, fragte sie mich, lachte auf und drückte meinen Arm. Meine Nichte reagierte nicht auf diese vorhersehbare Pointe. Ich war beinahe gespannt, ob sie ihre Mutter darauf hinweisen würde, dass Schnecken keine Insekten waren, aber Ella blickte nur ab und zu mit gespieltem Interesse auf und spähte sonst heimlich unter den Tisch. Auf dem Schoß befand sich die Spielzeugkamera, die sie bekommen hatte und auf der sie offenbar irgendwelche Spiele daddeln konnte.

Meine Schwester lächelte huldvoll. »Du hast sie sogar gesammelt und mit Blättern gefüttert, das weiß ich noch genau. Martin, nimmst du Ella schnell das Glas weg, ehe es ... Schnecke, hat es geschmeckt? Nimm doch noch etwas Gans, ein bisschen mehr, in der Küche ist auch noch Soße.«

»Ich habe genug, danke.«

»Aber komm, versuch es, du solltest mehr essen, wirklich, du siehst schlimm aus. Ich tu dir was auf den Teller, du musst es ja nicht aufessen, aber versuch wenigstens ...«

Martin sagte: »Ich nehm gern noch etwas.«

»Wein?«, fragte sie und lächelte. »Fünf!«

Er schlug die Augen nieder. »Nein, Soße.«

Eine heiße Welle Mitgefühl erfasste mich, und gleichzeitig erleichterte es mich, nicht ihr einziges Opfer an diesem Tisch zu sein.

»Ich geh zocken«, sagte Jonas unvermittelt und stand auf.

»Sagst du uns bitte noch richtig Gute Nacht?«

»Hab ich doch.«

»Nein, hast du nicht.«

»Lass ihn doch«, mischte Martin sich ein.

Jonas verdrehte die Augen. »Ich hab ja gesagt, dass ich zocken gehe.«

»Das ist nicht dasselbe wie Gute Nacht.«

»Aber ihr habt es ja offenbar verstanden.«

»Jonas!«

»Gute Nacht, Mama. Gute Nacht, Tante Schnecke.«

»Und dein Vater? Muss ich jetzt jede einzelne …«

Familienmenschen können sich gar nicht ausmalen, wie nervtötend solche Dialoge auf andere wirken. Für Außenstehende ist das einfach zu viel. Ich wollte nicht mitansehen, wie der Machtkampf ums Gute-Nacht-Sagen ausging. Und der um Martins Nachschlag. Und …

Ich stand auf und sagte hastig: »Ich geh mal eine rauchen.«

Ich floh auf den Balkon, auch wenn es kalt war. Es war eine gute Idee gewesen, mir für den Weihnachtsbesuch Zigaretten zu kaufen. Mein Feuerzeug war fast leer, ich musste es mehrfach versuchen, bis die Zigarette brannte. Ich lehnte mich an die Hauswand und atmete tief durch.

Und dann öffnete sich die Balkontür, und Martin erschien, er hatte seine Jacke angezogen. Er stellte sich neben mich, und für einen Augenblick starrten wir beide in die Nacht, die Rücken an die Wand gepresst, und dann fragte er leise: »Hast du für mich auch eine?«

Ich gab ihm wortlos meine angezündete und nahm mir eine neue aus der Schachtel. Und dann fiel mir auf, dass das eigentlich zu intim war, und ich fragte mich, ob ich das getan hatte, weil meine Schwester mit ihm das Glas teilte. Oder weil ich mich ihm durch die Szene am Tisch plötzlich nahe fühlte. Weil meine Schwester »fünf« zu ihm gesagt hatte und ich genau wusste, was das bedeutete.

Ich wich seinem Blick aus, und dann begriff ich, dass ihm

klar war, dass ich es wusste. Dass ihm bewusst war, was ich da gesehen und gehört hatte, eben am Tisch. Und ich schämte mich beinahe für ihn.

»Du zitterst, ist dir kalt?«, fragte Martin, und ich schüttelte den Kopf.

»Ich werd doch meine Schwägerin nicht erfrieren lassen«, sagte er und zog seine Jacke aus.

Statt sie zu nehmen, sagte ich, ohne nachzudenken: »Du siehst traurig aus.«

Er sah mich an, seine Augen weiteten sich.

Und da beugte er sich vor und küsste mich.

Ich war so verdattert, dass ich es geschehen ließ. Dann legte ich meine Hand auf seine Brust und stieß ihn weg, aber nicht fest, nur leicht. »Du bist betrunken«, sagte ich.

Er hielt die Augen weiterhin geschlossen und flüsterte: »Wann bin ich das nicht?«, und dann küsste er mich wieder.

Und in diesem Augenblick flog die Balkontür auf, und meine Schwester stand plötzlich vor uns.

Selbstverständlich riss sie sogleich die ganze Situation an sich. »Ist dir kalt, du Arme?«, rief sie, noch ehe wir auseinanderwichen. Und: »Der Nachtisch ist fertig.«

Martin und ich wechselten erschrockene Blicke, meine Schwester sah einfach nur streng aus. Und als Martin hinein in die Wohnung geflohen war, legte sie in einer Mischung aus Mütterlichkeit und Mitleid den Arm um mich und gab mir einen trockenen Kuss von oben auf den Kopf, als wollte sie ein Kind trösten, was die ganze Angelegenheit sofort komplett verdrehte und in meinem Kopf einen Knoten verursachte. Wollte meine Schwester mich beschützen? Hatte ich etwas falsch gemacht? Warum hatte sich Martin ihr sofort wieder untergeordnet? Warum hatte meine Schwester Mitleid mit mir, statt wütend zu sein, weil ihr Mann mich geküsst hatte?

Der ganze Abend war daneben gewesen, aber jetzt fühlte ich mich erst recht wie im falschen Film. Meine Gefühle passten nicht zu dem Verhalten der anderen.

Es war ein Gefühl, das ich nur zu gut kannte. Es hatte mich meine ganze Kindheit hindurch begleitet, aber jetzt war ich erwachsen.

Ich musste hier raus.

ESTHER

Meine Schwester hat die Haustür aufgerissen, ein Windstoß trifft uns unvermittelt. Eiskalt ist es da draußen. Der Himmel ist noch dunkler geworden, und wenn ich mich nicht irre, sind mindestens zehn weitere Zentimeter Schnee gefallen. Direkt wird auch einiges an Schnee in den Hauseingang geweht.

Sie fragt grob: »Gehst du jetzt endlich?«

Ich trete einen Schritt zurück. »Schnecke«, beschwöre ich sie. »Ich weiß, dass du allein sein willst. Das ist jetzt angekommen. Und trotzdem … Ich möchte, dass du dir das noch einmal überlegst. Bitte. Ich glaube fest, wir schaffen das, wir sind doch alle erwachsen!«

»Nein.«

»Bitte, Schnecke. Und wenn du es nicht für mich tust, tu es für Ella. Sie hat dich doch so lange nicht gesehen. Sie hat auch ein Bild für dich malen wollen, aber das hat sie nicht mehr fertiggekriegt.« Ella malt so viele Bilder, es ist bestimmt auch eins für ihre Tante dabei.

Meine Schwester zögert, das sehe ich.

»Bitte, Schnecke. Wenn wir uns ein bisschen anstrengen, wird es schön. Wir reißen uns einfach zusammen, und dann feiern wir. Als Familie. Und dann wird alles gut, das verspreche ich dir.«

Und als ich es ausgesprochen habe, merke ich, dass ich nichts mehr will als das: dass wir alle zusammen Weihnachten feiern.

Und dass dann alles gut ist, wenn auch nur für den einen Abend.

DAS MÄDCHEN

Das Mädchen und ihre Schwester sitzen unter dem Schreibtisch des Vaters. Sie spielen Schere-Stein-Papier, sehr leise, damit sie niemanden stören. Es sind so viele Leute in der Wohnung. Als die Mutter ins Zimmer kommt und das Mädchen ruft, traut es sich zuerst gar nicht zu antworten. Das Mädchen hat Angst. Es denkt, dass die Mutter jetzt wieder schimpfen wird, weil das Mädchen zu spät gesagt hat, dass es nass geworden ist. Trotzdem wagt das Mädchen sich unter dem Schreibtisch hervor und folgt der Mutter in die Küche. Die Mutter gibt ihr einen Kuss, und dann sagt sie, dass sie sich auf das Mädchen verlassen kann. Die kleine Schwester ist noch viel zu klein, aber das Mädchen ist schon groß, und darum muss das Mädchen stark sein. Sie müssen sich jetzt alle ganz doll anstrengen, dass es trotzdem ein schönes Weihnachten wird, auch ohne Papa. Dafür müssen sie sich alle zusammenreißen, aber das werden sie schaffen. Die Lippe der Mutter zittert, als sie das sagt, ihr Blick macht dem Mädchen Angst. Doch es nickt. Es ist erleichtert, dass die Mutter nicht schimpft.

Erst als die Mutter die Küche wieder verlassen hat, überlegt das Mädchen, was wohl Entsetzliches passieren wird, wenn es kein schönes Weihnachten wird. Es muss etwas sein, das noch viel furchtbarer ist als das, was letzte Woche passiert ist, sonst wäre es jetzt nicht so wichtig.

Aber was kann furchtbarer sein als das?

Das Mädchen bekommt Angst, also fängt es schnell an, alles schön zu machen. Denn dann wird alles gut sein. Alles.

So hat es die Mutter ja versprochen.

SUE

Wir stehen noch immer in der offenen Tür, meine Schwester trägt ihren Mantel über dem Arm, ohne ihn anzuziehen, dabei hat sie die Schultern hochgezogen und bibbert. Sie bewegt sich keinen Zentimeter. Ich hasse es wie die Pest, wenn Abschiede ewig hinausgezögert werden. Und sie macht das, weil sie gar nicht vorhat zu gehen, das ist noch viel, viel schlimmer. Muss ich denn die Polizei rufen, um sie loszuwerden?

Sie sagt: »Und dann wird alles gut, das verspreche ich dir.«

Sie redet immer noch von diesem Quatsch, sie kapiert es einfach nicht, dabei habe ich es hundertmal gesagt. Tausendmal. Eine Million Mal. Sie hört mich nicht, meine Teflon-Schwester. Das macht mich wahnsinnig. Am liebsten würde ich auf sie einschlagen.

Sie sagt: »Ich sehe doch, dass du das auch willst. Was kann ich tun, Schnecke? Ist es wegen Martin? Bitte glaube mir, er wird die Sache vom letzten Jahr nicht ansprechen. Wirklich nicht. Er hat es schon vergessen.«

Meine Selbstbeherrschung reißt wie eine Papiertüte, die zu viel Gewicht aushalten muss.

Aber ich schlage nicht auf meine Schwester ein. Stattdessen sage ich: »Es war übrigens umgekehrt. Er hat mich geküsst, nicht ich ihn. Wenn du unbedingt darüber reden willst.«

Auf ihrer Stirn erscheinen Falten, die mir sagen sollen, was für einen Unsinn ich rede. »Oh Schnecke!«, ruft sie und wählt dafür eine Stimme, die vor falschem Mitleid trieft.

Ich nicke. »Hat er.«

»Hat er, sagst du.« Sie raunt das letzte Wort so, als würde sie mit einer Irren reden. »Ganz ehrlich, ich weiß, wie schwer das für dich war, früher schon. Wie weh dir das getan hat, dass ich immer einen Freund hatte und du ...« Und sie redet weiter, aber ich höre nicht mehr zu, ich schalte auf Durchzug.

Ich weiß ja, warum ihr niemand widerspricht. Weil sie diese Zaubertafel hat, mit der sie sich ihre eigene Realität malt. Weil es nichts bringt. Weil es nur Kraft kostet, und zwar die anderen, nicht sie. Ihre Kraft wächst mit allem, was man ihr entgegensetzt, weil alles, was sie wegwischt, ihre eigene Überzeugung nährt und ihre arrogante Deutungshoheit wachsen lässt.

Seit Jahrzehnten habe ich im Umgang mit meiner Schwester dieselbe Strategie. Sie besteht aus Verteidigung, Ausweichen, Vermeidung. Ich will ihren Manipulationen entgehen und den unsichtbaren Fallstricken, ich will ihr keine Infos liefern, die sie gegen mich verwenden kann. Und ich will mich nicht emotional erpressen lassen.

Aber kann das überhaupt der richtige Weg sein, wenn ich damit am Ende doch nichts ausrichte?

Deshalb mache ich jetzt das Gegenteil.

Ich greife an. Ich sage die Wahrheit, statt auszuweichen. Nicht alles auf einmal, sondern Stück für Stück. Alles, was sie erwidert, werde ich ignorieren, und ich werde immer neue Scheiben der Wahrheit für sie abschneiden, so lange, bis der erste Kratzer in ihrer Teflonschicht erscheint. Und dann kommt der zweite Kratzer. Ich füttere meine Schwester so lange mit Wahrheit, bis ihre Teflonschicht und die Zaubertafel versagen. Es dauert, aber irgendwann wird es passieren. Ich habe es nur noch nie versucht. Oder zumindest nicht beharrlich genug. Ich darf nicht aufgeben. Ich muss einfach immer weitermachen, so wie sie es tut. Aber diesmal werde ich den längeren Atem haben.

Für einen Augenblick fühle ich mich schwerelos. Ich tue es. Jetzt. Ich tue es wirklich. Ich weiche ihr nicht mehr aus. Ich packe aus. Ich sitze in einem Lkw, der tonnenschwer beladen ist mit der Last, die ich angesammelt habe, und ich brettere ihr entgegen, um über sie drüber zu rollen.

Ich sehe sie an und lächle. Ich bin ganz ruhig. »Weißt du, vielleicht sollten wir das mal endlich alles klären. Es ist Zeit.«

Vor Überraschung kneift sie ihre Augen zu. Damit hat sie nicht gerechnet. »Gut«, sagt sie einfach. Es klingt beinahe enttäuscht. Mein Widerstand macht ihr wahrscheinlich mehr Freude als meine Kooperation.

Ich schließe die Haustür und sage: »Lass uns in die Küche setzen, okay?«

Sie stößt die Luft aus, so, als hätte sie nach langem Suchen ihren Autoschlüssel gefunden. Jetzt hat sie mich so weit, dass ich freiwillig ein Gespräch mit ihr führe, das kann sie sicher kaum fassen.

Sie legt ihren Mantel wieder auf die Truhe und fragt: »Soll ich uns noch so einen schönen Tee kochen?«

Ich lächle sie an. Es ist ein echtes Lächeln. Es ist mein erstes echtes Lächeln heute. »Ich glaube, wir machen besser eine Flasche Wein auf. Wie gut, dass du eine mitgebracht hast!«

Wein ist gut.

In vino veritas.

ESTHER

Ich hätte nicht gedacht, dass es in diesem toten, leeren Haus so etwas Normales wie Weingläser gibt, aber so ist es. Ich sitze am Küchentisch, an dem ich vorhin auch schon gesessen habe, aber es ist anders. Meine Schwester bewegt sich mit einer Entschlossenheit, die ich ihr nicht zugetraut habe, die ich nie an ihr gesehen habe. Sie stellt Gläser vor uns, öffnet die Flasche, und ich bin der Gast.

Offenbar beherrscht sie diese Rolle sehr wohl, wenn sie will. Und jetzt will sie.

Sie schüttet die Gläser halb voll, locker aus dem Handgelenk, als würde sie Spülmittel in ein gefülltes Waschbecken spritzen, dem Etikett hat sie wieder keine Beachtung geschenkt.

Ich greife nach meinem Glas und sage: »Eigentlich wollte ich dir den Gutsriesling von unserem aktuellen Lieblingswinzer mitbringen, aber der hier ist auch nicht schlecht.«

»So«, sagt sie. »Dann also los.«

Ich hebe das Glas, will ihr zuprosten, aber sie hat schon angesetzt und nimmt mit grimmiger Entschlossenheit einen riesigen Schluck, so als müsste sie eine Tablette hinunterspülen.

»Prost«, sage ich.

In diesem Moment vibriert mein Handy.

»Sorry«, sage ich und greife mit der freien Hand danach. Martin. Ich habe Martin vergessen. Ich drücke ihn weg. Meine Schwester hebt die Augenbrauen. »Na?«, fragt sie. Pling. Eine Nachricht.

Wo bleibst du?

Pling.

Ich mache mir Sorgen.

Alles gut.

Meine Schwester lehnt sich zurück und betrachtet mich, als säße sie im Kino. Das Glas presst sie an ihre magere Brust. Und trotzdem, sie kommt mir weniger verhuscht und unsicher vor als sonst. Irgendwie entschlossen.

Pling.

Du bist nicht zurück zu ihr gefahren, oder?

Pling.

BITTE SAG, DASS DAS NICHT WAHR IST.

Wir klären noch was. Mach dir keine Sorgen.

Komm zu uns. Sofort. Bitte.

Lass dir nichts einreden. Du kennst sie!!!

Fahr schnell, Liebling!

Ich schalte mein Handy aus. Wir können dieses Gespräch nicht zu dritt führen, das versteht sich ja wohl von selbst.

Wenn sie endlich alles auf den Tisch legen und offen sprechen will, sollte Martin wirklich nicht dabei sein. Das betrifft nur sie und mich.

»Können wir dann?«, fragt meine Schwester.

Sie hebt schon wieder die Augenbrauen, und in diesem Moment fällt mir auf, dass das ein Gesichtsausdruck ist, den ich von ihr gar nicht kenne. Es spricht eine Haltung daraus, über die sie gar nicht verfügt. Woher kommt die plötzlich? Von der Weinflasche in ihrer Hand?

Ich hebe erneut mein Glas, um ihr zuzuprosten, aber sie reagiert nicht, also stelle ich es wieder hin. »Was ist mit Martin?«, frage ich und beuge mich vor. »Du denkst also, dass er dich …«

»Fangen wir damit an. Okay. Ja, hat er. Er hat mich geküsst, und das war kein Versehen.«

»Schnecke«, sage ich behutsam. »Ich habe es ja gesehen. Ich weiß, was ich gesehen habe.«

Sie nickt, als wäre sie ganz meiner Meinung. »Einen Kuss hast du gesehen. Und weißt du, was ich gesehen habe, vorher am Tisch?«

Ich lehne mich zurück. »Ja?«

»Dass Martin trinkt.«

Ich muss beinahe lachen. »Stimmt. Es war Heiligabend. Wir waren wohl alle nicht ganz nüchtern.«

»Dein Mann säuft. Er säuft richtig viel, und zwar schon lange. Du übrigens auch.«

Ich schüttle den Kopf. »Schnecke, ich habe Verständnis, dass das für Menschen wie dich so aussieht, als würden wir viel trinken. Herrgott, du hast noch nicht einmal Kaffee im Haus!«

»Richtig.«

»Das meine ich! Du sitzt im Wald und trinkst Kräutertee. So lebst du, aber du lebst auch nicht mit den normalen Anforderungen eines normalen Menschen in unserer Gesellschaft. Andere Menschen haben Stress, weil sie einen Job haben und Kinder, die sie herumfahren müssen. Und da gehört ein Glas am Abend dazu, genau wie Kaffee, das ist vielleicht nicht gesund, aber es ist auch nicht verwerflich.«

»Ein Glas?«

Ich seufze. Sie hat keine Ahnung, wie das ist, abends erschöpft von der Arbeit zu kommen und dann, wenn die Kinder endlich im Bett sind, aufs Sofa zu sinken und sich nach einem Glas Wein zu sehnen. Dass Menschen mit mehr Stress mehr Alkohol trinken als andere, ist ja nicht verwunderlich. All das wird sie nie verstehen. Darum sage ich schlicht: »Ich glaube nicht, dass du beurteilen kannst, was zu viel ist und was nicht.«

»Oh doch. Weil ich das schon einmal gesehen habe, das alles. Wir kommen aus demselben Elternhaus, hast du das vergessen?«

»Das hat nichts mit Papa zu tun! Und mit Mama auch nicht! Lass die da raus!«

Ich merke selbst, ich bin zu laut geworden.

»Warum? Weil dich das an deinen Mann erinnert?«

Ich zwinge mich zur Ruhe. »Nein!«

»Mich schon. So etwas soll es ja öfter geben.«

»Das ist Quatsch. Und das weißt du.«

»Nein, weiß ich nicht. Aber das Schlimme bei dir ist: Du weißt nicht nur von Martins Problem und versuchst es zu vertuschen, sondern du machst irgend so ein perverses Machtspiel daraus. Dein Gläser-Zähl-Spiel.«

»Mein was?«

»Du spielst mit ihm. Er darf nicht einmal ein eigenes Glas

haben. Du hältst ihn an der Leine wie einen Hund, aber viel zu kurz.«

»Schnecke, wir trinken schon immer aus einem Glas. So etwas machen Paare manchmal.«

»Das stimmt nicht. Wenn er sich ein Glas nimmt, trinkst du daraus, um zu kontrollieren, was drin ist.«

Merkt sie, wie durcheinander sie klingt? Ich schüttle entgeistert den Kopf. »Wir trinken immer aus einem Glas, egal, ob Alkohol drin ist oder nicht. Das ist einfach nur eine Angewohnheit von uns, manche Paare machen so etwas, auch wenn du das nicht kennst. Wir trinken übrigens auch aus einer Tasse.«

Sie nickt. »Genau. Weil du so überprüfen kannst, ob er sich was in den Kaffee geschüttet hat.«

Langsam werde ich sauer. »Ich sag dir mal was: Du hast keine Ahnung von Martin und mir. Wir reden über alles. Ich meine das nicht böse, aber nur weil du und Robert euch bei der ersten Gelegenheit getrennt habt, heißt das nicht, dass auch andere Paare nicht funktionieren. Ob mit oder ohne Wein am Abend.«

Ich hebe mein Glas und trinke.

MARTIN

Schon tausendmal hat er den Tag verflucht, an dem er ihr das erste Mal begegnet ist. Und noch mehr hat er seine Dummheit verflucht, die Dummheit, sie zu heiraten. Das war der größte Fehler seines Lebens.

Er weiß bis heute nicht, wie das passieren konnte. Er hatte damals eine schlechte Phase, sein Selbstbewusstsein war durch eine Trennung zerstört, er hatte sein Studium abgebrochen, und dann interessierte sich ausgerechnet diese zielstrebige, attraktive Frau für ihn. Anders als bei seiner Ex-Freundin wusste er zu jedem Zeitpunkt, was sie wollte: nämlich ihn. Warum auch immer.

Ihre aggressive Ader sah er damals nicht. Im Gegenteil, er hatte das Gefühl, dass jemand wie er dringend eine Partnerin brauchte, die wusste und ihm auch zeigte, wo es langging. Und das tat sie. Sie übernahm Verantwortung für ihre alleinstehende Mutter, für ihre jüngere Schwester und auch für ihn. Alles, was er tun musste, war, ihr die Führung zu überlassen. Plötzlich gelangen ihm Sachen, die ihm vorher nicht gelungen waren. Er beendete sein Studium, an ihrer Seite wurde er zu einem Erwachsenen, der seinen Platz in der Gesellschaft gefunden hatte. Der sich den Schlips umband, in seinen Wagen stieg, nach seinem Handy griff und Dinge sagte wie »Ich bin bald bei euch, Liebling, ich hole nur noch schnell die Hemden aus der Reinigung«.

Seine Frau ist der kritischste Mensch auf der Welt. Sie ist genau die Art Frau, die in ihm Angst auslöst. Aber wenn ausgerechnet sie ihn liebt und richtig findet, dann muss es wohl stimmen – dann ist er auch richtig.

So hat er lange Zeit gedacht.

Doch dann ist er irgendwann aufgewacht und hat festgestellt, dass er sich mitten in einem Psychothriller befindet, in dem er ihren vollkommen neurotischen, willkürlichen Belohnungen und Bestrafungen schutzlos ausgeliefert ist.

Und weil er zu diesem Zeitpunkt bereits ein Kind mit ihr gezeugt hatte, würde er sie nie mehr loswerden. Sonst könnte er abhauen, irgendwohin, wo er ihr nie wieder begegnen würde, aber wegen Jonas ging das nicht. Also dachte er, dass sie dann ebenso gut noch ein zweites Kind bekommen könnten. So wäre er immerhin nicht so allein mit ihr.

Er versuchte, sich zu arrangieren, es war ja nicht alles schlecht. Er hatte einen Job und zwei Kinder, und andere Menschen waren sicher auch nicht immer glücklich, redete er sich ein.

Und so ist es noch immer. Wann immer er versucht, sich zu wehren, wird er hart bestraft. Das kann sie.

Also versucht er nach Kräften, sein Leben erträglich zu halten. Mit ihr auszukommen. Sich an den Kindern zu freuen.

Die Kinder. Sie machen sein Leben lebenswert.

Und der Grauburgunder, an dem freut er sich auch.

Er füllt nach.

Unglaublich, dass ein von Unglück zerfressenes Paar so phantastische Kinder zustande bringen kann. Vor ihm auf dem Küchentisch steht der Karton mit den Kugeln, die er von

Wachs befreien muss. Plastikkugeln, vier Stück, eine für jedes Familienmitglied.

Vor drei Jahren hat Jonas die Kugeln von seinem Taschengeld im Drogeriemarkt machen lassen, er muss Monate dafür gespart haben. Die Bilder dafür hat er heimlich aus einem alten Fotokalender ausgeschnitten, sodass die Bilder wesentlich jüngere Versionen von ihnen zeigen.

Was waren sie gerührt an diesem Abend! Das sind diese Momente, in denen er sich ganz normal und glücklich fühlt und manchmal denkt, dass es in jeder Ehe Aufs und Abs gibt und dass alles schon irgendwie okay ist. Und wie Jonas gestrahlt hat!

Der Jonas von diesem Weihnachtsabend hatte wenig gemein mit dem schlecht gelaunten Teenager, der jetzt im Wohnzimmer an seinem Smartphone sitzt, mit verbissenem Blick Zombies abknallt und all diese homophoben Sprüche ablässt.

Muss man sich eigentlich Sorgen machen, wenn Jungs so etwas sagen? Ist das normal bei Teenagern? Oder ist diese toxische Männlichkeit eine Reaktion darauf, dass Jonas mit ihm einen Vater erlebt, der sich täglich demütigen lässt?

Niemand beherrscht die Klaviatur der Demütigung besser als seine Frau.

Ein einziges Mal hat Martin versucht, ehrlich mit ihr zu reden.

Das war nach Ellas Geburtstagsfeier, Esther war gestresst wegen der vielen Besucher, und er selbst versuchte mit zunehmender Verzweiflung, alles richtig zu machen, doch gleichzeitig wusste er, dass das unmöglich war. Als die anderen Kinder und Eltern endlich verschwunden waren, übergoss sie ihn am Abendbrottisch mit Wut und Verachtung, während die Kinder so taten, als wäre alles in Ordnung. Er hatte Wein in sich hineingeschüttet und ebenfalls so getan, als wäre alles in Ordnung. Und dabei wusste er, dass gar nichts in Ordnung war.

»Ich halte das nicht mehr aus«, sagte er, als die Kinder endlich im Bett waren. »Wenn wir so weitermachen, bringen wir einander irgendwann um. Das geht doch so nicht weiter, das ist doch für keinen von uns gut, für die Kinder nicht, für dich nicht. Und für mich auch nicht.« Sie setzte sich zu ihm und ließ ihn reden. Und so redete er auch einfach immer weiter und ließ alles raus, was ihn bedrückte, erklärte ihr, wie gedemütigt er sich oft fühlte, wie gehemmt. Sie setzte weder ihr Strafgesicht auf noch ihr Verachtungsgesicht oder ihr Mitleidsgesicht, das tat so unglaublich gut, dass nicht jeder seiner Sätze gleich bewertet wurde mit einem dieser drei Gesichter.

»Ich bin so froh, dass wir endlich mal offen sprechen«, sagte er und griff sogar nach ihrer Hand.

»Ich auch«, antwortete sie und drückte seine Hand und hielt sie fest.

»Wir schaffen das. Wir sind doch eine Familie!« Er suchte ihren Blick und fand ihn, und dann sahen sie sich an und lächelten, innig, und er war so erleichtert und dankbar, dass er einen Ausweg aus dieser Enge und Hölle gefunden hatte. Dass es tatsächlich so war, wie alle sagten: dass man über Probleme einfach offen reden musste.

ESTHER

Sie unterbricht mich schroff. »Vier. Fünf. Sechs. Sieben.«

Ich verstumme.

Sie flüstert: »Ich weiß, was du machst.«

»Was denn?«

»Ich hab es gesehen an dem Abend. Du strahlst ihn an, legst ihm die Hand auf den Rücken und nippst an seinem Glas. Und nennst eine Zahl. Damit er niemals vergisst, dass du genau mitzählst, wie viel er getrunken hat. Und er erstarrt vor Angst davor, dass er Ärger bekommt, dabei hat er sich noch eine Minute vorher halbwegs entspannt und locker gefühlt, nicht zuletzt wegen all dem Wein, den er genau dafür braucht. Und sobald er sich wohlfühlt oder sich mit jemand anderem unterhält, kuschelst du dich an ihn und flüsterst eine Zahl, damit er weiß, dass du ihn beobachtest, die ganze Zeit, jede Sekunde, jeden Schluck. Dass du alles siehst.«

»Ich verstehe nicht, was du meinst.«

»Du zählst seine Gläser, aber eben nicht, um ihm dabei zu helfen, weniger zu trinken, das ist ja das Schlimme. Und er hat Angst, dass du es ansprichst und ihn vor anderen auffliegen lässt. So sorgst du dafür, dass er keine Sekunde vergisst, dass du ihn jederzeit enttarnen und für einen Kranken erklären kannst, genau so, wie du es mit mir immer versuchst. Und davor hat er Angst. Er hat die ganze Zeit Angst vor dir, und gleichzeitig ist er so schwach, dass er dich braucht.«

Ich trinke das Glas leer. Es hinterlässt eine Spur der Taubheit, die sich passend anfühlt. Martin und ich haben schon immer aus demselben Glas getrunken. Ich mag das, und er mag das auch. Er würde ja wohl etwas sagen, wenn er es nicht mögen würde, oder? Natürlich trinke ich auch aus seinem Glas, wenn Alkohol drin ist, das versteht sich ja von selbst. Aber das geht niemanden etwas an. Darüber rede ich mit niemandem, erst recht nicht mit meiner Schwester. Wie viel Martin trinkt, geht nur mich und ihn etwas an.

Ich sage steif: »Es ist nett, dass du dir Sorgen machst. Kann sein, dass er manchmal ein Glas zu viel hat oder zwei. Aber es ist nicht so dramatisch, wie du es darstellst.«

»Nein?«

Es klingt höhnisch, als würde sie mich nachäffen.

»Nein. Er hat viel Stress, auch auf der Arbeit. Das sind Alltagsprobleme, die dir natürlich fern sind, weil du nicht arbeitest.«

»Das stimmt.«

»Entschuldige, das habe ich nicht böse gemeint.«

»Warum nicht? Es ist egal, ob du es böse meinst, sag einfach, was du denkst. Sag es ruhig. Ich sage jetzt auch mal, was ich denke, okay? Dafür sitzen wir jetzt hier. Dafür haben wir die Flasche aufgemacht. Zur Feier des Tages. Obwohl ich sonst keinen Alkohol trinke, wie du ja weißt.« Sie greift nach der Flasche und gießt uns beiden nach. »Ich denke, dass dein Mann säuft, weil er es mit dir nicht aushält. Und statt ihm zu helfen oder ihn ziehen zu lassen, machst du daraus ein perverses Machtspiel. Warum machst du das? Hast du so eine

Angst, allein zu sein? Oder hasst du ihn? Oder geht dir dabei einer ab?«

Ich nehme mein Glas.

Sie hebt auch ihr Glas. »Sag was! Ist das hier ein Gespräch oder ist das hier kein Gespräch?«

»Ich kann dazu nichts sagen. Du verdrehst das alles total.«

»Dann erklär es mir.«

Aber das ist nicht so leicht.

Natürlich reden Martin und ich über alles. Aber was dabei herauskommt, das geht wirklich nur ihn und mich etwas an.

Er ist mein Mann.

Und ich bin seine Frau.

Wie soll meine Schwester so etwas verstehen?

MARTIN

Er suchte ihren Blick und fand ihn, und dann sahen sie sich an und lächelten, innig, und er war so erleichtert und dankbar, dass er einen Ausweg aus dieser Enge und Hölle gefunden hatte. Dass es tatsächlich so war, wie alle sagten: dass man über Probleme einfach offen reden musste.

Und dann sagte sie: »Wir können ja nicht so tun, als hätte dieses Gespräch hier nicht stattgefunden, oder? Jetzt ist es ausgesprochen. Wir können auf keinen Fall so weitermachen.«

Er nickte dankbar.

»Oder siehst du eine Chance, einfach so zu tun, als wäre alles in Ordnung zwischen uns?«

»Nein«, sagte er, und dass das die falsche Antwort gewesen war, begriff er erst, als er sah, wie ihr Gesicht sich verwandelte. Das war dieser glatte, unbewegliche Gesichtsausdruck, den er so genau kannte.

Und dann ließ sie seine Hand los und griff nach dem gemeinsamen Glas. Sie sah hinein, und ihm stockte der Atem.

Sie sagte: »Die Kinder, die siehst du allerdings nicht wieder, fürchte ich.«

Zuerst konnte er gar nicht glauben, was er da hörte. »Aber«, stammelte er. »Aber du selbst hast doch eben gesagt …«

Sie nickte und wechselte zum Mitleidsgesicht. »Ich entscheide das ja gar nicht, Martin. Das entscheiden Gerichte. Gutachter. Die werden sich genau anschauen, wie geeignet du als Vater bist.« Vor dem Wort »geeignet« machte sie eine Pause. Und dann hob sie das Glas, aber statt daran zu nippen wie sonst, schwenkte sie es leicht und steckte bedeutungsvoll die Nase rein, ehe sie es wieder vor ihn stellte.

Er verstand die Drohung. »Damit kommst du nicht durch«, flüsterte er.

Sie verzog ihr Mitleidsgesicht wieder zu einem strahlenden Lächeln. »Vielleicht nicht. Aber ich lasse es darauf ankommen. Du auch, Martin?«

Und da wusste er, dass er seiner Hölle nicht entkommen konnte. Dass es jetzt erst richtig losging.

»Ich hab deine Antwort nicht verstanden«, sagte sie und hob fragend die Augenbrauen. »Aber ich vermute, ich kenne sie. Kuss?«

Und sie spitzte die Lippen und wartete auf seine.

Danach begann sie damit, die Kinder einzusetzen. Wenn er abends allein im Wohnzimmer saß und trank, kam plötzlich Jonas herein, ganz verschlafen. »Ich hab Durst, Papa.« In der übernächsten Nacht war es Ella, die einen Albtraum gehabt hatte, wie sie sagte. Wobei sie sich selbst gar nicht daran erinnerte.

Es dauerte eine Weile, bis er kapierte, was da geschah. Dass sie die Kinder gezielt weckte und unter verschiedenen Vorwänden zu ihm schickte. Einmal, damit sie ihn betrunken sahen. Und auch, um ihm zu signalisieren, dass sie die Zügel in der Hand hatte und dass er unter Beobachtung stand.

»Habt ihr heute gut geschlafen?«, fragte sie dann morgens honigsüß beim Frühstück. »Ach nein, Jonas, du bist ja nachts aufgewacht. Papa war da auch noch wach und hat ein Gläschen getrunken, oder? Und, hat er dir noch etwas vorgelesen?«

Sie trug die schlaftrunkene Ella spätabends unter irgendeinem Vorwand ins Wohnzimmer und rief dann gespielt alarmiert: »Martin, hast du etwa schon wieder Wein nachgeschüttet? Wie kannst du es zulassen, dass die Kinder dich schon wieder betrunken sehen!« Und Ellas kugelrunde Augen richteten sich dann staunend auf das Glas auf dem Couchtisch, und egal, ob es voll war oder leer: Sie zweifelte die Worte ihrer Mutter nicht an.

So pflanzte seine Frau Erinnerungsbilder in die Köpfe der Kinder, und ihm wurde klar, dass sie die bei Bedarf abrufen würde. Ob sie damit vor Gericht Erfolg haben würde, konnte er nicht mit Bestimmtheit sagen. Aber die Angst davor reichte ihm aus, um das Thema Trennung nie mehr anzusprechen.

Doch ein solches Gerichtsverfahren war nicht das Einzige, was ihm Angst machte. Und das ist es auch jetzt nicht. Viel größer und unbestimmter ist seine Angst vor der Frage, zu was eine Frau, die nachts ihre Kinder weckt, um sie zu ihrem betrunkenen Vater zu schicken, wohl noch fähig ist.

ESTHER

Sie stellt sich das so leicht vor mit dem Reden.

Erstgeborene haben immer diese Schwere. Das können jüngere Geschwister nicht verstehen, weil sie es einfach nicht kennen. Jedes erstgeborene Kind wächst mit dieser Last auf, bei manchen wird sie im Laufe der Zeit etwas leichter, bei manchen nicht, aber sie verlässt einen nie. Wenn man eigene Kinder hat, wird die Last noch schwerer. Wenn man einen Mann hat, der selbst Einzelkind ist, kommt noch einmal eine Schippe drauf, weil so jemand nie verstehen kann, wie sehr andere an der Last schleppen, die sie selbst nicht spüren. Die sie deswegen nicht spüren, weil andere sie alleine tragen. Für einen mit.

Und wenn dieser Mann trinkt, dann wird die Last noch schwerer.

Warum kann ich darüber nicht mit ihr sprechen?

Weil es nicht geht. Weil es eine Verbindung zwischen ihr und mir schaffen würde, die ich nicht will. Weil ich, wenn ich ihr diesen Einblick gestatte, nicht mehr so zu ihr sein kann, wie ich es immer bin. Und sein muss. Als große Schwester.

Große Schwestern können sich nicht einfach nach Belieben erleichtern, so wie andere Menschen. Sie müssen dafür sorgen, dass die Welt stabil bleibt, das ist ihr Job. Dafür sind sie verantwortlich. Sie beschützen in dieser Welt ihre Männer und ihre Schwestern. Weil sie wissen, dass die nicht stark genug sind. Und sie wissen auch, dass sonst schlimme Dinge geschehen. Weil sonst der Krankenwagen kommen muss.

Es gibt diese Leute, die anderen ihr Herz ausschütten und sich dann erleichtert fühlen. Die denken dann automatisch, dass das auch alle anderen so machen müssten, weil es ihnen dann besser gehen würde. Aber das ist ein Denkfehler. Sie verstehen nicht, dass hinter jedem, der sein Herz ausschüttet, jemand herläuft und den Dreck wegfegt.

Jemand wie ich.

Einige Male haben die Kinder etwas von Martins Problem mitbekommen, wenn sie nachts aufgewacht und ins Wohnzimmer gelaufen sind. Natürlich sollten Kinder ihre Väter nicht betrunken erleben, ich hatte die Befürchtung, dass ihnen dieser Anblick große Angst machen würde. Ich habe sie dann am nächsten Morgen unauffällig darauf angesprochen und gemerkt, dass es anscheinend kein Problem für sie ist. Es ist ja nicht so, als wäre Martin vollkommen außer Kontrolle, er liegt nicht mit einer Flasche in der Hand in seiner Kotze und rastet auch nicht aus.

Vielleicht kann ich mir das vorwerfen: dass ich ihn vor anderen und damit auch vor ihm selbst schütze. Und das will ich auch jetzt noch. Und schon deshalb kann ich nicht mit meiner Schwester darüber reden, es würde sich wie Verrat an meinem Ehemann anfühlen.

Sie sieht mich immer noch aufmerksam an. Ich sage: »Es stimmt schon, dass er manchmal einen über den Durst trinkt, aber das ist nicht dramatisch.«

»Nicht dramatisch?« Sie schüttelt den Kopf, dann hebt sie die Hände. »Du weißt schon, dass das eine Krankheit ist? Weißt du was? Hätte ein Gespräch werden können. Netter Versuch. Wir lassen es einfach, Frau Zaubertafel.«

»Frau was?«

»Frau Garnichts. Vergiss es. So, wenn wir nicht richtig miteinander reden, was sollen wir dann machen, bis du endlich abhaust? Noch etwas Wein, vielleicht? Machen wir den zumindest leer.« Sie hebt die Flasche.

Ich habe nicht vergessen, dass ich noch fahren muss. Ich darf nicht. Aber ich kann auch noch nicht gehen. Nicht so.

»Okay«, sage ich. Der Wein gluckert in mein Glas, ich trinke, und dann spüre ich Erschöpfung, die sich über mich legt wie eine Decke. Vielleicht ist es der Wein. Vielleicht ist es auch die Verantwortung. Verantwortung, von der meine Schwester keine Ahnung hat. Meine Schwester, die plötzlich das Reden für sich entdeckt und Probleme zu sehen glaubt und sich einbildet, dass sie dadurch die Welt verändern kann. Dabei kann sie das nicht. Keinen Zentimeter wird die Welt sich bewegen durch das, was wir hier machen. Ich sage: »Ich finde dieses große Gerede von Krankheit in dem Zusammenhang übertrieben. Entweder man will trinken oder man will nicht trinken. Die Entscheidung kann man ja treffen. Es ist ja nicht so, dass einen jemand zum Trinken zwingt.«

Sie legt den Kopf schief. »Also?«

»Nichts also. Ich finde einfach, dass du das überdramatisierst. Mein Mann trinkt eben manchmal mehr, als du gut findest.« Ich muss an die Kinder denken, an die erschrockenen Blicke, wenn sie nachts ins Wohnzimmer kommen und ihn so sehen.

Meine Schwester lacht auf. »Du verstehst immer noch

nicht, was ich meine, oder? Es ist mir total egal, wie viel dein Mann trinkt. Viele Menschen trinken. Aber mich gruselt, was für ein Spiel du daraus machst. Die permanente Beobachtung, die versteckten Drohungen, und das alles, während du ihn falsch anlächelst.«

»Ich versteh nicht, was du dir da konstruierst.«

»Weißt du was? Es ist mir egal, ob du das verstehst. Weil ich es verstehe. Weil ich es kenne. Von früher. Von dir. Ich bin deine Schwester, vergiss das nicht.« Sie schwenkt das Glas und sieht hinein. »Du nutzt das, um ihn zu kontrollieren. Mal schützt du ihn scheinbar und tust so, als hätte er gar kein Problem. Und dann entziehst du ihm den Schutz und kübelst deine Verachtung über ihn aus.«

»Ich küble keine Verachtung aus, wie du das nennst. Ich weiß gar nicht, was du meinst.«

»Weil du es nicht wissen willst.«

»Schnecke«, sage ich, »wenn ich so viel Kontrolle über Martin hätte, wie du denkst, dann würde er nicht trinken.«

»Doch.«

»Nein. Das ist nämlich gar nicht so lustig, wie du dir das offenbar vorstellst.« Langsam werde ich wütend. »Ja, stell dir mal vor, manchmal bin ich richtig sauer und schreie ihn an. Weil ich nämlich nicht will, dass meine Kinder solche Szenen erleben müssen. Kannst du dir vorstellen, wie das ist, wenn Ella nachts aufwacht und ihren Vater sturzbetrunken im Wohnzimmer vorfindet? Und dann will er ihr Gute-Nacht-Küsse geben und sie fürchtet sich? Und ja, das kannst du Verachtung nennen, was ich dann empfinde. Aber du hast keine Ahnung, wie das ist.«

»Oh doch.«

»Ach ja? Du hast keinen Mann, der trinkt. Du hast genau genommen gar keinen Mann.«

Sie zuckt mit keiner Wimper. »Ich weiß in der Tat nicht, was du dann empfindest. Aber ich weiß, was er dann empfindet, weil ich das kenne. Wie du ihn abwechselnd schützt und bloßstellst.«

»Was? Sich im Wohnzimmer betrinken, und die Tochter kommt rein? Oh nein, das kennst du nicht.«

»Weißt du, was ich kenne?« Sie verstellt die Stimme. »Oh, wunderschön siehst du aus, Schnecke, so mach ich dir jetzt immer die Haare, guck mal, fühl mal, wunderschön. Oh nein, Schnecke, man sieht in dem Ding deine Knie, Mist, aber gegen diese Knie kannst du echt nichts machen, da hilft ja nicht mal Abnehmen, du musst da echt was drüberziehen, komm, ich leih dir was.«

»Was hat denn das jetzt damit zu tun?«

»Nichts. Und alles.«

Offenbar hat meine Schwester die Pubertät nicht verkraftet. Sonst würde sie unsere Schwesternsache hier nicht so vollkommen übersteigert auf meinen Mann übertragen.

Ich sage leise: »Schnecke, bitte, erklär es mir. Was hat das eine mit dem anderen zu tun?«

Sie flüstert: »Das sind genau die Spielchen, die ich kenne von dir. Und darum weiß ich, wie er sich fühlt. Und warum so etwas passiert wie letztes Jahr Weihnachten. Weil du ihm keine Luft zum Atmen lässt. Weil du alles vorgibst und bestimmst, und er muss dazu noch lächeln und so tun, als wollte er das so. Man erstickt in deiner Gegenwart. Man spürt die ganzen Verbote, man spürt irgendwann nur noch das, was du willst, und gar nicht mehr das, was man selber will, und wenn man sich wehren will, bekommt man einen drauf.«

In ihre eingefallenen Wangen ist eine leichte Röte gestiegen, ich vermute, dass das der Wein ist.

»Du hast ganz schön einen sitzen, Schnecke. Lustig, dass du mir ausgerechnet jetzt einen Vortrag über Alkohol halten willst.«

Sie redet weiter, als hätte sie mich nicht gehört. »Das einzige bisschen Freiheit, das einem bleibt, ist es, irgendeinen Scheiß zu machen, der dir nicht gefällt. Dir etwas wegzunehmen. Und sich auch einmal ein bisschen stark zu fühlen. Das ist auch der Grund für alles, was damals passiert ist. Das habe ich deshalb getan.«

»Wovon redest du?«

Sie beugt sich vor. Oh ja, sie ist wirklich betrunken, von einer halben Flasche Wein. »Ich beschreibe dir gerade, wozu du einen Menschen bringen kannst, der neben dir leben muss und dir nicht entkommen kann. Damit du vielleicht mal eine Ahnung davon bekommst, wie sich dein Mann fühlt. Erinnerst du dich an den rosa Pulli mit den Fledermausärmeln?«

»Mein Lieblingspulli? Der aus Kaschmir?«

»Ja, der.«

Ich nicke langsam, ich sehe ihn klar vor mir. Er war ganz weich und kuschelig, ich weiß nicht mal, ob das wirklich Kaschmir war, vermutlich war es irgendeine Kunstfaser, wir waren ja Teenager. »Ja. Der, den ich so lange gesucht habe. Ich hatte ihn einer Freundin ausgeliehen, und die hat behauptet, sie hätte ihn mir zurückgegeben, aber ich konnte ihn einfach nicht mehr finden.«

»Ich habe ihn genommen. Heimlich. Das habe ich oft gemacht, mit vielen von deinen Sachen.«

»Du hattest meinen Pulli? Warum hast du nichts gesagt? Ich habe ihn so lange gesucht, überall! Warum hast du ihn mir nicht zurückgegeben?«

»Ich hatte ihn ganz hinten in meinem Schrank versteckt, lange Zeit. Manchmal habe ich ihn auch angezogen, aber nur heimlich in unserem Zimmer, wenn du nicht da warst.«

»Du hättest mich doch fragen können, wenn du ihn ausleihen wolltest.«

»Aber genau darum ging es ja! Ich wollte dich nicht fragen, ich wollte dir etwas wegnehmen! Und irgendwann habe ich ihn dann weggeworfen, in eine Mülltonne am Sportplatz.«

»Aber warum, Schnecke?«

Sie hält ihr Glas umklammert und sieht vor sich auf den Tisch. Müde sieht sie aus, als sie sagt: »Weißt du, wie viel du mir immer aufgedrängt hast, was ich nicht wollte? Deine Klamotten. Nagellack. Ich durfte nie bestimmen, und immer musste ich Danke sagen. Vor allen Leuten hast du stolz präsentiert, was du mir angezogen hast, ob ich es wollte oder nicht, und ich musste …«

»Schnecke, das …«, versuche ich sie zu unterbrechen, aber sie redet einfach weiter.

»Das hält niemand aus. Auf Dauer hält das niemand aus. Dann sucht man Auswege. Darum habe ich den Pullover genommen.«

»Ich verstehe nicht, was du sagst.«

»Ja, ich auch nicht. Es ist total bescheuert.« Sie sieht mich an. »Genau. Ich spinne. Deinetwegen. Zu genau so etwas bringst du einen. Genau darum geht es. Und Martin spinnt langsam auch. Verstehst du wirklich nicht, was ich dir sagen will? Ich glaube schon, dass du es verstehst, du gibst es nur nicht zu.«

»Nein.« Ich verstehe es wirklich nicht. Ich verstehe nur, dass sie eben nicht nur die Kleine ist, die ich beschützen muss, sondern auch mehr und mehr eine Irre, die ihre Tabletten nicht nimmt. Und darum kommt mir die Schere wieder in den Sinn, mit der sie damals an mein Bett kam, eines Nachts. Meine Stimme zittert ein bisschen, als ich frage: »Und der Zopf? Warum hast du mir den abgeschnitten?«

»Oh.«

Sie sieht mich an, Überraschung im Blick.

»Sag schon. Was habe ich noch alles falsch gemacht? Habe ich auch etwas mit deinen Haaren gemacht?«

»Ich wollte einfach nicht mehr so aussehen wie du.«

Diese Antwort macht mich für einen Moment sprachlos. »Wie bitte?«

Sie lächelt überlegen.

»Aber deswegen musst du mich doch nicht … Hast du sie noch alle? Das ist deine Erklärung? Du verunstaltest mich, damit du nicht mehr aussiehst wie ich? Weißt du eigentlich, dass so etwas Körperverletzung ist?«

Sie nickt.

»Bist du nicht auf die Idee gekommen, dir dann einfach selbst die Haare abzuschneiden? Wenn du dein Aussehen verändern wolltest?« Meine Stimme ist heiser vor Wut.

Sie nickt wieder.

»Aber? Warum hast du das nicht gemacht?«

Sie antwortet nicht, und das macht mich noch wütender. Typisch, nie will sie Verantwortung übernehmen, für nichts. Sie, meine Schwester, das Opfer, schneidet mir die Haare ab, und ich soll selbst schuld daran sein.

Immer sind andere schuld an ihrem Elend. Immer.

»Kannst du dir vorstellen, wie gruselig das war? Aufzuwachen, und die eigenen Haare sind weg? Abgeschnitten von der kleinen Schwester, mit der man das Zimmer teilt? Die da sitzt und einen verrückt anglotzt mit ihrem irren Blick?«

»Es tut mir leid.« Es klingt völlig desinteressiert, wie sie das sagt.

»Was war denn so schlimm daran, dass du so ausgesehen hast wie ich?«

Jetzt antwortet sie doch. »Ich war es so leid, immer mit dir verglichen zu werden. Immer, die ganze Zeit.«

»Das ist doch normal bei Schwestern! Ist doch klar, dass alle das tun!«

»Nicht alle. Du. Vor allem du. Weißt du noch, wie der Augenarzt festgestellt hat, dass ich minimal kurzsichtig bin? Nullkommazweifünf auf dem linken Auge. Das ist nichts.«

Ja, ich erinnere mich. Plötzlich musste sie eine Brille tragen. Ich habe alles getan, um sie zu unterstützen, und die Kehle schnürt sich mir zu in der Erwartung, wie sie das wieder verdrehen wird.

Sie sagt: »Ich habe darauf bestanden, eine Brille zu bekommen, einfach nur damit ich anders aussehe als du. Ich habe so ein richtig massives Gestell ausgesucht, damit ich möglichst anders aussehe. Und was hast du gemacht?«

»Nein, nein«, sage ich. »Mama hat darauf bestanden, dass du sie trägst, weil du immer Kopfschmerzen hattest und weil der Augenarzt gesagt hat, dass das an der Sehschwäche liegt.«

»Nein. Andersherum. Der Augenarzt hat gesagt, dass ich bei so einer minimalen Sehschwäche keine Brille tragen müsse, es sei denn, ich hätte Kopfschmerzen. Mama fand es ohnehin furchtbar traurig, dass ein Mädchen von einer Brille entstellt wird, so sah sie es, und deshalb sagte sie, ich brauche keine. Darum habe ich einfach behauptet, ich hätte Kopfschmerzen, damit ich die Brille bekomme.«

»Das stimmt nicht. Du musstest sie tragen und wolltest nicht.«

»Nein.«

»Doch.«

»Mama«, sagt sie, und dann bricht sie ab, und wir sehen einander hilflos an, denn wir können sie nicht fragen.

Ich wiederhole: »Oh nein! Du warst total unglücklich! Du wolltest keine Brille tragen.«

»Das hast du behauptet, nicht ich! Mal ehrlich, du weißt doch gar nicht, wie das für mich war. Du hast immer allen erklärt, was ich brauche, und alle haben sich daran gewöhnt, dass du mein Sprachrohr bist, darum hat das niemand infrage gestellt. Ich wollte eine Brille tragen, weil du keine trägst. Und es hat funktioniert, ich sah sofort anders aus als du. Aber du hast das nicht zugelassen, natürlich nicht. Du hast Mama überredet, dass sie dir eine mit Fensterglas kauft, und hast es so gedreht, als bräuchte ich deine Unterstützung. Was hast du ihr eigentlich erzählt?«

»Nur das, was stimmte. Dass du dich mit Brille hässlich fandest. Und dass ich dir helfen wollte.«

»Siehst du?«

»Seh ich was?«, frage ich, ich bin kurz davor, die Fassung zu verlieren, aber ich schaffe es gerade noch, mich zurückzunehmen.

Sie sagt: »Darum habe ich dir die Haare abgeschnitten. Ich wäre noch lieber selbst zum Friseur gegangen und hätte mir eine neue Frisur ausgesucht, ganz kurz. Aber ich habe es nicht gemacht, und das hatte einen Grund. Denn was meinst du, was du dann am nächsten Tag gemacht hättest?«

»Ich weiß es nicht«, bringe ich heraus, aber ich ahne, was sie sich denkt.

»Aber ich. Ach, aber wahrscheinlich war es nicht nur das, du hast schon recht. Ich hab dich einfach gehasst. So sieht es aus. Ich hab dich gehasst. deswegen habe ich das gemacht.«

Ich würde lügen, wenn ich behaupten würde, dass mich das kaltlässt, was sie da erzählt. Ich sage: »Du tust jetzt so, als wäre alles nur Krieg zwischen uns gewesen. Das stimmt einfach nicht. Da waren auch viele schöne Dinge.« Ich breche ab, weil ich genau weiß, was sie gleich sagen wird. Nämlich dass ich ihr diese Erlebnisse aufgezwungen habe. Ich suche verzweifelt nach einer Erinnerung, die nicht zu dieser Deutung passt. Ich weiß genau, dass meine Schwester manchmal meine Nähe gesucht hat, dass sie mich um Hilfe gebeten hat und Zeit mit mir verbringen wollte. Warum fällt mir nichts ein? Gar nichts?

Für einen Moment ist mein Kopf ganz leer, und dann kommt eine Erinnerung, und dankbar rufe ich: »Kannst du dich noch an meine komische Augenentzündung erinnern?«

Es war ein Sommer, in dem mich eine schmerzhafte Lidrandentzündung an beiden Augen plagte, alles war rot und geschwollen, es eiterte sogar, tat grauenhaft weh und sah schlimm aus. Ich weiß noch, wie lieb sie sich damals um mich gekümmert hat. Sie hatte richtig Mitgefühl mit mir.

Man sieht es kaum, aber doch, sie nickt.

»Du hast dich damals ganz lieb gekümmert um mich, das weiß ich noch genau. Du hast mir mit den Tropfen geholfen, weil ich solche Schwierigkeiten damit hatte.«

Ich weiß noch genau, wie ich auf meinem Bett lag, nach einem der zahlreichen Besuche beim Augenarzt. Ich versuchte, mir das Medikament in die Augen zu tropfen, aber sobald ich die Pipette mit dem schimmernden Tropfen meinem Auge näherte, kniff ich es reflexartig zu, und der Tropfen zerplatzte nass auf meinem geschlossenen Augenlid. Ich weiß noch, wie sie sich vorher sorgsam die Hände wusch, sich dann auf die Bettkante setzte und vorsichtig mein entzündetes Augenlid mit der Fingerspitze nach unten zog und »Jetzt, Achtung!« flüsterte. Sie hat das viel besser gemacht als Mama. Bei der Erinnerung wird mir warm.

Oh, es ist nicht so, wie sie sagt! Wir waren uns nah, und wir waren füreinander da, auch wenn sie jetzt nichts mehr davon wissen will.

Sie sagt unvermittelt: »Ich hab dir vielleicht die Medizin gegeben, aber ganz ehrlich, eigentlich habe ich dir diese Infektion gegönnt damals. Du hattest richtig Schmerzen, und deine Augen sahen total eklig aus. Du sahst total eklig aus.« Und dann bricht sie ab.

MARTIN

Sie hat sich immer noch nicht gemeldet, das beunruhigt ihn mehr, als er sich eingestehen will.

Er hat den Karton mit dem restlichen Christbaumschmuck aus dem Keller geholt und ins Wohnzimmer neben den vermutlich mit Chemikalien verseuchten Baum gestellt.

»Fangen wir an?«, drängelt Ella.

Er blickt in den Karton. »Als Erstes müssen wir die Lichterkette befestigen.« Es dauert, bis er die Schachtel im Karton gefunden hat, und als er den Deckel zurückschlägt, ist da ein heilloses Kabelgewirr.

»Wir müssen sie erst mal entwirren«, sagt er.

Aus Jonas' Zimmer kommt ein Jubelschrei. Offenbar hat er gerade irgendeinen Treffer gelandet. Hat er einen Zombie erschossen?

Martin versteht schon lange nicht mehr, was sich in seinem Sohn abspielt. Es ist befremdlich, dass er nur noch mit Kopfhörern herumrennt, die ihn mit einer anderen Welt verbinden und vollkommen vom realen Familienleben abtrennen. Immerhin befragt er ihn nicht zum vermeintlichen Bio-Baum, solange er spielt. Eigentlich findet Martin es nicht richtig, seinen Sohn wegen so einer Lappalie zu belügen, aber er beugt sich dem Willen seiner Frau, so wie immer.

Er hat eine simple Regel im Umgang mit ihr: Er gibt ihr, was sie will, und zwar am besten sofort.

Denn sie holt es sich ohnehin.

Und wenn er kooperiert, wird er wenigstens nicht bestraft.

Diese Paprika-Geschichte vorhin hat er gut gelöst.

Für die eheliche Dramaturgie ist es ganz wichtig, dass sie hin und wieder alltägliche Streits und Versöhnungen inszenieren. Das hilft, um einen Anschein von Normalität zu performen. Ein Paar, das nicht streitet, wäre ja unglaubwürdig.

Seine Frau liebt Theater, aber es muss glaubwürdig sein. Authentisch. Eine schlechte Vorstellung lässt sie ihm nicht durchgehen. Ihr Anspruch an die Qualität der Darbietung ist hoch, und der Spielplan wechselt.

Oft spielen sie das moderne, tüchtige, kumpelhafte Paar, das sich blind versteht und den gemeinsamen Lebenssinn im humorvollen Abarbeiten nicht enden wollender Haushaltspflichten gefunden hat. Dafür belohnen sie sich abends mit hervorragendem Wein, den sie einträchtig aus demselben Glas trinken, während sie über das Fernsehprogramm herziehen.

Wenn er diese Kumpel-Ehemann-Rolle spielt, ist er sehr witzig. Er staunt selber, dass man als Schauspieler witzig sein kann, wenn man es sonst gar nicht ist, aber das funktioniert einwandfrei. Er hat mal in einem Artikel über die Analyse von Drohbriefen gelesen, dass man sich nicht intelligenter stellen kann, als man ist. Das kam ihm logisch vor. Interessant, dass es bei Humor offenbar klappt.

Manchmal möchte sie auch, dass er eine selbstbewusste, maskulin-überlegene Cowboy-Rolle einnimmt, die Rolle des stoppelbärtigen Mannes, der mit den Füßen auf dem Couchtisch Fußball guckt und die Augen verdreht über seine etwas unsichere Gattin, die er aber locker und gleichzeitig liebevoll im Griff hat.

Dabei wissen sie beide, dass diese Rolle am allerwenigsten der Realität entspricht. Er würde sie nie kritisieren, außer dann, wenn er merkt, dass es wieder offiziell Zeit ist für einen kleinen Streit, und wann es so weit ist, bestimmt sie. Sie hat die Zügel in der Hand, immer und überall. Aber gerade vor anderen gefällt es ihr manchmal ganz gut, wenn er sich so präsentiert, als wäre es anders. Wenn er vor Gästen die Augen verdreht und Dinge sagt wie »Jetzt entspann dich doch endlich mal und setz dich zu uns, Süße« oder »Ich hab dir doch schon gesagt, dass dir das super steht, aber du willst mir ja nicht glauben!«, und dann küsst er ihren Nacken und schiebt ihr eine Strähne hinters Ohr, und sie lächelt verlegen. Und die Gäste sind dann gerührt, weil sie seine starke Frau von der Seite nicht kennen. Außerdem verleiht es der Ehe einen Hauch Glamour und Sexappeal, und es macht sie in den Augen der anderen menschlicher und ihn macht es männlicher, und beides gefällt ihr.

Eigentlich braucht sie für ihre kleinen Theaterstücke aber noch nicht einmal Zeugen. Sie beherrschen ihre jeweiligen Rollen auch zu zweit vor dem Badezimmerspiegel, im Auto oder am Telefon, so wie vorhin. Schon lange spielen sie voreinander ebenso Theater wie vor anderen, auch wenn sie es im Gegensatz zu ihm genießt, wenn sie Zuschauer hat.

Vor allem ihre Lieblingszuschauerin: Sue.

MARTIN, LETZTES JAHR

Als Aperitif hatte es Prosecco gegeben und danach Grünen Veltliner. Den hatten sie in Schläuchen gekauft. Daran hat er sich erst gestern erinnert, als er beim Einkaufen auch Schläuche kaufen wollte und sich geärgert hat, weil es keine mehr gab. Wenn man über die Feiertage Wein aus Flaschen trinkt, steht in kürzester Zeit so viel Altglas herum, das ist unangenehm. Da sind Schläuche viel diskreter. Außerdem ist es bei Schläuchen nicht so offensichtlich, wie viel man getrunken hat, wenn man sich zwischendurch auch mal allein ein paar Gläser genehmigt.

Sie hatten sich für den Abend auf das glückliche Paar festgelegt, das war eine Rolle, in der er selbst ziemlich gut wegkam. Die Aggressionen bekam seine Schwägerin ab. Es ist für ihn immer interessant, seine Frau aus der Außenperspektive zu erleben. An der Erleichterung, die er spürt, wenn sie andere fertigmacht, erkennt er, wie schlimm es sonst für ihn ist.

»Du solltest dringend noch etwas essen«, sagte seine Frau zu ihrer Schwester und schüttelte seufzend den Kopf. »Du hast so entsetzlich abgenommen.«

Sue schwieg und starrte auf die Flamme der Kerze, als wollte sie sie hypnotisieren.

»Wie viel wiegst du?«

»Weiß ich nicht«, sagte seine Schwägerin und bewegte mit einem abgebrannten Streichholz den brennenden Kerzendocht hin und her. Sie schien vollkommen konzentriert, unerreichbar für solche Fragen, und er wünschte ihr plötzlich, sie würde es schaffen, standzuhalten. Aber er wusste, dass ihr das nicht gelingen konnte.

»Hast du denn eine Waage?«

»Nein.«

»Ich hätte dir eine schenken können.«

»Ich geh zocken«, sagte Jonas und verließ den Raum.

Esther stützte einen Arm auf den Tisch und legte das Kinn auf die Faust. Dazu ihr Blick, lauernd. »Wenn man so stark abnimmt in unserem Alter, ist das auch für die Haut nicht gut. Ich bin sicher, mit ein paar Kilo mehr hättest du das nicht im Gesicht, dieses …« Sie tippte sich mit der Fingerspitze neben die Nase, aber ihre Schwester sah nicht von der Kerze auf.

»Oder es ist dein Bindegewebe. Das kann auch sein. Es ist ja manchmal ungerecht mit den Genen.«

Selbstzufrieden blähte sie die vollen Wangen auf, und Martin fragte sich, ob man auch im Gesicht Bindegewebe hat. Das gehört zu den Dingen, von denen er keine Ahnung hat. Er sah die Augenlider seiner Schwägerin flattern und fragte sich, wie lange sie das Gespräch noch durchhalten würde, ohne zu schreien. Meistens gab es irgendwann Geschrei bei den beiden.

»Ich hab eine ganz tolle Creme, die probieren wir gleich mal aus, vielleicht bringt die ja was für diese komischen Falten. Und einfach ein bisschen Rouge. Früher hast du dich auch immer an meiner Schminke bedient, weißt du noch? Oder es zumindest versucht. Ohne viel Erfolg.« Sie prustete.

Abrupt stand Sue auf. »Ich geh rauchen.«

Seine Frau sah überrascht aus. »Du rauchst wieder? Wo du bei Getränken so streng bist? Das ist aber auch nicht gut für deine Haut.«

Wortlos ging seine Schwägerin auf den Balkon und zog die Tür erstaunlich vorsichtig zu. Das weiß er noch: Wie seltsam deutlich er das Zuziehen der Balkontür spürte, beinahe so, als wäre er selbst die Tür. Und dass er eigentlich erwartet hätte, dass sie sie zuknallen würde. Weil das die angemessene Reaktion gewesen wäre. Das dachte er, obwohl er selbst auch keine Türen knallte. Nie. Und dann dachte er, wie seltsam es war, dass er sich jetzt, in diesem Moment, der Balkontür näher fühlte als allem anderen. Dass er sich ausgerechnet in die Balkontür so hineinversetzen konnte, dass er spürte, wie sanft sie zuging.

Seine Frau sah ihrer Schwester ebenfalls nach, ein Lächeln auf den Lippen. Dann schien sie seinen Blick zu spüren und nahm ihm das Glas aus der Hand.

»Na?«, fragte sie herausfordernd, beugte sich vor und drückte ihm einen Kuss auf den Mund. Ihre Lippen fühlten sich an wie ein Spüllappen, kalt und feucht, und er zuckte zurück. Das registrierte sie, und ihr Lächeln erlosch augenblicklich.

»Geh ihr nach. Sie sollte wirklich nicht alleine sein«, sagte sie knapp und begann die schmutzigen Teller zu stapeln. Das war eigentlich seine Aufgabe, darum beunruhigte es ihn. Es verhieß nichts Gutes.

Trotzdem sagte er: »Lass sie doch. Sie will ihre Ruhe haben.«

Sie ließ den Stapel Teller auf den Tisch sinken. Es klirrte nicht laut, aber er zuckte dennoch zusammen. »Sie sollte nicht alleine sein«, wiederholte sie. »Geh du. Ich bereite inzwischen den Nachtisch vor.«

»Ich glaube nicht, dass wir noch Nachtisch schaffen.«

Sie nahm den Tellerstapel und ging in die Küche. »Oh, ich glaube aber doch«, sagte sie über die Schulter, dann öffnete sie die Spülmaschine und begann das Geschirr einzuräumen.

Die Diskussion war beendet. Er starrte durch die geöffnete Küchentür auf ihren Rücken, halb in der Erwartung, dass sie vielleicht doch noch etwas sagen würde, aber wenn die Diskussion beendet war, war sie beendet. Das war immer so. Das bestimmte nicht er, sondern sie.

Also ging er zur Balkontür, um seine Schwägerin zu betreuen. Oder zu überwachen. Der Auftrag war nicht ganz klar gewesen. Vor allem war es eine Machtdemonstration, dass sie ihn schickte, statt selbst zu gehen. Als er den Griff in der Hand hatte, dachte er daran, die Tür hinter sich zuzuknallen. Aber er schloss sie genauso leise und sanft, wie es eben seine Schwägerin getan hatte.

Draußen war es kalt. Sue lehnte an der Wand und schnippte Asche in den Balkonkasten. »Na, hat sie dich rausgeschickt?«

Er reagierte nicht. »Gibst du mir auch eine?«, fragte er stattdessen.

Mit zusammengekniffenen Augen sah sie ihn an. »Ehrlich gesagt hätte ich lieber meine Ruhe.«

Hatte er es nicht gesagt? Er warf einen Blick durch die Balkontür ins Wohnzimmer und zögerte. Am liebsten wäre er zu seiner Frau gegangen und hätte gesagt, dass er recht gehabt hatte. Dass er und seine Schwägerin sich einig waren, dass sie nicht miteinander sprechen wollten. Sie nicht mit ihm, er nicht mit ihr.

Aber das mussten sie auch gar nicht. Sie konnten hier auf dem Balkon herumstehen und einander anschweigen. Solange sie hier draußen blieben, konnten sie machen, was sie wollten.

Er dachte an das Weinglas auf dem Esstisch und bereute, dass er es nicht mit rausgenommen hatte. Es zu holen kam ihm unmöglich vor. Esther würde es ihm sofort wieder wegnehmen.

So eine Situation sollte einen Mann doch eigentlich wütend machen, dachte er. Aber er war nicht wütend. Alles, was er spürte, war eine bodenlose Erschöpfung. Ohne etwas zu sagen, trat er zu seiner Schwägerin, nahm ihr die Zigarette aus der Hand und zog. Sie sah ihn fragend an. Er stieß den Rauch aus. Der Rauch bildete Wolken in der kalten Luft, die ihm gefielen. Sie griff in ihre Hosentasche, holte die Zigarettenschachtel heraus und nahm sich eine neue.

»Du siehst traurig aus«, sagte sie dann.

»Du auch«, sagte er.

Und dann küssten sie sich.

Und Martin wunderte sich kurz darüber, wie weich ihre Unterlippe war. Er hätte nicht gedacht, dass eine Unterlippe so weich sein konnte.

SUE

Immerhin weint meine Schwester jetzt fast.

Sie weint sonst nie. Sie bringt immer nur andere zum Weinen. Vielleicht ist das ein gutes Zeichen. Aber hat sie wirklich kapiert, was ich ihr sagen will? Oder ist das nur der Wein?

Es ist sicher auch der Wein. Ich frage mich, was ich noch alles erzähle, wenn wir so weitermachen.

Ich bin froh, dass ich noch nicht alles erzählt habe. Dass ich noch etwas für mich behalten konnte. Nicht weil ich sie nicht verletzen will. Eher weil ich gelernt habe, dass ich Reserven brauche. Geheimnisse. Trümpfe, die ich noch zurückgehalten habe.

Im Umgang mit Menschen wie meiner Schwester braucht man Hilfsmittel, Tricks und Werkzeuge, damit man nicht von ihnen zerstört wird. Man muss sich selbst stabilisieren, statt gegen sie zu kämpfen. Mit kleinen Tricks.

Wie dem Badezimmer-Trick, der hat mich damals unheimlich stabilisiert. Dadurch habe ich begriffen, wie ich überleben kann neben ihr.

Sie wollte immer unbedingt mit mir ins Badezimmer, um alles kommentieren zu können, was ich dort machte. Sie wollte mir erklären, ob und wie ich mir die Beine rasieren sollte, sie packte meine Haare und zog meinen Kopf zum Spiegel, um mir Pickel zu zeigen, die sie dann ausdrücken wollte, sie kommentierte, ob mir mein BH passt und welche besser für mich wären, und sie starrte mir so ausgiebig auf den Busen, als wäre es ihrer und nicht meiner, und manchmal fasste sie mich sogar an, was ich schockstarr ertrug. Und jahrelang war es für mich aus unerklärlichen Gründen nicht denkbar, dass ich mich dagegen wehren könnte. Oder dass ich ein Recht darauf haben könnte, allein im Badezimmer zu sein.

Bis ich eines Tages begriff, dass der Badezimmerschlüssel nicht nur so dort steckte, sondern dass ich ihn auch benutzen konnte. Ich erinnere mich noch an mein Staunen, als ich ihn im Schloss umdrehte. Warum war ich nicht früher darauf gekommen?

Meine Schwester im Flur tobte. Sie konnte nicht fassen, dass ich mir herausnahm, allein zu sein und sie auszusperren. Sie rüttelte an der Klinke, dann schlug sie gegen die Tür. »Lass mich rein!«, rief sie, während ich mich mucksmäuschenstill und mit klopfendem Herzen auf dem Klodeckel niederließ, um diesen ersten Sieg auszukosten. Sie brüllte so lange, bis unsere Mutter erschien. Meine Schwester schrie: »Ich muss! Dringend! Und sie lässt mich nicht rein!«

Auch unsere Mutter befahl mir, die Tür zu öffnen, aber ich blieb auf dem Klodeckel sitzen und spürte, wie ich langsam immer ruhiger wurde. Und während meine Schwester da draußen hysterisch schrie und anfing, unserer Mutter böse Dinge über mich zu erzählen, klappte ich den Deckel hoch und pinkelte. Dann trat ich, ohne abzuziehen, vor den Badezimmerspiegel und kramte in aller Ruhe in den Schminksachen meiner Schwester. Ich tauchte hintereinander ihre Zahnbürste, ihren Kamm und das Bürstchen ihrer Wimperntusche ins Klo und bürstete damit die Ränder der Kloschüssel, während die aufgeregten Stimmen draußen mich beschworen, sofort die Tür zu öffnen.

»Ja, sofort«, rief ich und verstaute die Sachen meiner Schwester sorgfältig. Im Klo sah ich verräterische Spuren der Wimperntusche. Ich zog die Spülung, beachtete die dünnen schwarzen Strudel, bis sie verschwanden, wusch mir die Hände und öffnete die Tür. »Jetzt ist frei«, sagte ich kühl.

Meine Schwester starrte mich an. Sie wusste genau, dass irgendetwas nicht stimmte, aber sie wusste nicht, was, und das machte sie wahnsinnig. Ich ging mit gesenktem Kopf an ihr vorbei in unser Zimmer, und sie rannte hinter mir her und fauchte. Und während sie keifte und schrie, setzte ich mich auf mein Bett, lehnte mich an die Wand und zog die Decke über meine Knie. Ich dachte an ihre besudelte Zahnbürste und unterdrückte ein Lächeln. Zum ersten Mal kam sie nicht an mich heran, weil ich meinen eigenen kleinen Triumph auskostete und etwas hatte, von dem sie nichts wusste.

Und davon wollte ich mehr.

Ich brauchte mehr, viel mehr.

Ich habe mich oft gefragt, warum sie das mit der Zahnbürste nicht gemerkt hat, aber ich vermute, die scharfe Minzzahnpasta hat es überdeckt. Weswegen sie diese schmerzhafte Lidrandentzündung bekommen hat und wochenlang mit roten, geschwollenen Triefaugen herumlief, habe ich ihr nie erzählt. Ich weiß noch, mit welcher Genugtuung ich ihr die Medizin in die Augen tropfte. Die Medizin, die immer nur kurz half, weil sie sich, sobald die Entzündung kurz abklang, wieder schminken wollte und die Entzündung dann erneut ausbrach, bis ich aus Mitleid irgendwann ihre Wimperntusche weggeworfen habe. Sie hat rumgebrüllt, als sie feststellte, dass sie verschwunden war. Sie hat mich des Diebstahls bezichtigt, dabei habe ich sie eigentlich nur vor schlimmeren Augenkrankheiten bewahrt. Und auch das hat mir wieder ein Hochgefühl verschafft: dass sie es nicht begriff, als ich ihr schadete. Und dass sie Schaden vermutete, als ich ihr half.

So wurde ich erwachsen: Ich begriff, dass ich gegen meine Schwester nicht ankommen konnte, dass ich aber, um zu überleben, aus dem Verborgenen heraus angreifen musste.

Das war der Anfang meines schwesterlichen Guerilla-Kampfes.

ESTHER

Ich sage leise: »Und trotzdem hast du mir immer die Tropfen reingetan.«

Sie blickt an mir vorbei. »Ja. Und habe mich heimlich gefreut. Das meine ich ja. Ich habe unter dir gelitten, und in diesen Momenten warst du dran mit Leiden, und das wollte ich mir nicht entgehen lassen. Im Gegenteil, ich wollte ganz nah dabei sein. Weil du es verdient hattest.«

Meine wütende Schwester! Ich denke daran, wie lieb sie war, als ich da auf dem Sofa lag, und das passt alles so gar nicht zu dem, was sie jetzt sagt, und auch nicht zu ihrem verbissenen Gesicht. »Du hättest mir das einfach sagen sollen, Schnecke.«

»Was? Dass ich nicht aussehen möchte wie du? Dass ich nicht dein Schminkmodell sein will? Dass du aufhören sollst, meine Brüste zu kommentieren und das eine Kilo, das ich zu- oder abgenommen habe? Und mir dann auch nicht sagen sollst, ob ich es am Arsch, an der Hüfte oder an den Oberschenkeln ab- oder zugenommen habe und wie das deiner Meinung nach aussieht und was ich machen soll, damit das Kilo wieder weggeht oder wieder zurückkommt?«

»Ja«, flüstere ich. Und in diesem Moment bereue ich alles, was ich je zu ihr gesagt habe. Ich bereue die vierzig Jahre, die ich zu ihr gesprochen und sie behandelt habe in einer Art, die ihr anscheinend nicht gefallen hat. Und am meisten bereue ich, dass ich das nicht rückgängig machen kann. Weil ich begreife, dass das der Grund dafür ist, dass es so schwierig ist zwischen uns. Dass wir uns so fern sind und es auch bleiben werden, wenn wir es nicht schaffen, das Ruder herumzureißen.

»Ich habe es versucht zu sagen.«

»Du hättest es deutlich sagen sollen.«

Sie sagt unbarmherzig: »Du hättest das niemals akzeptiert. Nie. Du hättest deine Zaubertafel gezückt, mein Bild gelöscht und deine eigene verdrehte Version gemalt, die du mir unter die Nase gerieben hättest, und ich hätte mich noch ohnmächtiger gefühlt, als ich es ohnehin schon war.«

»Was hast du denn mit dieser Zaubertafel? Und das stimmt einfach nicht. Wie kannst du das sagen, wo du es nicht einmal versucht hast?«

Sie nickt, als würde sie mir zustimmen, dabei habe ich ihr keine Frage gestellt, auf die man mit Ja oder Nein antworten kann. Und dann lacht sie kurz auf. »Was wäre denn«, fragt sie leise, »wenn ich versucht hätte zu sagen, dass ich kein Geschenk zu Weihnachten will? Dass du nicht vorbeikommen sollst? Dass ich nicht bei euch feiern will? Dass du endlich nach Hause gehen sollst?«

»Dann hätte ich –«, sage ich, und dann stocke ich.

Sie sieht mich an und sagt leise: »Wie hätte ich es denn sagen sollen, damit du es kapierst? Sag mir das mal.«

Ich will etwas entgegnen, aber ich kann nicht.

Es stimmt, ich habe es nie gehört. Oder doch. Aber irgendwie auch nicht. Dafür höre ich es jetzt, und die Summe von alldem, was ich höre, ist schwer zu ertragen. Sie hat recht.

Und ich schäme mich. Ich schäme mich so sehr, dass ich ihrem Blick ausweichen muss.

»Ja«, sagt sie. »So ist das.«

Ich flüstere: »Bin ich wirklich so schlimm?«

Sie sieht mich an, und dann nickt sie.

»Schlimmer«, sagt sie.

SUE

Nico war der Erste.

Mit ihm hatte ich in der Umkleidekabine des Freibads meinen ersten ungelenken Teenager-Sex, während meine Schwester vor dem Kiosk in der Eis-Schlange stand. »Schnecke!«, rief sie ungeduldig und so laut, dass ich ihre Stimme hörte, während ich angeekelt auf den rosafarbenen Schwanz ihres Freundes starrte.

»Was ist?«, sagte Nico, von dem ich vor Schreck abgelassen hatte. Kurz überlegte ich, ob ich dem Impuls folgen sollte, hinauszurennen und ihn einfach mit heruntergezogener Badehose stehen zu lassen. Aber dann hörte ich wieder die Stimme meiner Schwester nach mir rufen, diesmal näher und drängender. Diesen herrischen Ton in ihrer Stimme kannte ich gut, und plötzlich gab es für mich nichts Wichtigeres mehr als den zuckenden Schwanz ihres Freundes in meiner Hand.

Als wir die Umkleide verließen, war das Eis in ihrer Hand fast geschmolzen.

»Guck dir das an«, sagte sie ärgerlich und reichte mir die Waffel. »Das ist jetzt deine eigene Schuld.«

Ich leckte den zerfließenden Rest von der Waffel. »Mir hat noch nie ein Eis so gut geschmeckt«, sagte ich. Plötzlich konnte ich sie anlächeln, ohne mich dabei wie eine Gefangene zu fühlen. Ich sagte sogar: »Danke.« Und es kam aus tiefstem Herzen, zumindest beinahe.

Sie schüttelte den Kopf, und dann zog sie los, um Nico zu suchen, der inzwischen, wie ich wusste, nach Hause gefahren war.

ESTHER

Als ich nach der Weinflasche greife, zittert meine Hand ein bisschen. Und es ist nicht nur meine Hand. Ich fühle mich, als wäre etwas in mir ins Wanken geraten, etwas, das sonst immer fest und sicher war. »Danke«, sage ich, und meine Stimme klingt heiser. »Danke, dass du all das gesagt hast. Das war sicher nicht leicht.«

»Nein. Weil du so was nicht hören willst.«

»Jetzt schon.«

Wir schweigen. Es könnte ein schönes Schweigen sein, wenn meine Schwester mich anlächeln oder vielleicht meine Hand nehmen würde, aber das tut sie nicht. Sie ist ein Eisklotz. Ihre Hände liegen vor ihr auf dem Schoß, und sie weicht meinem Blick aus. Ich merke, dass da noch etwas ist.

»Was ist los, Schnecke?«, flüstere ich. Und frage mich, was noch schlimmer sein kann als das, was sie mir schon gesagt hat.

Sie streckt die Hand nach der Weinflasche aus und beginnt am Etikett zu knibbeln.

Ich hole Luft. »Ich bin dankbar, dass du das gesagt hast. Und ich werde darüber nachdenken.«

Sie rupft einen Streifen vom Etikett ab und legt ihn säuberlich auf den Tisch. »Nein«, sagt sie. »Wirst du nicht.«

»Natürlich werde ich das!«

Sie seufzt. »Du bist aus Teflon. Du hast diese Zaubertafel. Du wirst das löschen, so wie du alles löschst, was dir nicht passt.« Jetzt hat sie einen weiteren Streifen abgerissen.

Ich will sie fragen, was sie mit der Zaubertafel meint, aber ich flüstere nur: »Das stimmt nicht.«

Sie legt die Streifen aufeinander und zerrupft sie langsam und methodisch. »Ich sag dir, was passieren wird. Du steigst gleich in dein Auto und fährst nach Hause. Du schließt die Wohnungstür auf, und sobald die hinter dir ins Schloss fällt, hast du alles vergessen, worüber wir hier sprechen. Du wuschelst deinen beiden kleinen Geiseln durch die Haare und freust dich auf einen wundervollen Weihnachtsabend mit der Traumfamilie.«

»Du hast meine Kinder gerade nicht wirklich Geiseln genannt.«

»Doch, habe ich. Und dann erzählst du deinem Mann, wie es hier im Wald war und wie bedauernswert all die Menschen dran sind, die über Weihnachten allein bleiben. Und dann lächelst du ihn an und zählst die Gläser, mit denen er sich volllaufen lässt, um den Abend mit dir ertragen zu können, und ihr zündet die Kerzen am Baum an und packt Geschenke aus und singt Weihnachtslieder, und alle klatschen glücklich in die Hände und umarmen sich. Später schlafen die Kinderlein, du legst dich ins Bett und denkst noch einmal daran, wie richtig du wieder alles gemacht hast, und währenddessen sitzt dein Mann im Wohnzimmer und ist froh, dass du seine Gläser endlich nicht mehr zählen kannst. Und weißt du, was er sich dabei vorstellt?«

Ich schweige.

»Weißt du das?«

Ich schüttle den Kopf.

Sie beugt sich vor. »Natürlich hast du keine Ahnung, es interessiert dich auch nicht.«

Ihre Aussprache ist jetzt verwaschen und sie wiederholt sich. Ich kenne sonst niemanden, der nach nicht mal einer halben Flasche Wein lallt, aber meine Schwester ist keinen Alkohol gewohnt, außerdem ist sie untergewichtig. Ich darf nicht allzu ernst nehmen, was sie sagt.

Und trotzdem will ich es hören.

»Du hast ein bisschen zu viel getrunken«, sage ich.

Sie starrt mich an und tut so, als hätte sie nichts gehört. Sie beugt sich noch weiter vor, berührt mit dem Kinn beinahe den Küchentisch und flüstert: »Du verlässt dich darauf, dass du alles im Griff hast. Und dass alle zu viel Angst vor dir haben, um dich infrage zu stellen. Und das stimmt ja auch. Aber unter der Oberfläche passiert etwas in den Leuten, das du nicht siehst. Es ist nicht so, dass sie zerbrechen unter dem Druck, den du ausübst. Das denkst du vielleicht. Aber das Gegenteil ist der Fall. Es wächst etwas in ihnen. Aus Widerwillen wird Widerstand. Und alles, was du den Leuten antust, all die vielen Kleinigkeiten, die sich über die Jahre ansammeln, wollen irgendwann ausgeglichen werden.«

Ich strecke die Hand nach ihr aus, will ihren Arm berühren, aber dann trifft mich ihr Blick, der geradezu gefährlich aussieht, und darum ziehe ich die Hand doch lieber zurück. »Schnecke, du hast einen sitzen.«

Sie sieht mich an. »Genau so was meine ich! Allein dass du mich seit zwanzig Jahren immer noch Schnecke nennst, ohne zu merken, wie daneben das ist.«

Ich will empört »Schnecke!« rufen und beiße mir auf die Lippe. »Aber das war dein Spitzname als Kind!«

»Du hast mich so genannt. Ich wollte das nicht.«

»Das stimmt nicht. Papa hat dich auch so genannt.«

»Papa ist tot.«

Wir schweigen für einen Augenblick, beide erschrocken.

Dann sagt sie: »Er hat dir das nur nachgemacht. Aber es geht nicht um Papa. Merkst du nicht, wie schräg das ist, dass du mich noch immer bei einem Kindernamen nennst? So als wolltest du betonen: Du bist die Große und ich die Kleine. Und so, als wäre das ganz lieb gemeint.«

»Das ist es auch!«

»Ja? Aber wie lieb gemeint kann das denn sein, wenn ich es nie wollte? Allein dass dir nicht auffällt, dass ich keinen Spitznamen für dich habe, sagt doch schon alles. Das muss dir doch auffallen!«

»Du kannst mir gern einen Spitznamen geben.«

»Aber ich möchte nicht!« Jetzt schreit sie. »Es geht doch darum, dass das wie eine Art, keine Ahnung, eine Aneignung ist. Du nimmst dir einfach heraus, mir einen viel zu intimen Kindernamen zu geben. Dabei bin ich erwachsen. Dass du mich so nennst, entspricht weder meinem Alter noch unserem Verhältnis.«

»Okay«, sage ich betroffen.

Sie ist noch nicht fertig: »Du denkst jetzt, das ist eine Kleinigkeit. Ist es auch. Aber es geht um die Summe all solcher Kleinigkeiten und was die mit einem macht. Du beschwerst dich darüber, dass ich dir damals den Zopf abgeschnitten habe. Aber du kapierst nicht, dass du in Wahrheit Glück hattest. Ganz großes Glück, dass ich mich so unter Kontrolle hatte.«

»Ich würde wohl kaum sagen, dass du dich unter Kontrolle –«, beginne ich, aber sie unterbricht mich.

»Ich wollte dich an dem Abend am liebsten umbringen. Ich hab ernsthaft darüber nachgedacht. Darum habe ich den Zopf abgeschnitten. Als Beweis für mich, dass ich die Gelegenheit hatte.«

Ich fühle mich, als wäre der Sauerstoff plötzlich knapp geworden. Ich starre sie an und sie starrt zurück.

»Da guckst du«, sagt sie. »Und genau so ist das jetzt bei euch zu Hause. Ganz genau so. Ihr dreht euch im Kreis wie die Figürchen auf eurer hässlichen Weihnachtspyramide, immer weiter, alles folgt deinem Diktat, so lange, bis …« Sie verstummt.

Ich frage: »Bis was?«

»Esther«, flüstert sie, und dann beugt sie sich vor und sagt: »Irgendwann bringt Martin dich um.«

Und ich sehe ihr an, dass sie das ernst meint.

Vollkommen ernst.

MARTIN

Seine Frau hat sich nicht gemeldet. Das macht ihm Angst.

Der Baum steht, die Lichterkette hängt.

Jonas ist tatsächlich aus seinem Zimmer gekommen, um das Werk zu begutachten, die dicken Kopfhörer auf den Ohren. Er hat anerkennend genickt. »Bio?«, hat er gefragt.

»Bio«, hat Martin bestätigt. Und sich an die rituelle »Kuss?«-Abfrage seiner Frau erinnert gefühlt, bei der er auch keine Möglichkeit hat, anders zu antworten, als die Frage es einfordert.

Jonas hat einen dieser komischen Kiekser abgelassen, die vermutlich seinen Stimmbruch einleiten, und »Ey, Alter!« gejohlt. Kurz war Martin irritiert, dann ist ihm aufgegangen, dass sein Sohn sich längst wieder in die andere Welt verzogen hat. In die, die durch den Kopfhörer mit ihm spricht.

Martin beneidet ihn um einen solchen Rückzugsort.

Ella kniet vor dem Baum und sucht seit einer halben Stunde die perfekte Stelle für die Weihnachtsgurke, die sie so aufhängen will, dass man sie nicht sofort findet, und darum kann Martin kurz in die Küche verschwinden und sich einen Aperitif holen. Zum wiederholten Mal checkt er sein Handy. Esther hat weder geschrieben noch angerufen.

Plötzlich kommt ihm ein Gedanke, der ihm den Atem verschlägt. Dass es auch das Happy End bedeuten könnte.

Er nimmt noch einen Schluck und schließt für einen Moment die Augen. Kann es nicht sein, dass einmal ein Wunder geschieht? Gerade jetzt, zu Weihnachten?

In Gegenwart der Kinder zwingt er sich immer, seine Gedanken unter Kontrolle zu halten. Er mag viele Fehler und Schwierigkeiten haben, aber er versucht auf seine Art, ein guter Vater zu sein. Klar, niemand kann Gedanken lesen, aber Kinder sind sensibel, deshalb befürchtet er, dass es irgendwie atmosphärisch zu ihnen rüberschwappen könnte, was er denkt. Und darum ist es manchmal besser, die Kinder vor den Fernseher zu setzen. Dann sind sie abgelenkt und können nicht verstört werden von dem, was sich im Kopf ihres Vaters abspielt.

Zumindest hofft er das.

SUE

Sie scheint es tatsächlich verstanden zu haben. Aber ist sie zu so etwas wie Einsicht überhaupt in der Lage?

Ich habe gerade erst wenige Stunden mit ihr hinter mir, und ich fühle mich, als hätte man mich durch einen Fleischwolf gedreht.

Das ist ein Effekt dieses Gesprächs: Ich bekomme eine leise Ahnung davon, was Martin und die Kinder da durchmachen. Vor allem Ella. Mir liegt gar nicht besonders viel an meiner Nichte und meinem Neffen, das muss ich zugeben. Und trotzdem, das unbeholfen eingewickelte Geschenk und das Wissen darum, wie sehr das Mädchen mich vermisst, obwohl sie mich doch kaum kennt, das rührt mich. Was bringt ein kleines Mädchen dazu, sich zu wünschen, dass die unbekannte Tante zu Besuch kommt?

Ich glaube, Ella will ihrer Mutter nicht schutzlos ausgeliefert sein. Vielleicht will sie mich an Weihnachten dabeihaben, damit ich sie vor ihrer Mutter beschütze? Oder einfach nur, damit ihre Eltern nicht so schlimm streiten und sich zusammenreißen? Oder doch, damit meine Schwester ihre Aufmerksamkeit auf mich richtet und ihre Tochter ein wenig durchschnaufen kann?

Verstehen könnte ich das. Ich weiß, wie schlimm das Zusammenleben mit ihr ist. Ich war ja auch ein Kind, als ich in Ellas Situation war. Es hat lange gedauert, bis ich meine kleinen Tricks entwickelt hatte, um es auszuhalten neben meiner Schwester.

Martin hat keine Tricks zur Verfügung, er zerbricht geradezu unter dem Druck, den sie auf ihn ausübt. Er ist ein Waschlappen, das war er schon immer. Man sieht ihm an, dass er kapituliert hat, er weiß, dass die Würfel gefallen sind, also steckt er den Kopf in den Sand, spielt das Spiel mit, jammert leise in sein Glas und trinkt.

Aber irgendwann wird er durchdrehen. Es wird kein Akt der Befreiung sein, nichts Heroisches, sondern eine banale Übersprungshandlung, etwas im Affekt, so, wie es mir ja selbst beinahe passiert wäre, als ich mit der Schere an ihrem Bett stand.

MARTIN

Bei Männern ist es total normal, dass sie ständig an Sex denken. Das kann man in jeder Zeitschrift lesen. Der Durchschnittsmann denkt täglich mindestens zwanzigmal an Sex, das sind normale Alltagsphantasien, um besser durch den Tag zu kommen. Sex mit der Frau an der Supermarktkasse, Sex mit der Kollegin, Sex mit der Politesse. Sex im Fahrstuhl, Sex auf dem Konferenztisch, Sex auf der Straßenkreuzung.

Fahr schnell, Liebling!

Leider ist Martin kein normaler Mann. Er denkt beinahe ununterbrochen an seine Frau. Er denkt an ihre Augen, an ihr Lachen, an ihr Haar, an ihren schlanken Hals.

Daran, wie ihre Augen sich für immer schließen, an ihr Lachen, das in ein Keuchen übergeht und dann für immer verstummt, an ihr Haar, das in Flammen aufgeht, weil ihr Wagen explodiert, an ihren schlanken Hals, um den sich seine Hände legen und zudrücken.

Fahr schnell, Liebling! Fahr schneller!

Er hat so oft heimlich davon geträumt, nachts, wenn er allein im Wohnzimmer saß. Am liebsten wäre ihm ein Unfall. Die Kinder dürften natürlich nicht im Wagen sitzen, ideal wäre es, wenn es auf dem Weg zur Arbeit geschähe.

Oder jetzt.

Wenn sie auf dem Rückweg von ihrer Schwester ist und zu schnell fährt, weil sie es eilig hat. Ein Stück Landstraße könnte vereist sein, sie würde die Kontrolle über das Fahrzeug verlieren. Bedauerlich, aber so etwas geschieht.

Sie geht nicht an ihr Handy.

»Bitte, bitte, bitte, bitte«, flüstert er vor sich hin.

Es wäre zu schön, um wahr zu sein.

Er sieht sich an ihrem offenen Grab stehen und mit trockenen Augen Beileidsbekundungen entgegennehmen, während er innerlich frohlockt, weil er weiß: Er ist sie los.

Manchmal ist es schwer, ein guter Vater zu sein.

SUE

Meine Schwester hat den Mund zugeklappt und sich zurückgelehnt. Ihr Gesicht ist blass, und in ihren Augen steht der Schrecken über das, was ich gesagt habe.

Das bedeutet, es ist angekommen.

Die schwesterlichen Schutzschilde haben versagt, endlich.

Und darum rede ich weiter, ehe sie wieder hochfahren.

»In der Nacht, als ich dir den Zopf abgeschnitten habe, da hätte ich dich lieber umgebracht. Ich habe davon geträumt, mit der Schere auf dich einzustechen. Da habe ich begriffen, dass ich schleunigst ausziehen musste, weil ich sonst verrückt geworden wäre. Oder dir etwas angetan hätte.«

Meine Schwester räuspert sich. »Was …«, sagt sie, es klingt rau und zerknittert. »Was soll ich denn tun?«

Sie sieht aus, als wollte sie tatsächlich eine Antwort hören. Auch wenn ich weiß, dass sie das, was ich ihr sagen werde, niemals im Leben hören will. Aber ich sage es trotzdem. »Lass die Menschen einfach in Ruhe. Lass sie sagen und denken und fühlen, was sie wollen. Lass sie einfach. Vor allem: Lass sie gehen, wenn sie gehen wollen. Und dann guck, ob sie vielleicht freiwillig zu dir zurückkommen. Weil sie es wollen. Weil sie dich mögen. Nicht weil du sie unter Druck setzt.«

Meine Schwester blinzelt angestrengt. Ich sehe, dass sie gleich in Tränen ausbrechen wird.

Ich beuge mich zu ihr vor und flüstere: »Esther, hör auf, immer alles zu kontrollieren. Hör einfach auf damit.«

Und da bricht der Damm.

DAS MÄDCHEN

Ich beneide alle Menschen, denen verschlossene Badezimmertüren keine Angst machen. In denen keine Panik ausbricht, wenn sie hören, wie der Schlüssel sich im Schloss dreht. Denn das bedeutet, dass diese Menschen nicht zu spät gekommen sind. Dass sie nicht brav vor der Tür darauf gewartet haben, dass der Vater wieder aufschließt.

Ich kann mich noch an das Rauschen des Badewassers erinnern, das durch die verschlossene Tür drang. Das Geräusch von einlaufendem Badewasser verändert sich, je voller die Wanne ist. Es wird tiefer. Und irgendwann kommt etwas Helles dazu. Das ist, wenn die Wanne überläuft. Das klingt komisch.

So, dass das Mädchen eigentlich schon merken müsste, dass da etwas nicht stimmt, aber so ist es nicht. Das Mädchen merkt es nicht. Es ist nachts aufgewacht, es muss mal, aber weil die Badezimmertür abgeschlossen ist, sitzt es vor der Tür und wartet geduldig, dass der Vater wieder herauskommt.

Und irgendwann quillt diese Wasserlache unter der Tür hervor, sie breitet sich aus, sie durchnässt sein Kleid. Das Mädchen ruft leise nach dem Vater, obwohl er gesagt hat, dass er seine Ruhe will. Es ruft gegen das Brausen des Badewassers an. Der Vater antwortet nicht. Das Kleid des Mädchens wird immer nasser, aber das ist nicht einmal unangenehm, denn das Wasser ist lauwarm. Es ist kein sauberes Wasser, es ist hellrot. Fast rosa.

Darüber wundert sich das Mädchen. Langsam versteht es, dass irgendetwas nicht stimmt. Es ist im Konflikt. Es darf nicht stören, also muss es leise sein, aber andererseits möchte es doch gehört werden. »Papa!«, ruft es, erst unsicher, dann immer entschiedener.

Irgendwann ruft es so laut es kann. Das hört die Mutter, die im Wohnzimmer fernsieht. Sie brüllt, dass das Mädchen still sein soll.

Das Mädchen verstummt, während sein Kleid noch nasser wird. Es weiß nicht, was es tun soll. Es steht auf und geht langsam ins Wohnzimmer zur Mutter, ohne etwas zu sagen. Seine Füße hinterlassen nasse Tapsen auf dem Laminat. Die Mutter sitzt auf dem Sofa und starrt auf den Fernseher. In der Ecke steht der Weihnachtsbaum und leuchtet.

Das Mädchen zwängt sich zur Mutter aufs Sofa und lehnt sich an sie. Die Mutter quietscht, als sie das nasse Kleid des Mädchens berührt, sie brüllt, dass das Mädchen in die Hose gemacht hat. Die Mutter springt vom Sofa auf, reißt das Mädchen am Arm mit in Richtung Badezimmer, um ihm die nassen Sachen auszuziehen. Und da sieht sie die rosa Wasserlache im Flur. Und vergisst das Mädchen und seine nassen Sachen. Die Mutter schreit. Sie schreit so laut, wie das Mädchen es niemals gewagt hätte. Und sie hämmert an die Badezimmertür. Und schreit weiter und weiter.

Und als die Polizei und der Krankenwagen kommen und die Tür aufgebrochen wird, sitzt das Mädchen immer noch mit dem nassen Kleid im Flur. Und der Weihnachtsbaum leuchtet immer noch.

Die Schwester des Mädchens liegt in ihrem Bett. Sie schläft tief und fest. Diese Schwester wird niemals Angst vor verschlossenen Türen haben. Sie wird sich nie fragen, ob sie zu spät zur Mutter gegangen ist. Sie wird nie denken, dass man Menschen nicht glauben kann, wenn sie sagen, dass alles okay ist und dass man sie in Ruhe lassen soll.

Das Mädchen wird ihr nie erzählen, was in dieser Nacht passiert ist.

Am nächsten Morgen wird die Mutter die Schwester in den Arm nehmen und ihr sagen, dass der Papa plötzlich krank geworden und gestorben ist. Die Schwester wird ein bisschen weinen, und danach wird sie das Mädchen fragen, ob sie jetzt mit den anderen Kindern auf dem Garagenhof spielen wollen.

Aber das Mädchen will nicht spielen. Es kann sich nicht vorstellen, dass es jemals wieder spielen will.

Am Tag der Beerdigung riecht die Mama so, wie sonst nur der Papa gerochen hat, wenn er was getrunken hat. Sie nimmt das Mädchen zur Seite und sagt, dass es jetzt ganz tapfer sein muss und dass es gut auf seine kleine Schwester aufpassen muss. Und es darf auch nicht darüber reden, was der Papa im Badezimmer gemacht hat, denn das würde der kleinen Schwester Angst machen.

So, wie es dem Mädchen selbst Angst macht.

Jetzt weiß das Mädchen, was Menschen tun, wenn man nicht genug auf sie aufpasst.

Wenn man ihren Worten glaubt, statt sie zu kontrollieren.

Wenn man sie nicht im Auge behält.

Die ganze Zeit.

ESTHER

Ich presse mir das Taschentuch unter die Augen, bis keine Tränen mehr kommen. So geht das, damit es keine Mascara-Katastrophe gibt. Ich spüre mein Herz im Hals. Es pocht. Und nicht nur mein Herz pocht, es ist auch die Angst, die ich sonst nicht spüre. Die Angst, die aus mir herauswill, die ich teilen will, mit ihr. Mit wem sonst, wenn nicht mit ihr? Sie ist meine Schwester.

Ich sage: »Ich kann einfach nicht anders.« Es klingt erbärmlich.

»Doch. Du kannst.«

Sie nickt mir zu, und ich weiß, sie meint das aufmunternd, und trotzdem fühle ich, dass es mich wütend macht. Nein, ich kann nicht. Sie kann. Für sie ist es einfach. Weil sie die Kleine ist. Ich zerknülle das Taschentuch zu einer feuchten Kugel.

Sie sagt: »Vielleicht willst du nicht, das ist was anderes. Aber du kannst.«

»Weißt du eigentlich, wie das war damals mit Papa? Als er gestorben ist? Weißt du das?« Meine Stimme zittert.

Meine Schwester greift wieder nach den Schnipseln des Weinetiketts. Sie fegt sie mit der Fingerspitze zusammen, bis sie eine dicke Linie bilden, und ich sehe ihr dabei zu.

»Wie war das denn?«, fragt sie. Ihre Fingerspitze pflügt durch die Schnipsel und verteilt sie wieder überall.

Und ich denke an das Badezimmer. An das dunkle Brausen des Wassers, an das helle Geräusch, als es überlief. An die Lache, die unter der Tür hervorkam. Mein Kleid, das warm und nass wurde, so, als hätte ich wirklich in die Hose gemacht. Daran, dass ich Papa nicht stören durfte. Daran, dass ich Mama nicht stören durfte. Daran, dass ich meine Schwester nicht wecken durfte. An all die Angst, die ich nicht teilen durfte.

Und ich merke, wie übergroß mein Wunsch ist, ihr endlich davon zu erzählen. Um meine Last mit ihr zu teilen. Damit sie mich versteht.

»Schlimm war das«, sage ich stattdessen. »Für uns alle. Für dich ja auch, das vergesse ich manchmal. Ich vermisse ihn einfach.«

»Ich vermisse ihn nicht.«

Sie sagt das einfach so.

»Sue«, sage ich zaghaft.

Und jetzt erst sieht sie mich an und lächelt fast. »Find ich gut, wenn du mich so nennst.«

»So heißt du«, sage ich.

»Ja, das weiß ich.«

Und plötzlich fängt sie an zu lachen, und ich lache auch. Wir lachen zusammen, ein bisschen nur, nicht zu viel, denn witzig ist eigentlich gar nichts. Sie greift meine Hand.

»Ist ein Anfang«, sagt sie.

Ich nicke.

Sie sagt: »Ich habe Angst um dich. Wegen Martin. Und wegen Weihnachten.«

Unser gemeinsames Lachen bricht ab.

Sie flüstert: »Ich will einfach nicht, dass bei euch etwas Schlimmes passiert.«

Und da merke ich, dass wir doch etwas teilen. Bisher war es verborgen, aber jetzt erkenne ich es. Auch meine Schwester weiß, dass Weihnachten gefährlich ist.

»Was soll ich denn tun?«

»Das kann ich dir sagen«, sagt sie. »Wenn du mir zuhörst.«

Und ich werde ihr zuhören.

Das erste Mal in meinem Leben höre ich ihr zu.

MARTIN

Der Gedanke an den Unfall seiner Frau ist wie ein heimlicher, zuckersüßer Rausch, dem er sich hingibt, während er die Kinder den Baum schmücken lässt.

Er steht daneben, starrt ins dunkle Grün der Tanne und zwingt sich manchmal, »Oh, sehr gut!« zu rufen oder »Den Engel noch etwa mehr links«.

Dabei ziehen Filme vor seinem inneren Auge vorbei. Ein Wagen, der ins Schleudern kommt und in Zeitlupe durch die Luft fliegt. Ein Airbag, der sich aufbläst, Knochen, die brechen. Ein qualmendes Autowrack, aus dem die Sanitäter nur noch eine Leiche bergen können.

»Wir haben keine Dinger mehr, Papa, ey«, sagt Jonas.

Martin reißt sich zusammen. »Welche Dinger, ey, Jonas?«, fragt er gespielt locker.

»Zum Aufhängen. Diese Dinger. Diese dünnen.« Jonas hebt eine Kugel in die Luft.

Martin nimmt sie ihm aus der Hand und betrachtet sie. »Ach so. Diese Aufhänger. Ich weiß auch nicht, wie die heißen. Wie viele brauchen wir denn noch?«

Jonas zuckt mit den Schultern.

»Pa-pa!«, ruft Ella schrill.

»Ja, Süße?«

»Ich hab gesagt, dass man Büroklammern nehmen kann. Hat Mama mal gemacht. Man muss sie so aufbiegen.«

Martin nickt. Von den Finessen des Baumschmückens hat er keine Ahnung, das macht normalerweise seine Frau, zumindest hat sie das die letzten Jahre gemacht. »Dann mach das doch. Du kannst die Büroklammern von meinem Schreibtisch holen.«

Ihm fällt ein, dass gar nicht stimmt, was er eben gedacht hat. Dass er sehr wohl die letzten Jahre das Baumschmücken beaufsichtigt hat. Aber er war dabei mehr mit seinem Getränk als mit dem Baum beschäftigt, deswegen hat er keine konkreten Erinnerungen. Diesmal trinkt er nichts. Der Aperitif eben in der Küche war eine Ausnahme.

Er kommentiert alles, was die Kinder tun, er wickelt Figuren aus Seidenpapier und stellt sie auf den Tisch, manchmal isst er ein Stück von der Mandarine, die Ella geschält und deren Innereien – Fruchtfleisch, Schale, weiße Fetzen – sie über den Tisch verteilt hat. Martin ist geradezu strebermäßig bemüht.

Das liegt daran, dass er darauf wartet, dass die Polizei klingelt und ihn mit gedämpfter Stimme über den Unfall informiert. Da möchte er ein gutes Bild abgeben.

Ella kommt zurück, rot im Gesicht vor Eifer. Gemeinsam biegen sie die Büroklammern so zurecht, dass daraus passable Haken für die Kugeln entstehen.

Fast hat Martin das Hoffen auf die Türklingel vergessen, als er hört, wie eine Nachricht eintrifft. Er zieht das Handy hervor und sagt gedankenverloren: »Prima machst du das, Süße.«

Und dann liest er die Nachricht.

SUE

Ich weiß nicht, wie alt ich war, als ich für das Wesen meiner Schwester Bilder und Worte fand. Teflon. Zaubertafel. Solche Vergleiche halfen mir zu verstehen, wie sie war.

All diese Beschreibungen basieren auf der Annahme, dass sie es niemals fertigbringen würde, unser Verhältnis zu reflektieren und zu ändern. Oder ihr Verhalten. Oder sich selbst.

Und darum habe ich ungläubig und mit ziemlicher Anspannung beobachtet, wie sie mir gegenüber am Küchentisch saß und die lange Nachricht schrieb. Seit sie sie abgeschickt hat, starrt sie aus dem Fenster in das Schneetreiben. Sie hat einen Küchenstuhl herangezogen und ihre Füße daraufgelegt.

»Esther?«

»Ja?«

Ich weiß nicht, was ich sagen soll zu dem, was sie gerade getan hat. Ich muss sie bestärken, damit sie nicht anfängt zu zweifeln, denn es war überfällig. Sie hat ihrem Mann geschrieben, dass es ihr leidtut. Dass sie ihn freigibt. Zumindest vermute ich das, ich habe die Nachricht nicht gelesen. Sie wollte, dass ich sie lese, aber ich habe geradezu erschrocken abgelehnt. Diese Nachricht geht nur die beiden etwas an. Ich will in dieser Trennung keine Rolle spielen. Auch weil ich weiß, dass ich auf Abstand zu meiner Schwester achten muss, auch dann, wenn wir gerade das wichtigste Gespräch geführt haben, das wir je hatten.

Ich schlucke und sage nur: »Das war sehr mutig.«

In ihrem Gesicht zuckt es. »Für die Kinder wird es hart.«

»Ja, bestimmt. Aber jetzt ist es auch nicht leicht für sie. Du hast das Richtige getan. Du bewahrst sie vor Schlimmerem.«

Meine Schwester schweigt. Sie wirkt bedrückt, und das ist kein Wunder.

Ich habe das dringende Bedürfnis, ihr etwas Gutes zu tun. »Soll ich uns einen Tee kochen?«

Sie versucht ein Grinsen. »Kaffee wäre mir lieber. Oder Wein. Aber der ist leer.«

Ich trete wortlos zum Wasserkocher und sehe aus dem Fenster. Der Himmel hat sich zugezogen, es schneit so dicht, dass ich den Wagen in der Einfahrt nur als Schatten erkennen kann. »Ehrlich gesagt weiß ich gar nicht, ob es schlau ist, jetzt zurückzufahren«, sage ich, während ich das Schneegestöber betrachte.

Meine Schwester folgt meinem Blick, dann reibt sie sich mit den Handflächen über das Gesicht und seufzt. »Ich sollte eh noch warten, bis Martin Zeit hatte, ein paar Sachen zu packen. Damit ich ihm nicht begegne.«

Ich suche im Schrank nach der Schachtel mit dem Lavendeltee. »Das wäre sicher besser. Können die Kinder denn so lange allein bleiben?«

»Ja. Sie sind ja nicht mehr klein. Wenn das okay ist, würde ich mich noch kurz ein bisschen hinlegen. Mir ist nicht so gut. War wohl doch etwas viel für mich.«

»Klar.«

Sie erhebt sich. »Aufs Sofa?«

Ich zögere. Ich habe zwei Gästezimmer, die sogar geheizt

sind. Aber ich habe sie seit Wochen nicht gelüftet, und die Bettwäsche müsste ich auch erst zusammensuchen. Ich werfe einen Blick auf das erschöpfte Gesicht meiner Schwester und gebe mir einen Ruck. »Leg dich ruhig in mein Bett, wenn du willst. Ich bring dir den Tee dann gleich hoch.«

Sie reckt sich und gähnt. »Ja. Vielleicht schlafe ich auch sofort ein. Trotzdem sollten wir nicht zu spät los. Ich möchte unbedingt die Kinder in Ruhe ins Bett bringen und ihnen alles erklären, soweit das möglich ist. Dass Martin und ich Ruhe brauchen, so etwas. Sobald der Schnee etwas nachgelassen hat, weckst du mich, okay?«

Meine Hand mit den Teebeuteln erstarrt über den Tassen. »Wir?«, frage ich vorsichtig. »Wie meinst du das?«

Verständnislos sieht sie mich an. »Na, wir beide. Du lässt uns doch wohl nicht allein, oder?«

MARTIN

Er hat die Kinder vor den Fernseher gesetzt. Süßliche Musik, ein Pferd, auf dem mit träumerischem Gesicht ein Mädchen im Kleid sitzt.

Ella hockt mit nach außen gedrehten Füßen auf dem Teppich, bohrt selbstvergessen in der Nase und starrt auf den Bildschirm.

Jonas streckt mit einem Aufstöhnen die Hand nach der Fernbedienung aus.

»Das bleibt jetzt an!«, sagt Martin schärfer, als er will.

»Soll ich eigentlich schwul werden oder was«, murrt Jonas. Wenn die Nachricht Martin nicht so geschockt hätte, würde er sich wohl ernstere Gedanken darüber machen, was die Pubertät aus seinem Sohn gemacht hat, dass er solche Bemerkungen ablässt. So aber ignoriert er den Spruch und sagt nur: »Bleib einfach bei ihr, während sie das guckt, du kannst ja mit deinem Handy spielen.«

Tatsächlich greift Jonas nach seinem Handy. Martin weiß, dass das kein Gehorsam ist, sondern Gleichgültigkeit. Auch in seinem Zimmer würde er jetzt nichts anderes tun, als mit dem Handy zu daddeln, und hier im Wohnzimmer steht der Plätzchenteller. Martin hat ihn auf den Couchtisch gestellt, um die Kinder zu bestechen. Eigentlich sind die Plätzchen für morgen bestimmt, es sind die letzten aus der großen Dose.

Martin zieht sich in die Küche zurück. Jonas muss mit Ella im Wohnzimmer bleiben, weil sie sonst alle fünf Minuten zu ihm in die Küche kommen würde, um irgendetwas zu fragen oder zu holen oder einfach nur, um zu gucken, was ihr Vater da tut. Das hat sie von ihrer Mutter. Oder vielleicht auch nicht, vielleicht ist es auch einfach so ein Frauending, dass sie einen nicht in Ruhe lassen können. Und er braucht Ruhe.

Er braucht Ruhe, um zu verstehen, was da passiert ist. Er muss Esthers Nachricht noch einmal Wort für Wort durchlesen, vielleicht ist es gar nicht so schlimm, wie es ihm beim Überfliegen vorkam. Es war so viel Text.

Es kann sein, dass sein schlechtes Gewissen wegen der Träume von rauchenden Autowracks ihm etwas einflüstert. Das wäre kein Wunder.

Aber schon so oft, wenn er sich innerlich unerlaubt von seiner Frau entfernt hat, hat ihn irgendein Schlag aus dem Nichts getroffen, völlig unerwartet. Es würde genau in dieses Muster passen. Er wagt es, von ihrem Tod zu träumen, und statt eines Polizisten mit der frohen Botschaft trifft dann diese Nachricht ein.

So oder so ist klar: Er darf keinen Fehler machen. Fehler verzeiht sie ihm nicht. Er muss genau verstehen, was sie mit dieser Nachricht erreichen will. Er kennt seine Frau, alles, was sie tut und sagt, hat einen doppelten oder dreifachen Boden.

Und darum braucht er Ruhe. Ruhe und einen Drink. Normalerweise versucht er, tagsüber kaum zu trinken, wenn er mit den Kindern allein ist. Aber er weiß, dass Nichttrinken kein Selbstzweck ist.

Viel schlimmer als das Getränk in seiner Hand wäre für die Kinder die nackte Angst in seinen Augen. Die sitzt dort, seit er die Nachricht gelesen hat und zu verstehen versucht, was da im Wald zwischen den beiden Schwestern geschehen ist.

Er schließt die Küchentür, damit er diese nervenzerfetzende Kitschmusik des Aschenbrödel-Films nicht hören muss, nimmt ein Weinglas und geht zum Kühlschrank. Das erste Glas trinkt er im Stehen vor der offenen Kühlschranktür, dann setzt er sich mit der Flasche an den Küchentisch, presst die Fingerspitzen gegen die Schläfen und atmet durch. Er versucht es zumindest. Es gelingt ihm nicht. Sein Atem blockiert irgendwie. Er gießt mehr Wein nach, dann greift er nach seinem Handy.

Er liest erneut.

Und begreift, dass es keinen Grund zur Entwarnung gibt, es ist eindeutig, er kennt seine Frau. Aber er versteht trotzdem nicht, was das alles bedeuten soll.

Wieder und wieder liest er die Nachricht, sie ist sehr lang. Er kann sich nicht erinnern, wann sie ihm das letzte Mal so viel Text geschickt hat. Normalerweise schickt sie nur kurze Infos oder Anordnungen. Wenn sie richtig viel loszuwerden hat, etwa weil sie wütend ist, dann schickt sie ihm Sprachnachrichten, die ihm dann um die Ohren fliegen wie Silvesterraketen, während er sich ducken will vor der schrillen Stimme seiner Frau, die immer lauter wird und der Welt verkündet, was für ein Schwachkopf, Versager und Vollidiot er ist.

So läuft das normalerweise.

Und jetzt dieser Text in seiner vermeintlichen Sachlichkeit. Allein die Länge der Nachricht bedeutet schon, dass sich etwas verändert hat. Dass etwas geschehen ist. Die Länge verleiht der Nachricht die Gewichtigkeit eines juristischen Akts.

Und genau das ist sie. Die Nachricht verkündet, dass sie sich seinem Wunsch nach einer einvernehmlichen Trennung nun doch beugen will, in beidseitigem Interesse und auch im Interesse der Kinder. Dass sie bedauert, dass alles so weit habe kommen müssen.

Alles?, denkt Martin, und er spürt eine bodenlose Leere in seiner Magengegend.

Was haben die beiden Schwestern da im Wald miteinander besprochen?

Er wagt einen weiteren Versuch, tief durchzuatmen, aber das Gefühl in seinem Magen weicht nicht, da ist ein Vakuum. Er greift nach dem Glas und versucht es damit.

Der Ton der Nachricht ist sachlich, zugewandt, beinahe gütig, und das lässt ihn frösteln, weil er weiß, dass seine Frau so nicht ist. So ist sie nur, wenn sie einen Tiefschlag vorbereitet.

Sie führt aus, dass er ein Alkoholiker sei, was sie ihm nicht vorwerfe, weil sie ihre eigene Mitschuld daran erkenne. Dass sie wisse, dass er sich eigentlich danach sehnt, frei von ihr zu sein, und dass nur die Angst davor, die Kinder zu verlieren, ihn bei ihr halte. Dass er mit dem Alkohol sein Unglück auszubalancieren versuche. Dann entschuldigt sie sich für alles Mögliche – an der Stelle bleibt die Nachricht eigenartig vage – und versichert ihm, dass er die Kinder weiterhin sehen dürfe. Dass sie sich gemeinsam nach Kräften bemühen würden, eine einvernehmliche Lösung zu finden, und dass sie beide die Feiertage erst einmal nutzen sollten, um Abstand voneinander zu nehmen und durchzuatmen. Dass er nur deswegen sofort die nötigsten Dinge packen und in ein Hotel ziehen solle, damit sie beide die Feiertage zum Nachdenken und Kräftetanken nutzen könnten – hier liest er zuerst »Nachschenken« statt »Nachdenken«, was eigentlich wirklich witzig ist.

Spätestens diese Stelle würde ihm verraten, dass etwas nicht stimmt, wenn er es nicht schon wüsste. »Kräftetanken«, das ist nicht in ihrem Vokabular enthalten. Er kennt sie in- und auswendig, genau wie er jeden ihrer Gesichtsausdrücke kennt. Ihr Strafgesicht, das signalisiert, dass ihm ab sofort jede Unterstützung entzogen wird. Ihr Verachtungsgesicht, das ausdrückt, dass er der niedrigste Wurm auf Gottes Erde ist. Und ihr Mitleidsgesicht, das ihm zeigt, wie winzig klein und lächerlich er ist.

Und auch ihre Worte haben alle eine bestimmte Bedeutung, die er parat haben muss, um ihre Stimmung richtig zu deuten und schnell genug reagieren zu können.

»Kräftetanken«, dieses Wort existiert in ihrem Universum nicht.

Und doch hat sie es geschrieben. Sie hat geschrieben, dass sie sich danach an einen Tisch setzen und genau abwägen würden, was das Beste für alle sei, vor allem für die Kinder. Dass es wichtig sei, dass niemand sich als Verlierer fühle und dass die Kinder nicht in Loyalitätskonflikte gerieten.

Es ist genau das, was er sich schon lange wünscht, wonach er sich sehnt. Wenn das, was hier steht, möglich wäre, dann müsste er nicht darauf hoffen, dass ein schrecklicher Unfall ihn erlöst. Aber er weiß, dass das nicht stimmen kann.

Er weiß, was diese Nachricht in Wirklichkeit bedeutet. Immer wenn sie so klar und vernünftig auftritt, ist sie innerlich auf hundertachtzig und plant nicht weniger als seine Hinrichtung. Und je wohlmeinender das klingt, was sie ihm anbietet, umso schlimmer ist das, was ihm in Wahrheit droht.

Er weiß, woher das kommt.

Was da passiert ist.

Darum schenkt er noch einmal nach.

ESTHER

Als Mädchen habe ich oft im Bett meiner Schwester geschlafen, aber das ist lange her. Seltsam, jetzt hier zu liegen, unter ihrer Bettwäsche aus grau karierter Baumwolle.

Ich halte die Augen fest geschlossen und lausche. Draußen höre ich den Sturm, das Brausen des Windes, das Knacken von Bäumen, all das dringt gedämpft durch die dreifachverglasten Fenster. Ich habe schon Ewigkeiten nicht mehr so genau hingehört, und das liegt daran, dass ich normalerweise gar keine Zeit für so etwas habe. Ich habe auch jetzt keine Zeit, eigentlich nicht. Aber meine Schwester hat mich ins Bett geschickt, und ausnahmsweise habe ich mich nicht gewehrt, und darum liege ich hier und lausche nach draußen in den Wald.

Bei uns zu Hause hört sich alles anders an. Da lärmen vor dem Fenster Autos und Straßenbahnen, die Ampeln geben Piepssignale von sich, es wird gehupt und gerufen, vor allem aber hört man immer, immer, immer die Kinder, und wenn es nicht meine sind, dann sind es andere Kinder, die irgendwo in unserem Mehrfamilienhaus rumtrampeln und mit Türen knallen. Wird das mein Zuhause bleiben, wenn ich mich von Martin trenne? Vermutlich ja. Er muss ausziehen. Ich will mir keine neue Wohnung suchen.

Erstaunlich, in was für einer geräuscharmen Kulisse meine Schwester wohnt. Wirklich erstaunlich. Nichts da draußen außer dem Wind.

Ich schlage die Augen auf. Die Nachttischlampe neben mir brennt, vor dem Fenster ist es bedrohlich dunkel für vier Uhr nachmittags.

Die Tür geht auf und sie tritt ein. »Schläfst du?«, fragt sie leise.

Ich schüttle den Kopf.

Sie nähert sich dem Bett, einen dampfenden Becher in der Hand, und fast erwarte ich, dass sie sich auf die Bettkante setzt, aber das tut sie natürlich nicht. Stattdessen sagt sie: »Der Tee ist fertig, ich stelle ihn dir auf den Nachttisch.«

Dort steht sonst bloß eine einzelne Lampe. Sonst nichts. Kein Buch, nicht einmal Taschentücher.

Ich setze mich auf. »Danke«, sage ich. Meine Schwester steht vor mir, etwas verlegen. Vielleicht hat sie auch ein schlechtes Gewissen, weil sie den nächsten Schritt nicht mit mir zusammen gehen will. Sie wird mich allein lassen.

»Geht's besser?«, fragt sie.

Ich antworte nicht, sondern greife nach dem Becher. Ich nippe an dem Tee, aber er ist brühend heiß, also stelle ich ihn zurück und frage: »Meinst du, ich habe das Richtige gemacht?«

»Aber natürlich«, sagt sie ungewohnt heftig und setzt sich nun doch auf die Bettkante. »Ganz sicher. Am Anfang ist so eine Trennung hart, aber dann wird es immer besser. Ich habe das ja auch hinter mir.«

Da ist er wieder, dieser Blick. Ich habe mich getäuscht: Es ist Mitleid, kein schlechtes Gewissen. Ich will ihr sagen, dass sie keine Ahnung hat, dass eine Trennung mit viel Geld und ohne Kinder etwas anderes ist, aber stattdessen sage ich: »Es wäre einfacher für mich, wenn du mitkommen würdest.«

Sie schüttelt den Kopf. »Du schaffst das allein.«

»Nein. An Weihnachten braucht man Menschen um sich herum.«

»Du hast die Kinder, Esther. Ihr macht es euch schön mit Baum und Essen und was ihr da so alles macht … Für mich ist das nichts.«

Es klingt nicht wirklich mitfühlend.

Ich schweige.

Sie steht auf. »Trink den Tee aus, der wird dir guttun. Ich geh wieder runter, okay?«

Ich nicke, und sie verlässt den Raum so leise, wie sie gekommen ist. Ich greife erneut nach der Tasse und puste, dann nehme ich einen vorsichtigen Schluck. Der Tee schmeckt nach beinahe nichts mit einem Hauch Staub und ein wenig Anis. Ich verstehe nicht, wie ein Mensch diese Kräutertees trinken kann, sie schmecken alle gleich, auch wenn sie verschieden heißen. Ich nehme trotzdem noch einen weiteren Schluck, dann stelle ich die Tasse ab.

Warum kann sie mir nichts bringen, was mir schmeckt?

Ich habe soeben meine Ehe beendet und sehe einem ziemlich grauenhaften Weihnachtsfest entgegen. Allein mit den Kindern. Ich finde, dass ich da etwas Besseres verdient habe als eine Tasse heißes Wasser.

Bei uns würde es jetzt Kaffee geben. Starken, duftenden Kaffee mit aufgeschäumter Milch, dazu einen Teller mit schiefen, zuckergussüberkrusteten Tannenbaum-Keksen und einigen gekauften Zimtsternen. Ich spüre, wie viel Trost in dem Gedanken steckt, und mich überkommt eine Art Schwindel – kein körperlicher Schwindel, eher ein Zweifel. Wir leben in viel zu verschiedenen Welten, meine Schwester und ich. Man sollte über solche Dinge nicht mit Menschen aus anderen Welten sprechen, sie können einen nicht verstehen. Man sollte überhaupt nicht auf diese Weise über so wichtige Dinge reden, ich sehe ja, was ich davon habe. Ein einziges Mal verwickelt mich meine Schwester in so ein Gespräch, und schon schmeiße ich Martin raus und stelle mich und mein ganzes Leben infrage.

Und wofür? Für diese Tasse Tee vielleicht? Ich starre auf die blasse Flüssigkeit.

Und ich spüre den Wunsch nach zu Hause und Kaffee und allem, was dazugehört. Und kaum spüre ich den Wunsch, da explodiert er und wird riesig und brennend, so, dass ich ihn kaum aushalte.

Wie kann es sein, dass ich ausgerechnet am Tag vor Heiligabend meiner Schwester auf den Leim gehe? Ich habe zwei Kinder und einen Mann, wir sind eine Familie. Und obwohl wir wissen, dass es stressig wird und dass es Missmut oder Streit geben kann, stellen wir den Sinn von Weihnachten nicht infrage, weil wir wissen: Es ist die Mühe wert.

Hier im Wald spüre ich endlich, worum es an Weihnachten geht. Und ich spüre es gerade deshalb, weil hier alles fehlt, was es ausmacht. Der Purismus meiner Schwester hat nichts mit mir und meinem Familienleben zu tun. Was für sie überflüssiger Tand und destruktiver Konsum ist, bedeutet mir und meiner Familie etwas.

Der Kontrast macht klar, was hier Sache ist: In einem Gespräch, das vielleicht in der Welt meiner Schwester Sinn ergibt, haben wir ein Problem konstruiert, dass in meinem Leben gar nicht existiert. Natürlich haben Martin und ich unsere Baustellen, so wie fast alle anderen Menschen auch.

Aber wir haben auch mit ganz anderen Herausforderungen zu kämpfen als meine Schwester. Und es hat bisher auch immer alles irgendwie funktioniert. Eigentlich hat es sogar sehr gut funktioniert.

Es war falsch, mich und meine Ehe von meiner Schwester unter die Lupe legen und analysieren zu lassen. Es war doch klar, dass sie kein gutes Haar daran lässt.

Ich blinzle. Morgen ist Heiligabend, und ich werde diesen Tag nicht allein mit den Kindern feiern, oh nein. Weihnachten muss man mit möglichst vielen Menschen teilen. Es geht nicht um Zuschauer, wie meine Schwester meint. Sie versteht es einfach nicht.

Weihnachten ist kein Theaterstück, Weihnachten ist eine Séance. Das ist ein großer Unterschied. Bei einer Séance sind alle beteiligt, es gibt keine Zuschauer. Und nur wenn alle daran glauben, funktioniert es. Dann entsteht aus der geballten Kraft aller Teilnehmer etwas, das größer ist als die Summe der Teile.

Darum geht es an Weihnachten. Und wir müssen diese Einzelteile jedes Jahr aufs Neue zusammenfügen, die schlecht gebastelten wollenen Christbaumanhänger, die Plastikkugeln mit Familienporträts, die bunt verpackten Geschenke, die umstürzende Fanta, die brennenden Kerzen, all das, und es ist anstrengend, das zusammenzufügen, und manchmal geht etwas schief. Aber wenn man fest daran glaubt und nicht aufgibt, dann gelingt es. Und dann entsteht etwas Helles und Leuchtendes, für einen Abend oder einige Tage; etwas, das uns spüren lässt, dass das alles Sinn ergibt. Und vor allem: dass wir zusammengehören.

So etwas kann meine arme, einsame Schwester nicht verstehen, weil sie Weihnachtsnihilistin ist.

Aber Martin versteht es. Und wenn wir dieses Fest zusammen schaffen, dann können wir auch den Rest schaffen, das weiß ich. Wenn wir einfach alles auf den Tisch legen, dann werden wir einen Weg finden. Wenn ich mich mit meiner Schwester ehrlich aussprechen kann, ohne dass ein Blitz einschlägt, dann kann ich das auch mit meinem Mann.

Das Mädchen muss diesmal nicht vor der Tür sitzen und warten, bis sein Kleid nass wird. Das Mädchen ist jetzt groß. Es kann aufstehen und sagen: Hier stimmt etwas nicht. Und es kann rechtzeitig Hilfe holen. Für den verzweifelten Mann ebenso wie für sich selbst.

Mit zitternden Händen greife ich nach meinem Smartphone und schalte es ein. Einen Augenblick noch starre ich aus dem Fenster, dann räuspere ich mich, drücke auf Aufnahme und sage: »Hey Martin, entschuldige, du warst sicher total erschrocken, als du meine Nachricht gelesen hast. Wie soll ich das erklären, es ist mir alles etwas zu viel im Moment, dieses Haus hier, du solltest das sehen, und meine Schwester, sie hat … egal. Du hattest recht. Ich hätte nicht herkommen sollen. Ich hätte bei euch bleiben sollen, irgendwie macht mich die Atmosphäre hier ganz verrückt. Was ich sagen will …« Ich starre wieder aus dem Fenster, es schneit, es schneit wie verrückt. »Es tut mir leid, was ich geschrieben habe, Martin. Und natürlich ist das Quatsch. Ich komme jetzt auf dem schnellsten Weg nach Hause, und dann wuppen wir erst mal Weihnachten und dann den ganzen Rest. Okay? Okay. Ich setze mich ins Auto. Und du lässt die Paprika … Scheiß auf die Paprika.«

Ich beende die Nachricht und will sie abschicken, doch der Sendevorgang nimmt kein Ende. Und dann sehe ich den Empfangsbalken.

Kein Netz.

Ich will es nicht wahrhaben und wähle hastig Martins Nummer.

Nichts.

Ich versuche es auch mit Jonas' Nummer, aber natürlich macht das keinen Unterschied. Nichts geht mehr. Wahrscheinlich liegt es am Wetter. Draußen zischt und heult es bedrohlich. Wie hält meine Schwester das aus, dass hier ständig das Netz ausfällt? Und warum halte ich mich am Tag vor Heiligabend an einem Ort auf, der so unsicher ist, dass ich nicht einmal mit meiner Familie in Kontakt bleiben kann? Und warum, verdammt, habe ich hier mit meiner Schwester am helllichten Tag eine Flasche Wein geleert und Steine ins Rollen gebracht, die ich jetzt nicht wieder aufhalten kann?

Martin weiß nicht, dass ich fest entschlossen bin, unsere Ehe zu retten. Ihn zu retten.

Er weiß nur all die schlimmen Dinge, die ich ihm geschrieben habe in dem irren Eifer, alles einmal auszusprechen, Realitäten zu schaffen. Alles zu zerschlagen, was unser gemeinsames Leben ausmacht. Er denkt, dass ich alles zerstören will, ihn zerstören will.

Was wird er jetzt tun?

Ich habe Angst um die Kinder.

Ich schlage die Bettdecke zurück und stehe auf.

MARTIN

Noch einmal liest er die Nachricht. Die Gewalt schimmert durch die ach so vernünftigen Worte, und man kneift die Augen zusammen und versucht verzweifelt, einen Blick auf das Grauen zu erhaschen, das sich dahinter verbirgt, damit man vorbereitet ist, wenn der erste Schlag einen trifft. Und dass er ihn treffen wird, das verraten ihm die Nackenhaare, die sich aufstellen, und der Schauer, der ihm den Rücken hinunterläuft.

Was hat sie vor?

Schon sieben Mal hat er auf ihre Mailbox gesprochen, vielleicht waren es auch acht oder zehn Mal. Er hat gebrüllt, gefleht, gebettelt. Keine Reaktion. Alles prallt ab. Sie will nicht mit ihm sprechen, ganz so, wie sie es in ihrer Nachricht angekündigt hat. In ihm wächst ein bekanntes Gefühl, bodenlose Ohnmacht. Er kann nichts tun.

Er hört die Kinder im Wohnzimmer streiten. Auch das noch!

Mechanisch steht er auf, stellt einen Teller auf ein Tablett und füllt ihn mit Plätzchen und Mandarinen. Er öffnet den Kühlschrank und findet eine Tupperdose mit Frikadellen von vorgestern, die legt er dazu. Zwei Gläser mit Wasser. Wenn er das den Kindern vor den Fernseher stellt, sind sie für Stunden versorgt. Sie werden froh sein, wenn er sich nicht blicken lässt und sie durchglotzen können.

Er weiß, was er tun muss. Viel lieber würde er hier am Küchentisch sitzen bleiben, die Flasche leeren, danach noch eine öffnen und sich in die wattige Unschärfe trinken, die ihm so vertraut ist und in der ihm alles erträglich erscheint. Aber das geht nicht.

Sein Leben wird in tausend Stücke zerbrechen, wenn er jetzt nicht etwas tut. Das Richtige tut.

Er weiß, was er tun muss.

Er steht auf.

ESTHER

Ich trete ins Wohnzimmer.

Meine Schwester kniet vor dem Tannenbaum und macht irgendetwas zwischen den Zweigen. Es duftet betörend nach Wald.

»Sue?«

Sie dreht sich zu mir um und lächelt. Während sie sich erhebt, klopft sie Tannennadeln von der Hose. »Na, hast du ausgeschlafen? Geht es jetzt besser?«

Ich nicke und zögere dann. »Ich erreiche Martin nicht. Das Netz.«

»Das ist hier oft so, und bei dem Wetter, na ja, kein Wunder.«

Sie sieht überrascht aus, und mir ist klar, dass das nicht an dem ausgefallenen Netz liegt.

»Kann ich dein Festnetztelefon benutzen? Ich muss ihn dringend erreichen.« Ich nehme schon mein Smartphone zur Hand und scrolle nach Martins Nummer, die ich nicht auswendig kann – ich kann gar keine Nummern mehr auswendig, nur noch die meiner Eltern, die mir wohl bis ans Ende meines Lebens eingebrannt bleiben wird, obwohl es beide nicht mehr gibt.

Meine Schwester hebt den Arm und wedelt Tannennadeln

von ihrem Pullover. »Ich dachte, du willst ihn erst mal zur Ruhe kommen lassen. Damit er regeln kann, wo er unterkommt, ehe du zurückfährst.«

»Sue –« Ich beiße mir auf die Lippen. »Ich muss ihn erreichen. Bitte, gib mir dein Festnetztelefon.«

»Das ist immer noch kaputt.«

»Im Ernst jetzt?«

»Ja. Das war keine Lüge.«

»Das bedeutet, du hast jetzt überhaupt keine Verbindung nach da draußen? Gar keine?«

Sie zuckt mit den Schultern. »Wenn der Empfang nicht stimmt, nein.« Sie lässt ihren Blick prüfend über mein Gesicht wandern. »Ich brauche das normalerweise ja auch nicht, aber … Und warum willst du ihn jetzt plötzlich doch sprechen?«

Ich habe ihr Telefon gefunden, halte es ans Ohr, tatsächlich ertönt kein Freizeichen. Es ist nicht so, dass ich ihr nicht geglaubt habe. Ich wollte mich selbst vergewissern.

»Wie kann das denn sein, dass dein Festnetzanschluss nicht funktioniert? Und das WLAN auch nicht? Im einundzwanzigsten Jahrhundert? Das geht doch nicht!«

»Die wollten das Glasfasernetz hier draußen ausbauen, aber es hat irgendwie nicht geklappt. Ich hab keine Ahnung.«

Ich drücke wahllos ein paar Knöpfe auf dem Telefon, natürlich tut sich nichts. Dann werfe ich einen Blick durch das Fenster in die bedrohliche Dunkelheit da draußen. »Ich fahre jetzt nach Hause.«

»Okay«, sagt sie, sie lässt es wie eine Frage klingen. Eine rhetorische Frage, die keine Antwort verlangt.

Eine unerklärliche Unruhe hat mich plötzlich ergriffen. Eigentlich hatte ich erwartet, dass sie mich zurückhält, dass sie Fragen stellt, aber das geschieht nicht, nichts davon. Stattdessen verschränkt sie die Arme und wartet.

Ich sage: »Ich muss mit Martin reden. Sofort. Ich hätte ihm nicht einfach so schreiben dürfen, das war ein Fehler.«

»Ah. Wie kommt das denn jetzt? Ich halte das für eine ganz schlechte Idee, jetzt da hinzufahren und in dieser aufgepeitschten Situation mit ihm zu reden.«

»Ich will gar nicht reden. Du verstehst das nicht. So eine Familie, die wirft man nicht von einem Tag auf den anderen weg. Das ist eine Verantwortung. Ich kann nicht einfach nur an mich selbst denken, ich muss auch für die Kinder mitdenken.«

Irgendetwas an meinen Worten scheint sie plötzlich wach zu machen. »Gerade für die Kinder wäre es wichtig, dass du das nicht machst.«

»Was nicht machst?«

»Dass du einfach weitermachst.«

Ich schüttle den Kopf. »Das werde ich auch nicht.«

»Ich kenne dich. Sobald du … Aber weißt du was? Egal. Es ist egal.«

Ich presse die Lippen aufeinander und zögere. »Sue, ich meine das jetzt wirklich nicht böse. Aber meinst du wirklich, dass du dir da ein Urteil erlauben kannst? Du hast keine Kinder. Du weißt nicht, wie das ist, wenn man eine Familie hat.«

»Vielleicht nicht. Aber, wenn ich das mal ganz hart sagen darf: Die Tatsache, dass du Mutter bist, scheint dich nicht gerade für verantwortungsvolles Verhalten zu qualifizieren, Familie hin oder her.«

»Bitte was?«

»Du hast zwei Kinder, und du hast vermutlich viel Ahnung davon, wie man sie füttert und erzieht, damit kenne ich mich nicht aus, das ist mir auch wirklich egal. Aber was deine Kinder mit ansehen müssen, das ist nicht gut für sie. Vielleicht ist so ein heiles Familienspiel mit Vater, Mutter, Kind manchmal nicht so wichtig wie die Entscheidung, Schlimmeres abzuwenden. Und gerade wenn du als Mutter Verantwortung übernehmen willst, solltest du bestimmte Probleme nicht eskalieren lassen. Dafür sind Mütter da. Um ihre Kinder zu schützen. Nicht um vor ihnen ein Krippenspiel aufzuführen.«

»Bitte was?« Ich hebe die Hände. »Ich kann verstehen, dass du in deiner Situation« – meine Handbewegung meint das große, leere Haus – »Väter entbehrlich findest und denkst, eine Mutter sollte –«

»Das hat nichts damit zu tun.«

»Ach nein? Ich würde schon denken, dass jemand, der sich sehnlichst Kinder gewünscht hat und keine bekommen konnte, die Vorstellung von Mutterschaft irgendwie romantisiert. Es muss schlimm sein, wenn man nie ein lebendiges Baby im Bauch gespürt –«

»Stopp«, sagt sie. Sie ist blass geworden.

»Du brauchst das vor mir nicht zu verbergen«, sage ich. »Ich weiß ja, was da passiert ist.«

»Oh nein«, sagt sie hart. »Gar nichts weißt du.«

Ich beuge mich vor. »Deine Schwiegermutter hat mir alles erzählt. Die Kinderwunschbehandlungen, eine nach der anderen, immer vergeblich. Monika hat mir erzählt, wie schlimm das war. Dass deine Kollegen schon getuschelt haben, weil du zwischendurch so wahnsinnig aufgeschwemmt warst von den Hormonen … Das war sicher schrecklich. Und am Ende doch alles umsonst! Ist doch klar, dass du mich beneidest. Vielleicht ist dein Körper einfach nicht gemacht dafür. Oder meinst du, es liegt daran, dass du so dünn bist?«

Sie dreht sich um. Und dann sagt sie so leise, dass ich sie kaum verstehe: »Das hättest du nicht sagen dürfen.«

»Versteh mich nicht falsch, ich hätte ja selbst gern ein paar Kilo weniger. Aber wenn ich dann meine Kinder ansehe, sage ich mir, das ist eben der Preis gewesen. Die Schwangerschaften, die haben mich vielleicht dicker gemacht, aber es war auch schön. Ein tolles Gefühl. Und wenn ich dich sehe, tut mir das schon weh –«

»Du bist still. Sofort bist du still.«

»Ach ja?« Ich merke, dass ich viel lauter bin, als ich eigentlich sein will. »Und warum? Warum reden wir hier nur über meinen Scheiß und nicht über deinen? Woher kommt diese Überheblichkeit, dass du meinst, in meinem Leben herumstochern zu dürfen, ohne mir etwas von dir erzählen zu müssen?«

Sie blickt zu Boden und sagt leise: »Weil du dein Wissen immer sofort ausnutzt, vor allem wenn du sauer bist. Und sauer bist du immer, wenn die Dinge nicht so laufen, wie du sie haben willst.«

Ich schüttle entgeistert den Kopf. Ich weiß, dass es keinen Sinn mehr macht. Wie immer streiten wir, wie immer wird es kein Happy End geben. Und währenddessen warten zu Hause ein vermutlich verzweifelter Martin und unsere beiden Kinder auf mich. Und der Baum.

»Ich fahre jetzt zu meiner Familie«, sage ich.

SUE, LETZTES JAHR

Ich habe keine Ahnung, wo sie diesen Nachtisch hergeholt hat. Nach der Balkonszene tat sie plötzlich so, als wäre das Abendessen noch gar nicht beendet, und obwohl die Kinder längst im Bett waren, zwang sie uns Erwachsene an den Tisch um eine Schüssel Trifle, von dem sie mit strahlendem Lächeln verteilte. Und Wein verteilte sie auch. Sie hob die Flasche und füllte mein Glas, ich öffnete den Mund und schloss ihn wieder.

Sie lächelte mich an. »Keine Widerrede, Schnecke. Prost!«

Sie hob ihr Glas, folgsam hob ich meins, wir stießen an und tranken. Martin nahm meiner Schwester das Glas aus der Hand und trank ebenfalls.

Und ich verstand, dass unser Anstoßen keine Geste der Versöhnung war. Es war eine Kriegsansage.

Wir schwiegen alle drei. Martin sah auf seinen Dessertteller, ich sah zur Kerze, streckte die Hand danach aus, weil ich so gern meine Fingerspitzen ins flüssige Wachs getaucht hätte, aber ich zog sie zurück. Meine Schwester sah von ihrem Mann zu mir und zurück und lächelte. Dann schob sie sich den Löffel in den Mund und verdrehte genießerisch die Augen. »Mmmmmh!«, sagte sie.

Martin schwieg. Ich schwieg auch.

»Prost!«, sagte sie, und wieder gehorchte ich und trank.

Sie strahlte Martin an. »Ich habe diesmal das Eigelb weggelassen, das muss da gar nicht rein. Findest du, man schmeckt einen Unterschied? Probier mal!«

Er griff nach dem Löffel und probierte. »Nein.«

»Wirklich nicht, oder? Dann machen wir das jetzt immer so. Ich werde das Eigelb im Rezeptbuch streichen. Ich dachte, man braucht es für den Geschmack, für die Bindung braucht man es jedenfalls nicht.«

»Nein«, sagte Martin und füllte Wein nach. »Tatsächlich nicht.«

Meine Schwester aß methodisch und mit Dauerlächeln ihr Trifle auf. »Du musst essen, Schnecke. Du siehst so mager aus.«

»Ich esse.« Ich hatte noch nichts angerührt und schob die Mischung aus Creme und Krümeln mit dem Löffel etwas zur Seite.

»Schmeckt es dir denn? Martin, tu ihr noch etwas auf.« Sie nahm ihm das Glas aus der Hand und trank, dann stellte sie es vor ihren eigenen Teller, rechts, sodass er nicht drankam.

»Nein danke, ich habe genug.« Ich starrte auf meinen vollen Teller.

»Martin, tu ihr noch etwas auf, habe ich gesagt!«

»Sie hat doch gesagt, dass sie nichts will.«

»Doch, ein bisschen will sie noch.« Meine Schwester warf ihm einen Blick zu, er senkte seinen. Die Schuld legte sich über uns, zögernd griff Martin nach der Schüssel und füllte mir nach, zögernd griff ich nach dem Besteck und aß einen winzigen Löffel. Der Biskuit war mit Likör getränkt.

»Du musst viel mehr essen. Ehrlich gesagt, du siehst schlimm aus. Martin, findest du nicht, dass sie entsetzlich mager geworden ist? Sie …«

Ich stand auf, so hastig, dass der Stuhl fast umfiel.

»Was ist los?«, fragte meine Schwester alarmiert.
»Nichts. Ich muss aufs Klo.«

Ich fühlte eine große Erleichterung, als ich den Schlüssel herumdrehte und mich auf den Klodeckel setzte. Ich wollte nicht wieder raus an diesen Tisch. Ich überlegte, ob ich Zuflucht im Gästezimmer suchen könnte, aber dafür hatte ich keinen Schlüssel. Idiotischerweise war ich in diesem Badezimmer am sichersten.

Gerade als ich das dachte, klopfte es. »Ist alles okay?«

Meine Schwester.

»Ja!«

»Ich mache mir ein bisschen Sorgen. Hab ich etwas Falsches gesagt? Machst du bitte mal auf?« Sie rüttelte an der verschlossenen Tür, und dieses Rütteln war einfach zu viel. Es machte mich unsagbar wütend.

»Lass mich bitte, bitte, bitte in Ruhe! BITTE!«, schrie ich.

Eine Pause.

»Schnecke? Geht es dir nicht gut?«

»Nein! Weil du mich nicht in Ruhe lässt!«

»Du klingst ganz komisch. Mach bitte auf, damit wir reden können! … Mach sofort diese verdammte Tür auf!«

Die Szene fühlte sich an wie eine Parodie unserer Jugend. Ich saß zitternd vor Wut auf dem geschlossenen Toilettendeckel und fühlte mich weniger erwachsen als je zuvor. Das Wissen, dass meine Nichte und mein Neffe diese entwürdigende Szene mitbekamen, erfüllte mich mit Scham.

Ich hörte meine Schwester in einem anderen Zimmer schreien.

»Martin! Du musst die Tür aufbrechen! Sie hat sich eingeschlossen!«

Gemurmel.

»Martin, ich hab gesagt … sonst muss ich …«

Dann war sie wieder an der Tür. »Schnecke, wenn du nicht sofort die Tür aufmachst, rufe ich einen Krankenwagen. Ich habe wirklich Angst um dich.«

Ich antwortete nicht. Natürlich hätte ich das Bad auch freiwillig verlassen können. Aber wenn die eigene Schwester davorsteht, gegen die Tür trommelt und brüllt, geht das nicht. Es geht einfach nicht.

Irgendwann hörte ich tatsächlich die Sirene eines Krankenwagens und schließlich die Türklingel. Ich hörte, wie meine Schwester jemanden einließ.

»Sie ist da drinnen!«, schrie sie.

Es klopfte. »Können Sie mich hören?«

»Ja«, antwortete ich.

»Bitte schließen Sie die Tür auf.«

Ich schwieg. Ich wollte nicht kindisch sein, aber ich weigerte mich anzuerkennen, dass sie tatsächlich einen Weg gefunden hatte, mich zum Gehorsam zu zwingen.

Es klopfte erneut. »Ich muss Sie bitten zu öffnen, sonst müssen wir die Tür aufbrechen.«

Ich hörte meine Schwester, sie klang aufgelöst. »Ich habe einfach solche Angst, dass sie sich was antut!«

»Hat sie das denn angedroht?«

Stimmengemurmel.

»So ein Schwachsinn!«, rief ich durch die Tür. Und merkte, dass ich nie bekloppter geklungen hatte als in diesem Augenblick. Wegen der Situation, in die ich mich gezwungen fühlte. Weil es kindisch und gestört war, sich im Badezimmer einzuschließen.

Nur darum schloss ich auf und kam heraus. Zwei Sanitäter

standen vor meiner Schwester im Flur. »Geht es Ihnen gut? Sind Sie verletzt?«

»Nein, natürlich nicht. Und ja, es geht mir gut.«

Meine Schwester trat mit einem dramatischen Schluchzen auf mich zu und wollte mir um den Hals fallen, ich trat angeekelt einen Schritt zurück, sie setzte mir nach, ich wehrte sie ab, es war ein echtes Gerangel.

»Bitte, lass mich«, zischte ich.

»Was machst du denn für Sachen?«, wimmerte sie, mehr für die Sanitäter als für mich.

»Gar nichts habe ich gemacht.«

»Das nennst du nichts? Ich musste sogar den Krankenwagen rufen!«

Einer der Sanitäter räusperte sich. »Ja nun. Es geht Ihnen also wirklich gut?«

»Natürlich.«

»Ich bin wirklich froh, dass Sie gekommen sind«, sagte meine Schwester.

»Ja dann«, sagte der Sanitäter und warf seinem Kollegen einen unschlüssigen Blick zu.

Dieser sagte zu meiner Schwester: »Das nächste Mal, wenn es zu Familienstreitigkeiten kommt, rufen Sie besser die Polizei.«

Sein Blick streifte Martin im Hintergrund, vermutlich hielt er Martin für den letzten Waschlappen, weil der so ein hysterisches Herumgeeiere in seinem Haushalt duldete, und ich war geneigt, ihm zuzustimmen.

»Moment«, sagte meine Schwester, ihre Stimme zitterte. »Ich glaube nicht, dass Sie einfach so wieder fahren können. Meine Schwester ist sehr labil, sie ist frisch getrennt, eine schlimme Geschichte, und eigentlich hatten wir gehofft, dass ihr ein paar Tage im Kreise der Familie guttun würden, aber sie hat heute Abend ziemlich viel getrunken und war offenbar kurz davor, sich etwas anzutun. Ganz offen gestanden, sie war schon früher nicht stabil und … Ich vermute, die Verantwortung liegt ja jetzt bei Ihnen, dass ihr nichts passiert, oder?«

Was sie da redete, war der allerletzte Blödsinn, aber das ist typisch für sie. Selbstverständlich würde meine Schwester immer eher einen Krankenwagen rufen, als zu akzeptieren, dass ich mich ihrem Einfluss entzog. Eine Zurückweisung durch die Sanitäter würde sie ebenso wenig hinnehmen.

»Hör einfach auf«, sagte ich zu meiner Schwester, und zu den Sanitätern, sehr höflich: »Vielen Dank, dass Sie gekommen sind, aber …« Dann sah ich, wie Martin mich musterte.

Unsere Blicke trafen sich kurz.

Und ich erkannte, dass ich heute in der Minnie-Maus-Bettwäsche meiner Nichte mit ihrem Vater schlafen würde. Ich erschrak und wandte meinen Blick ab. Vorsichtig sah ich wieder zu ihm, und ich wusste, dass er dasselbe dachte. Auch er wandte sofort den Blick ab.

Meine Schwester bekam nichts davon mit, weil sie voll darauf konzentriert war, den Sanitätern ihren Willen aufzuzwingen. »Vielleicht könnten Sie ihr wenigstens eine Spritze geben, damit sie sich beruhigt?«

»Spinnst du jetzt?«

Am Rand meines Blickfelds sah ich Martin, und wieder musste ich an Ellas Minnie-Maus-Bettwäsche denken.

Und dann sagte ich zum Sanitäter: »Ich glaube, ich fühle mich wirklich nicht gut. Danke, dass Sie gekommen sind. Könnten Sie mich zur Sicherheit mitnehmen?«

Und darum stieg ich in den Krankenwagen: einmal, um meiner Schwester zu entkommen. Aber vor allem, um meinem Schwager zu entkommen. Ich hatte vor mehr als einem Jahrzehnt damit aufgehört, mit den Männern meiner Schwester zu schlafen. Wenn es wieder so weit kommen würde, wäre das ein Zeichen dafür, dass ich immer noch nicht von ihr losgekommen war.

Dass ich nicht erwachsen war.

Ich saß hinten im Krankenwagen, schweigend, aber mit hämmerndem Puls, und versuchte, meine Gedanken zu ordnen. Einer der Sanitäter saß neben mir und schwieg ebenfalls. Im Krankenhaus angekommen, füllte ich alle notwendigen Unterlagen aus und nahm dann auf einem Stuhl im Flur Platz, ehe der diensthabende Arzt auf mich zukam und mich in ein Behandlungszimmer führte.

»So«, sagte er mehr zu sich selbst als zu mir, als er hinter dem Schreibtisch Platz nahm. Dann erst sah er mich an. »Wie fühlen Sie sich?«

»Gut.«

»Sie fühlen sich gut. Schön. Weswegen sind Sie dann hier?«

»Ich hatte Streit mit meiner Schwester.«

Dazu schien ihm zunächst nichts einzufallen. Dann wiederholte er: »Sie hatten Streit mit Ihrer Schwester. Haben Sie daran gedacht, sich umzubringen?«

»Nein.«

»Nein. Das steht hier aber.« Er blätterte im Aufnahmebogen.

»Meine Schwester hat behauptet, dass ich vorhätte, mich umzubringen.«

Ich dachte, er würde fragen, weswegen sie so etwas tun

sollte – das wäre eine naheliegende Frage gewesen, fand ich –, aber stattdessen fragte er: »Wissen Sie, welchen Tag wir heute haben?«

»Ja. Den 24. Dezember.«

»Wissen Sie, wo wir hier sind?«

»In der Notaufnahme eines Krankenhauses. Ehrlich gesagt, ich weiß noch nicht einmal, welches Krankenhaus, ich war noch nie hier. Vorher war ich bei meiner Schwester in der Frankenstraße 22.«

Er nickte. »Das stimmt. Sie scheinen mir klar orientiert«, sagte er. »Allerdings etwas alkoholisiert.«

Ich lächelte ihn höflich an. »Es ist ja auch Heiligabend«, sagte ich. »Frohes Fest, übrigens.«

»Danke. Ihnen auch.«

Insgesamt verbrachte ich keine Stunde im Krankenhaus. Ich nahm mir ein Hotel in Bahnhofsnähe. Eine Zahnbürste erhielt ich an der Rezeption. Dass ich sonst nichts dabeihatte, war mir egal. Alles war besser, als die Nacht bei meiner Schwester und meinem Schwager zu verbringen.

Als ich im Hotelbett lag und Erdnüsse aus der Minibar aß – ein denkwürdiger Abschluss eines denkwürdigen Heiligabends –, musste ich wieder an Martin denken. An seinen Blick, als ich mit den Sanitätern das Treppenhaus hinunterstieg.

Da war so viel Neid in seinem Blick, und ich verstand ihn. Er hätte die Nacht auch lieber allein im Krankenhaus verbracht als mit seiner Frau.

ESTHER

Draußen ziehe ich mir die Kapuze über den Kopf.

Sie sieht mir nach, als ich durch den Schnee zum Wagen stapfe. Ich sinke bis zu den Knien ein und spüre, wie es in Sekundenschnelle nass und eisig wird. Weder meine Großstadtschuhe noch die Strumpfhose sind für diese Gegend gemacht, aber ich werde gleich im Wagen die Heizung voll aufdrehen, und dann bin ich wieder warm und trocken, wenn ich zu Hause ankomme.

Zu Hause. Am liebsten würde ich mich hinbeamen und alles klären, sofort. Martin beruhigen. Die Kinder in die Arme nehmen. Kaffee trinken. Geschenke einpacken.

Was für eine beruhigende Vorstellung es ist, all das zu tun und dabei zu wissen, dass morgen alles vorbereitet und geregelt sein wird. Dass wir uns dann keine Sorgen mehr machen müssen, weil Weihnachten ist. Weil wir gemeinsam feiern werden, so wie immer. Wir.

Der arme Martin weiß zwar noch nicht, dass er sich wegen meiner Nachricht keine Sorgen mehr machen muss. Aber er wird erleichtert sein, wenn ich wieder da bin und ihm alles erklärt habe. Wenn wir wieder zur Tagesordnung übergehen können.

Es ist eiskalt im Wagen, mein Atem bildet weiße Wölkchen.

Ich stecke mit klammen Fingern den Schlüssel in die Zündung und starte den Wagen. Oder eher: Ich will ihn starten.

Der Motor gibt ein klagendes Geräusch von sich, das dann erstirbt. Ich warte kurz und versuche es erneut.

Der Wagen springt nicht an.

Meine Schwester steht vor dem Haus und sieht mir stumm dabei zu, wie ich mich abmühe. Wahrscheinlich triumphiert sie innerlich.

Noch einmal drehe ich den Schlüssel und versuche, sie zu ignorieren. Warum geht sie nicht rein? Dahin, wo es warm ist?

»Los«, sage ich leise zum Lenkrad und starre verbissen in den Fußraum, als könnte ich den Motor irgendwie mit der Kraft meiner Gedanken ans Laufen kriegen.

Und ich kann.

Ein Knurren, und der Wagen springt an. Ich gebe Gas.

Meine Schwester sieht mir nach, als ich über den buckligen Schnee holpere.

Es ist eine ziemliche Wackelpartie, und mir schießt durch den Kopf, dass es typisch für Martin ist, dass er vergessen hat, Winterreifen aufzuziehen.

Dann gerät der Wagen ins Rutschen, und ich nähere mich in Zeitlupe der großen Tanne.

Und dann werde ich eingehüllt von Schnee und Ästen, ich rausche durch eine Waschstraße aus fedrigem Tannengrün und Pulverschnee.

Und dann ist Stille.

MARTIN

Bisher ist er gut durchgekommen. Er fährt schnell, schneller als erlaubt, aber er kennt die Strecke ja, da wird schon nichts passieren.

Er ist seit dem vergangenen Weihnachtsfest so oft hier hingefahren, dass er den Weg im Schlaf fahren könnte. Er hat schon beim ersten Besuch nicht gewagt, die Adresse ins Navi einzugeben. Jeder weiß doch, dass so was einen am Ende verrät. Und er wollte sich nicht vorstellen, was los wäre, wenn seine Frau aus irgendwelchen Gründen eines Tages sein Auto nehmen und in seinem Navi die Adresse ihrer Schwester entdecken würde. Er sah förmlich vor sich, wie sie stirnrunzelnd auf der Tastatur herumtippte, bis sie begriff, was da stand. Und wie dann von einem Augenblick auf den anderen ihr Gesicht ganz glatt und ausdruckslos wurde.

Das ist das schlimmste ihrer Gesichter. Es ist ein Vorbote grauenhafter Krisen. Es ist dann egal, was sie sagt, man darf auf ihre Worte niemals hereinfallen. Man muss auf ihr Gesicht achten, um erkennen zu können, dass sie in diesem Zustand ist. Es ist dann wie festbetoniert. Jeder Muskel, jede Falte, selbst die Augenbrauen scheinen einem inneren Befehl zu folgen und bilden ein glattes, undurchdringliches Visier.

Es sieht aus, als würde ihr bewegliches menschliches Antlitz gegen eine Maske ausgetauscht.

Dieser Gesichtsausdruck ist gleichzeitig ein Anzeichen dafür, dass ihr emotionaler Panzer aktiviert wird. Sie wird dann auch innerlich so unbeweglich, wie ihr Gesicht es ist, und schaltet in den Kontrollmodus. Dieser Zustand geht erst vorüber, wenn sie Menschen und Realitäten so manipuliert und verändert hat, wie sie sie haben will. Auch wenn sie dafür Willen und Knochen brechen muss. Nein, gerade dann.

Der Gedanke, was sich hinter ihrer klaren, beinahe heiteren Nachricht verbergen mag, macht ihm solche Angst. Er hat weiter versucht, sie zu erreichen, wieder und wieder. Er hat ihr Nachricht um Nachricht geschrieben, aber offenbar hat sie ihr Handy ausgeschaltet oder ihn geblockt. Das mag übertrieben wirken, denn eine normale Frau würde es wahrscheinlich nicht fertigbringen, den Vater ihrer Kinder erst mit einer Textnachricht aus der Wohnung zu werfen und ihn dann zu blocken.

Aber seine Frau bringt noch viel mehr fertig als das.

Das war erst der Anfang.

ESTHER

Es ist eisig kalt hier im Wald, und der Schnee hat meine Strumpfhose inzwischen komplett durchnässt. Der Schein der Taschenlampe huscht zwischen den Bäumen umher.

Dann ist da etwas zwischen meinen Füßen, und ich stolpere. Ein Schmerz fährt mir durchs Bein.

In wenigen Hundert Metern müsste ich Empfang bekommen. Ich ziehe das Handy aus der Jackentasche, aber da ist nur ein einziger flackernder Balken.

Also weiter.

Ich kann nicht sehen, wohin ich trete. Der Boden unter meinen Füßen ist tückisch, unter dem immer gleichen Schnee verbergen sich Wurzeln, Äste, Löcher, Gruben. Und nicht mal den Schnee sehe ich.

Es hat gedauert, bis ich begriff, dass ich meinen Wagen nicht wieder auf die Straße bekommen würde.

Zweifelnd stand ich neben meiner Schwester und habe in den dunklen Wald geschaut. »Meinst du, da ist auch bei dem Wetter Empfang?«

»Keine Ahnung. Ich weiß nicht genau, wo der nächste Funkmast ist, aber oberhalb des Hangs ist meistens Empfang«, hat sie gesagt.

Also kam es auf einen Versuch an. Und ich bin einfach losgelaufen.

Wenn mich nicht alles täuscht, ist die Dunkelheit jetzt noch schwärzer als zuvor. Oder ist der Schein der Taschenlampe etwa schwächer geworden? Ich schalte sie aus, und sofort überfällt mich die Schwärze wie eine Decke und ich sehe gar nichts mehr. Schnell knipse ich die Lampe wieder an.

Die Bäume sehen genauso aus wie zuvor. Ich zögere.

Kann es sein, dass ich die Orientierung verloren habe?

Ich stapfe weiter, dabei zähle ich meine Schritte. Langsam müsste ich im Sendebereich dieses verdammten Funkmasts sein. Erneut ziehe ich das Handy hervor. Immer noch kein Empfang. Es macht mich geradezu wahnsinnig, dass ich Martin nicht erreichen kann, dass ich hier gefangen bin.

Kann es sein, dass ich in die falsche Richtung gelaufen bin?

Ich starre auf das Display, das mir hell entgegenleuchtet und mir mit seinem hellen Schein ein falsches Sicherheitsgefühl vermittelt. Ein Gefühl von Erreichbarkeit.

Aber das ist Blödsinn.

Ohne Empfang ist das Gerät genauso orientierungslos wie ich.

Es kann nicht mehr weit sein. Oder doch?

Wie konnte ich überhaupt auf die Idee kommen, dass ich diese Ehe beenden muss, nur weil mein Mann ein bisschen zu viel trinkt und weil wir ab und zu streiten? Wie konnte ich mir einreden lassen, dass er unglücklich ist mit mir?

Ich verfluche meine Spontaneität. Was hat mich geritten, eine solche Lawine loszutreten? Was war das für eine Aktion?

Ich muss mit Martin sprechen, sofort.

Ich fange an zu laufen. Hinein ins Dunkel des Waldes, über knirschenden Schnee.

SUE

Seit der Ankunft meiner Schwester habe ich mich danach gesehnt, dass sie verschwindet, damit ich endlich wieder meine Ruhe habe, mich in meinem Tempo um meine Sachen kümmern kann und dabei niemand mich beobachtet, zu etwas überredet oder etwas von mir erwartet.

Genau so ist es jetzt. Ich bin allein.

Ich müsste erleichtert sein. Aber ich bin es nicht.

Stattdessen mache ich mir Sorgen um meine Schwester. Hat sie Martin erreicht? Und wenn ja, ist das gut oder schlecht? Kommt sie überhaupt zurecht im dunklen Wald?

Ich gehe ins Wohnzimmer, wo der Baum auf mich wartet. Sein Duft erfüllt den Raum, würzig und stark und grün, und darum herum ist viel Platz für mich allein. Alles ist genau so, wie es sein sollte. Aber es fühlt sich anders an als vorher. Es fühlt sich falsch an.

Nicht ruhig und selbstbestimmt und konzentriert auf das Wesentliche, sondern einsam. So, als würde etwas fehlen. Oder jemand.

Ich versuche, mir das Glücksgefühl von heute Morgen zurückzurufen, aber es gelingt mir nicht.

Es war so harte Arbeit, diesen freien, glücklichen, vollkommen selbstbestimmten Zustand zu erreichen. Mit dem ständigen Wollen aufzuhören, das mich krank gemacht hat, ohne dass ich es gemerkt habe.

Ich habe immer etwas gewollt. Ich wollte das Studium, ich wollte den Praktikumsplatz, ich wollte diesen Job, ich wollte den anderen Job, ich wollte die Beförderung. Ich wollte einen Mann, ich wollte ein Haus. Und dann wollte ich ein Kind.

Erst nach der Sache mit dem Kind habe ich begriffen, dass ich auf dem Holzweg war. Ich habe dieses Kind zu sehr gewollt. Nicht ich allein, Robert auch. Darum haben wir all diese Dinge unternommen, die Paare unternehmen, wenn sie ein Kind wollen, das nicht kommen will. Alle Paare denken ja, ein Kind steht ihnen zu.

Wir dachten das auch: Man kann alles haben, was man will, man muss nur den Preis zahlen, und einen Teil davon zahlt sogar die Krankenkasse. So ist es vorgesehen in unserer Welt: dass man etwas will, sich dafür anstrengt und den Preis zahlt. Und darum haben wir all diese Dinge gemacht, um unser Ziel zu erreichen. Dabei hatten wir nur noch das Ziel im Blick und haben gar nicht gemerkt, was wir alles verloren.

Nicht nur einander.

Ich habe mehr verloren. Dadurch, dass ich mich so anstrengte und trotzdem nicht bekam, was ich wollte, wurde alles andere sinnlos. Ich wusste nicht mehr, wofür ich arbeitete, ich wusste nicht mehr, was ich mit diesem Mann anfangen sollte und auch nicht mit all den vielen Jahren, die noch vor mir lagen.

Und dann habe ich die kleinen Dinge entdeckt. Die Schneeflocken, zum Beispiel.

Und dann ging es aufwärts. Ich musste mich nur mit den

kleinen Dingen zufriedengeben. Das ist seitdem zu einer Art Religion für mich geworden.

Weihnachten ist das Gegenteil von diesem Zustand, den ich anstrebe. Weihnachten ist schlimmer als Wollen. Weihnachten ist, alles zu bekommen, was man nicht einmal gewollt hat, und nicht nur in materieller Hinsicht. Es ist ein Zustand von Zugestopftsein, Weihnachten ist Fülle von allem. Essen, Musik, Eindrücke, Menschen, Worte, Dekoration.

Und vor allem: Familie.

Meine Schwester hat mir das heute mal wieder demonstriert. Und trotzdem ist da jetzt eine Leere, die ich vorher nicht gespürt habe.

Vermutlich muss ich mir etwas Zeit geben nach diesem Gespräch. Gleich, wenn sie wirklich weg ist, werde ich erst einmal alle Räume lüften. Und mich vielleicht um den Baum kümmern. Die Zweige noch einmal auseinanderbiegen und den Stamm nach Harztaschen absuchen, zum Beispiel. Ich gehe in die Küche, um schon einmal das Messer zu holen.

Gerade, als es sich mit einem Schnappen vom Magneten löst, höre ich das Geräusch an der Tür, das mir verrät, dass sie zurück ist. Und es überrascht mich selbst, aber ich bin froh.

Sie klingelt. Es ist ein Klingeln, das nicht abreißen will, offenbar hält sie den Daumen auf dem Klingelknopf gedrückt.

Vielleicht friert sie. Es ist kalt da draußen, und meine Schwester ist mit ihren Stadtklamotten natürlich denkbar ungeeignet gekleidet für einen Marsch durch Schnee und Matsch. Seltsam, sich vorzustellen, wie sie in Strumpfhosen und Kleid mit ihren Stiefeletten über umgefallene Baumstämme und gefrorene Pfützen stöckelt. Sie wird einige Male gestolpert und in den Schnee gefallen sein. Ich reiße die Tür auf.

Doch davor steht nicht Esther.

Sondern Martin.

SUE

Drei Tage nach dem katastrophalen Heiligabend rief er an.

»Ich wollte mich mal melden«, sagte er. Offenbar saß er im Auto, man hörte das Rauschen des Verkehrs und seine Stimme klang blechern.

»Danke, das ist gar nicht nötig.« Ich wechselte den Hörer in die andere Hand.

»Tut mir leid, wie das an Heiligabend gelaufen ist.«

»Muss es nicht, wirklich.« Ich hörte sehr konzentriert hin. Das lag daran, dass ich auf den Hintergrund achtete. Mir war, als ob ich Bäume hörte, auch wenn das nicht sein konnte.

»Sie ist nur so zu dir, weil sie sauer ist. Sie hat keinen Einfluss mehr auf dich, und das kann sie nicht gut ab. Das kann sie absolut nicht ab.«

»Du bist betrunken. Ich lege jetzt besser auf.«

»Warte! Weißt du, warum ich dich anrufe?«

»Offen gestanden, nein.«

»Weil du mich verstehst.«

Er sprach ziemlich undeutlich, und ich fragte mich, wie viel er schon intus hatte und ob es eine gute Idee war, in diesem Zustand Auto zu fahren.

»Du bist der einzige Mensch auf der Welt, der sie so kennt, wie ich sie kenne. Nur du verstehst, was ich durchmache. Und was sie mit einem anstellt. Und wie sie das macht.« Er verstummte, und als ich nichts erwiderte, fragte er: »Du hasst sie auch, oder?«

»Nein.«

»Doch. Natürlich hasst du sie. Ich weiß, dass es so ist.«

»Ich will mit dir nicht über meine Schwester reden. Du musst allein mit ihr klarkommen.«

»Aber du bist sie losgeworden! Wie hast du das gemacht? Wie?«

»Martin, ich lege jetzt auf.«

»Warte! Ich komme vorbei.«

Ich umklammerte den Hörer und schwieg.

»Wir müssen auch gar nicht reden. Ich bin schon unterwegs. Ich bin in ein paar Minuten bei dir.«

»Ja«, sagte ich. »Ich weiß.«

Ich legte nicht auf, und er legte auch nicht auf. Ich behielt den Hörer in der Hand, und wir schwiegen einander durchs Telefon an, bis ich hörte, wie ein Wagen vorfuhr, und dann, wie es an der Tür klingelte. Ich öffnete, und da stand Martin vor mir, das Handy noch am Ohr.

»Hallo«, sagte er, dann ließ er es sinken und steckte es in die Tasche. Er sah erschöpft aus. »Da bin ich.«

»Ja«, sagte ich. »Da bist du.«

»Lässt du mich rein?«

»Okay.«

Er trat ein und blieb im Flur stehen, als wartete er darauf, dass ich die Regie übernahm.

Aber ich sagte nur: »Ich würde dir ja einen Kaffee anbieten, aber ich habe gar keinen.«

»Ich will auch keinen Kaffee.«

MARTIN

Auf einmal kommt Martin die Strecke so fremd vor, als hätten Schnee und Dunkelheit die Landschaft verwandelt.

Als er in die Einfahrt einbiegt, sieht er Esthers gelben Renault verbeult unter einem Baum stehen, schneebedeckt. Was hat das zu bedeuten?

Er stößt die Autotür auf und flucht, als seine Turnschuhe im kalten Schnee versinken. Er hastet zur Haustür und drückt den Daumen auf den Klingelknopf, betet innerlich, dass sie ihm öffnen, er lässt den Knopf gedrückt.

Dann wird die Tür aufgerissen.

»Du«, sagt Sue. Sie sieht überrascht aus.

Er drängt eine Schulter in den Spalt, damit sie die Tür nicht schließen kann. »Wo ist sie?«, fragt er.

Sie schweigt erst. »Nicht hier«, sagt sie dann.

Sein Blick jagt die Treppe hinauf, scannt den Flur. »Du lügst. Ihr Wagen steht vor der Tür. Was habt ihr damit angestellt? Was hast du ihr erzählt?«

»Nichts von uns«, sagt sie und greift nach der Tür. »Und jetzt verschwinde.«

Da beginnt er zu brüllen.

SUE

Ich war mir sicher, dass ich einen absolut realistischen Blick hatte auf das, was Martin und ich miteinander taten.

Es ging nicht um Nähe zu meiner Schwester, das Gegenteil war der Fall: Alles geschah nur, um sie damit auf Distanz zu halten. Wir taten etwas, was sie vollkommen verrückt machen würde, wenn sie es auch nur ahnen würde. Und dadurch spürten wir, dass sie nicht alles kontrollieren konnte. Natürlich ist es absurd, aber ich fühlte mich nie freier von meiner Schwester als dann, wenn ich mit ihrem Mann schlief, und ich vermute, ihm ging es umgekehrt genauso.

Ich sehe meiner Schwester überhaupt nicht ähnlich, vom Typ her sind wir vollkommen unterschiedlich. Sie ist attraktiv, sie rennt zum Frisör und schminkt sich, und sie zieht nie etwas an, was sie sich nicht vorher genau überlegt hat. Aber ich finde immer, dass man ihr die Anstrengung anmerkt und dass das abschreckend wirkt.

Kein Mensch, vor allem kein Mann, würde eine Ähnlichkeit zwischen uns erkennen. Und darum wäre ich nie auf die Idee gekommen, dass Martin irgendetwas von meiner Schwester in mir sehen könnte.

Martin und ich haben nie darüber gesprochen, was wir da

taten und vor allem: warum wir es taten. Das liegt, glaube ich, daran, dass es so offensichtlich war.

Er war nicht so, wie ich ihn in Gegenwart meiner Schwester erlebt hatte. Das Schlaffe, Verdruckste, das ihn sonst so auszeichnet, schien verschwunden, er wirkte entschlossener. Eigentlich war er wie ein ganz anderer Mensch.

Nicht dass dieser Mensch mir jetzt plötzlich besonders wichtig gewesen wäre, so war es wirklich nicht. Ich schlief mit Martin aus demselben Grund, aus dem ich in meiner Jugend auf Esthers Wimperntusche gepinkelt hatte: weil es so guttat. Es war unheimlich erleichternd, etwas zu tun, von dem meine Schwester nichts wissen durfte. Wer barfuß zur Mittagszeit eine brütend heiße Straße entlanggehen muss, wird sich unter den nächstbesten Baum stellen, der Schatten spendet, um ein wenig zu verschnaufen. Man kann gegen die Sonne nichts tun. Man kann auch gegen meine Schwester nichts tun oder gegen den Druck, den sie ausübt. Aber man muss ab und zu verschnaufen und sich Gelegenheiten suchen, in denen das möglich ist.

Genau darum ging es.

Wir waren weder besonders zärtlich noch besonders leidenschaftlich oder originell miteinander. Wir waren exakt das, was Menschen meinen, wenn sie beteuern, dass es »nur um Sex« geht, nur dass es bei uns nicht um Sex ging, sondern um meine Schwester, seine Frau. Wir sprachen wenig miteinander, ich wollte auch gar nicht wissen, wie es ihm ging. Schon bei den wenigen Bemerkungen, die er über seinen Alltag machte, bei dem ängstlichen Blick, den er auf die Uhr warf, oder bei der Sorgfalt, mit der er vor dem Verlassen meines Hauses den Sitz seiner Haare und seiner Krawatte überprüfte, stresste mich der Gedanke, dass er an meine Schwester dachte und sie in dem Moment wieder Macht hatte. Weil ich dann ebenfalls an sie denken musste.

Unser Sex war nicht besonders aufregend. Aufregend war nur das Tabu dabei. Die ersten Male turnten wir ein wenig herum und probierten einige Dinge, aber dann gelangten wir zu einem festen Ablauf, ohne auch darüber je ein Wort zu verlieren. Wir vögelten in Missionarsstellung, bis ich kam, und anschließend blies ich ihm einen, bis er kam. Martin brauchte immer ziemlich lange dafür.

Das war alles. Es war nicht besonders toll und nicht besonders schlecht, es war einfach notwendig für uns beide.

Ich dachte immer, dass unsere Affäre irgendwann herauskommen würde. Und auch dem sah ich entgegen wie einem unabwendbaren Naturereignis, mit dem man sich arrangiert, weil man es ohnehin nicht verhindern kann. Ich dachte, dass es einen riesigen, erleichternden Knall geben würde, einen, der für mich die Luft klären und die Spannung lösen würde, unter der wir alle standen. Vielleicht dachte ich auch, dass ich danach irgendwie frei von ihr wäre, ohne mich dafür einer qualvollen Auseinandersetzung ausliefern zu müssen.

Aber ich tat nichts, um das zu provozieren. Ich fügte Martins Rücken keine Kratzer zu und schickte ihm keine verräterischen Nachrichten. Ich wartete einfach darauf, dass etwas geschehen würde, das die Sache beendete.

Und das geschah tatsächlich.

Wenn auch anders als erwartet.

»Na du«, sagte er an dem Tag, als ich ihn einließ. Wie immer lockerte er sofort seine Krawatte. Er würde sie gleich oben an die Tür hängen, um sie nicht zu zerknittern.

»Ich habe zwei Stunden«, sagte er, ging mir voran die Treppe hinauf und knöpfte alle zwei Stufen einen Knopf auf.

Irritiert betrachtete ich seinen Rücken. Etwas an ihm war anders. Er wirkte angespannt.

Martin ist niemals wirklich locker, aber er wirkt auch nie gestresst oder gar aggressiv. Das überlässt er den anderen. Er ist komplett passiv, ein Mensch, der immer in etwa die gleiche Stimmungstemperatur hat. Er ist keine Spaßkanone, aber er hat immer ein paar Witzchen parat, um alles im Lot und auf Abstand zu halten.

Aber die Art, wie er nun schwieg, war neu.

Ich folgte ihm verwundert ins Bett, küsste seinen Hals und kratzte ein bisschen an seiner Brust, wie er es mochte. Es dauerte ungewöhnlich lange, bis er körperlich reagierte.

Dann flüsterte er: »Ich hatte einen echten Scheißtag. Wir hatten so eine Art Streit gestern …«

Ich hielt inne. Wir führten keine Gespräche. Erst recht nicht beim Sex, aber auch sonst nicht. Er zerstörte gerade das kleine bisschen Stimmung, das zwischen uns möglich war.

Offenbar merkte Martin, dass ich mich ärgerte, denn er hörte auf zu reden, rollte sich auf mich, griff nach meiner Brust und drang in mich ein. Doch nach kurzer Zeit stockte er, als wäre ihm etwas eingefallen.

»Bist du okay?«, fragte ich irritiert.

»Ja, klar«, sagte er, er sah mich leer an und begann sich in mir zu bewegen.

Als Martin seine Hände um meinen Hals legte und zudrückte, kam das absolut unerwartet.

Das hatte er noch nie gemacht. Es war etwas unangenehm, aber ich hielt es für möglich, dass mir etwas daran gefallen könnte. Dann sah ich sein Gesicht. Und wollte nur noch, dass er aufhörte.

Sofort.

»Hör auf«, keuchte ich, aber er verstärkte den Druck weiter. Ich versuchte, seine Arme wegzuschieben, ruderte hilflos herum, aber ich hatte keine Chance. Er presste mich mit dem gesamten Körpergewicht auf die Matratze und drückte noch fester zu, und da bekam ich Panik. Ich wollte ihn anbrüllen, griff nach seinen Handgelenken, aber ich bekam sie keinen Zentimeter bewegt.

Sein Gesicht war völlig verzerrt und er blickte irgendwo über mich, und ich realisierte, dass er nicht mich sah. Dass sein Angriff eigentlich nicht mir galt.

Mein Sichtfeld wurde dunkler. Und dann, urplötzlich, kurz bevor ich ohnmächtig wurde, ließ er los. Er schlug mir ins Gesicht und begann zu schreien, ehe er mit einem erbärmlichen Japsen kam.

Und ich hatte Angst.

Nicht weil er mich gewürgt und geschlagen hatte. Sondern weil er den Namen meiner Schwester gerufen hatte.

Ich dachte immer, dass auch er sich vorstellte, dass sie uns zusah.

Nicht dass er sich vorstellte, dass ich sie bin.

SUE

Ihr Name explodierte zwischen uns wie eine Bombe.

Ich rang laut nach Luft und betastete ungläubig meinen Hals. Jeder Atemzug schmerzte. Ich versuchte, mich aufzurichten, verschluckte mich an meiner Spucke und musste husten, ich rang panisch nach Luft, aber statt mir auf den Rücken zu klopfen, ließ Martin sich neben mich fallen und wandte mir den Rücken zu.

Ich atmete probeweise ein und aus, dabei musste ich wieder husten, und das tat weh.

Mein Herz klopfte, als ich aus dem Bett stieg und ins Bad ging. Ich ließ mir lange Wasser über die Hände laufen, ehe ich es wagte, in den Spiegel zu sehen. Mein Gesicht war bleich, die Augen rot, und auf meinem Hals zeichneten sich deutlich Martins Finger ab. Ich sah furchtbar aus. So, wie jemand aussieht, der gerade fast erwürgt worden wäre. Ich setzte mich auf den Badewannenrand.

Was war das gewesen? War es das, was ich verdiente? Was ich provoziert hatte?

Ich hatte in meinem Leben schon genug unter meiner Schwester gelitten. Das Beste, was ich je getan hatte, war, so schnell wie möglich von zu Hause auszuziehen und den Kontakt zu ihr danach auf ein Minimum zu reduzieren. Das

Allerletzte, was ich wollte, war, mich irgendwie wieder in ihr Leben verstricken zu lassen. Und jetzt saß ich hier, soeben hatte ich mich von einem Mann, der mir im Grunde vollkommen egal war, vögeln und würgen lassen, und das nur, weil er ihr Mann war. Meine Schwester kam schmerzhaft zurück in meinem Leben, und daran war nur ich allein schuld.

Aber viel schlimmer war, was da bei Martin los war.

Ich wäre am liebsten ins Schlafzimmer gegangen, um ihn rauszuschmeißen und ihn dann nie mehr wiederzusehen.

Aber ich hatte sein Gesicht gesehen, als er ihren Namen gerufen und zugedrückt hatte. Ich war davon ausgegangen, dass wir beide unsere kleinen Tricks hatten, um halbwegs mit ihr klarzukommen. Aber er kam nicht klar. Martin kam definitiv nicht klar.

Ich wartete, bis sich mein Körper etwas beruhigt hatte. Dann erst ging ich zurück ins Schlafzimmer.

Martin hatte sich auf den Rücken gelegt. »Sorry«, sagte er etwas heiser und rieb sich mit beiden Händen übers Gesicht. »Tut mir leid, echt.«

Alles, was ich rausbrachte, war: »Was war das denn?«

Er hielt sich immer noch die Hände vors Gesicht. »Ich sag doch, es tut mir leid.«

Ich bückte mich nach meinem Slip und versuchte, mich zu konzentrieren. »Hast du mal an eine Trennung gedacht?«

»Bitte was?«

»Ob du mal an eine Trennung gedacht hast. Ich finde, du solltest sie verlassen.«

»Um was zu tun? Das hier? Mit dir? Fandest du das gut? Stehst du da drauf?« Seine Stimme klang jetzt aggressiv.

So aggressiv, wie er eben gewesen war. Wie er sonst nicht war.

»Sei nicht albern.«

Er verschränkte die Arme vor der Brust und starrte an die Zimmerdecke.

»Martin?«

Keine Antwort.

»Martin!«

Er räusperte sich. Und flüsterte: »Ich denke an nichts anderes.«

»Als was?«

»Als daran, sie loszuwerden.«

»Dann tu es.«

»Das geht nicht.«

»Natürlich geht das.«

»Du kennst sie doch.«

Ich schwieg. Ich zog mir mein Shirt über, schlüpfte in meine Jeans, suchte meine Strümpfe. Erst als ich ganz angezogen war, setzte ich mich zu ihm auf die Bettkante, und als ich da saß, merkte ich, dass das eine zu intime Position war nach dem, was passiert war. Vielleicht war es gefährlich. Ich rutschte auf den Boden. Das war besser.

Wir hatten noch nie ein wirkliches Gespräch geführt.

Ich tastete nach meinem Hals, dann sagte ich leise: »Ich habe sie auch mehr oder weniger verlassen, wie du weißt.«

»Du bist aber nicht mit ihr verheiratet.«

»Das macht es schwieriger, nicht einfacher. Eine Schwester kann man nicht loswerden. Eine Ehefrau schon.«

»Nein, kann man nicht.«

»Doch.«

»Nein. Sie nicht. Schon allein wegen der Kinder.«

»Gerade wegen der Kinder.«

»Hör auf. Du weißt doch, was ich meine.«

Damit hatte er recht. Eigentlich wusste ich genau, was er meinte. Und mehr als das: All das hier war der Beweis dafür, dass auch ich sie eben doch nicht losgeworden war.

Abrupt richtete sich Martin auf und angelte nach seinem Hemd. »Ich geh jetzt«, sagte er, schob mich beiseite und stieg aus dem Bett.

Ich blieb sitzen und zögerte.

Keiner von uns beiden hatte je bei irgendetwas insistiert oder nachgefragt. Martin kam ungefähr einmal pro Woche, wir gingen ins Bett, manchmal duschte er danach, und irgendwann sagte entweder ich »Du musst jetzt gehen« oder er »Ich muss jetzt gehen«, der andere sagte »Tschüss«, und das war alles.

Aber jetzt hatte sich etwas verändert. Ich konnte das, was er gesagt und getan hatte, nicht auf sich beruhen lassen.

»Martin«, sagte ich zu seinem Rücken, während er sich anzog.

Er schwieg.

»Wenn du nicht an eine Trennung denkst …«

»Nein, das tue ich nicht.«

»Was hast du dann gemeint?«

Er legte sich die Krawatte um und zog daran. Inzwischen hatte ich diese Geste so oft beobachtet, dass sie mir seltsam vertraut vorkam. Es war erstaunlich, wie es ihm gelang, mit wenigen Handgriffen wieder tipptopp auszusehen. Er fuhr sich durchs Haar, und plötzlich sah er aus, als würde er in der nächsten Minute eine Konferenz leiten.

»Martin, was meinst du dann damit, dass du ständig daran denkst, sie loszuwerden?«

»Ich muss los«, sagte er knapp.

Ich starrte auf die Zimmertür, durch die er gegangen war.

Diesmal hatte keiner von uns »Tschüss« gesagt.

Danach war es vorbei.

Wir hatten das Tabu gebrochen und über meine Schwester gesprochen, über ihre Ehe, und damit hatten wir unsere Affäre in etwas Ungesundes verwandelt.

Ich ekelte mich. Vor mir selbst, vor Martin, vor ihr. Es war plötzlich, als wäre ich mit meiner Schwester im Bett gewesen. Wenn ich an das dachte, was zwischen Martin und mir passiert war, spürte ich, wie sich mein Gesicht verzog.

Interessanterweise war das Gespräch für mich schlimmer als das, was davor im Bett geschehen war. Ich fühlte mich nicht einmal angegriffen von dem, was mein Schwager mir da gegen meinen Willen angetan hatte. Es war eigentlich nicht kränker als das, was ich seit Jahren schon tat.

Zum Glück meldete sich Martin nicht mehr. Er kam auch nicht spontan vorbei, es herrschte schlagartig totale Funkstille. Es war beinahe so, als wäre da nie etwas gewesen. Es war eine Erleichterung, wie einfach ich ihn aus meinem Leben und meinen Gedanken streichen konnte.

Was auch immer »es« gewesen war – jetzt war es vorbei. Und weil ich darüber so erleichtert war, dachte ich auch an den Teil des Gesprächs nicht mehr, der mir zunächst solche Sorgen bereitet hatte: dass er unablässig daran dachte, sie loszuwerden. Und auch der Ausdruck in seinem Gesicht, als er mich gewürgt und dabei an sie gedacht hatte, verschwand aus meinem Kopf.

Erst jetzt, nachdem ich mal wieder einige Stunden mit meiner Schwester verbracht habe, ist mir wirklich klar geworden, was das alles zu bedeuten hat. Dass er sie umbringen wird, weil es gar nicht anders geht. Weil sie einen nie in Ruhe lassen, einem nie zuhören, weil sie immer gewinnen wird.

Es wäre ja nicht einmal Mord.

Es wäre im Grunde so etwas wie Notwehr.

SUE

»Wo ist sie?«, brüllt Martin. Sein Gesicht ist gerötet, sein Blick jagt die Treppe hinauf, scannt den Flur.

»Nicht hier.«

Er brüllt: »Du lügst! Was hast du ihr erzählt?«

»Nichts über uns«, sage ich. »Wirklich nicht. Und jetzt verschwinde.«

Ich stemme mich von innen gegen die Haustür, Martin versucht, sich in den Spalt zu drängen, aber ich bin schneller, sie knallt zu, beinahe hätte ich seine Hand eingeklemmt.

»Lass mich rein!«, brüllt er, und dann schlägt er mit der Faust gegen die Tür. »Esther! Lass uns reden! Bitte!«

Ich weiche in den Flur zurück. Ich weiß, dass es jetzt passieren wird. Die Aggression, die ich nur das eine Mal an ihm gesehen habe, jetzt ist sie da. Ich rufe: »Sie ist nicht hier!«

»Willst du mich verarschen, Sue? Ich seh doch ihr Auto hier stehen! Was habt ihr damit gemacht?«

»Ja, aber sie ist jetzt im Wald, weil …« Ein dumpfes Klatschen unterbricht mich, als er sich gegen die Tür wirft.

Er brüllt: »Mach die verdammte Tür auf! Ich will mit meiner Frau reden!«

»Martin, ich schwöre, sie ist draußen! Sie …«

Er wirft sich noch einmal dagegen, die Tür bebt, aber sie

hält. Wahrscheinlich ist niemand stark genug, um eine Haustür aufzubrechen, erst recht nicht Martin. Er ist nicht stark. Aber er ist unfassbar wütend.

Ich rufe: »Es ist nicht so, wie du denkst! Sie bereut die Nachrichten, die sie dir …«

Stille.

»Martin?«

Ich lege mein Ohr an die Tür. Nichts zu hören. Ich überlege, ob ich sie öffnen und hinaussehen soll. Aber was, wenn das ein Trick ist?

In diesem Augenblick höre ich ein ohrenbetäubendes Splittern aus dem Wohnzimmer.

Und ich weiß, dass es kein Trick ist.

ESTHER

Es ist tatsächlich Martins Wagen, der vor dem hell erleuchteten Haus parkt, ich sehe ihn durch die Zweige. Erst war ich mir nicht sicher, aber er ist es wirklich!

Ich versuche, durch den tiefen Schnee auf das Haus zuzustapfen, so schnell es geht.

Martin ist gekommen, er ist den weiten Weg hergefahren, weil er sich Sorgen macht! Was für eine Erleichterung.

Wir werden über alles reden, ich werde erklären, wie es zu dieser vollkommen verrückten Nachricht gekommen ist.

Und dann werden wir in Ruhe überlegen, was wir tun.

Aber erst einmal werde ich mit ihm diesen furchtbaren Ort verlassen, der mir solche grausamen Gedanken und Zweifel eingeflüstert hat. Wir werden zu den Kindern und der Katze und dem Weihnachtsbaum fahren. Wir werden alles in unserem Zuhause versammeln, was es braucht, um Weihnachten zusammen verbringen zu können: die wollenen Christbaumanhänger und Plastikkugeln, die schiefen Gesänge und umstürzenden Gläser, die Geschenke und brennenden Kerzen. Damit wir wieder eine Familie werden. Damit wir fühlen, dass wir zusammengehören.

Damit wir das Große und Ganze spüren, das an Weihnachten besonders hell leuchten muss. Das ist es, was wir brauchen, ehe wir die Veränderungen angehen können, die sein müssen, damit alles besser wird zwischen uns.

Denn das wird es. Ich fühle ganz deutlich, dass nicht alles falsch war an dieser Nachricht. Etwas davon ist hängen geblieben, hat sich irgendwo in mir verfangen, etwas, über das wir reden müssen. Und das ist gut so.

Wir müssen uns nicht trennen, um uns zu verändern. Wir müssen nur miteinander reden.

Ich beginne zu laufen.

SUE

Ich spüre die Kälte, noch ehe ich das Wohnzimmer betrete.

Der Parkettboden ist von Glasscherben und Splittern bedeckt, eisig bläst der Wind hinein und bringt dichte Wolken aus Schneeflocken mit, die durch das Zimmer wirbeln.

Martin steigt durch die Öffnung und brüllt los, als er mich sieht.

»Was hast du ihr erzählt?«

»Martin, ich habe gar nichts erzählt. Wir haben …« Ich verstumme, denn das stimmt natürlich auch nicht. Ich habe sie vor ihm gewarnt.

Er kommt auf mich zu, seine Stiefel hinterlassen feuchte Abdrücke auf dem Parkett. Es sieht unwirklich aus zwischen Schneeflocken und Scherben. Er flüstert: »Du zerstörst gerade mein ganzes verdammtes Leben!«

»Das stimmt nicht, wirklich nicht. Sie will mit dir …«

Dann sehe ich den Ausdruck auf seinem Gesicht und renne los.

Aber er ist schneller.

Ich bin erst auf halber Treppe, als er mich einholt. Er umklammert meinen Oberarm und hält mich fest. Ich versuche, mich aus seinem Griff zu lösen, aber ich schaffe es nicht.

»Denk nicht, dass du dich aus der Sache einfach so heraushalten kannst. Ich werde ihr sagen, dass das alles von dir ausging. Und dann sorge ich dafür, dass sie dich nie mehr in Frieden lässt, nie mehr!«

»Das kannst du gar nicht.«

Martin lacht auf. »Das kann ich nicht? Oh doch, und ob! Du hast das schon öfter gemacht, oder? Du hast das hier alles nur veranstaltet, um ihr eins auszuwischen. Du hast den armen, schwachen Martin irgendwie rumgekriegt, und dann hast du ihn erpresst, und er musste mit dir ins Bett gehen, damit du ihr nichts sagst. Zumindest werde ich ihr das sagen. Was denkst du, was sie mit dir macht?«

Ich versuche mich loszureißen, aber seine Hand umklammert noch immer wie ein Schraubstock meinen Arm. »Sie ist nicht blöd, Martin. Sie wird dir nicht glauben.«

»Jetzt kriegst du Angst«, flüstert Martin. »Natürlich wird sie mir glauben. Was meinst du, was ihr lieber ist – die bitterböse, eifersüchtige Sue, die den armen Trottel instrumentalisiert hat, oder ein Ehemann und eine Schwester, die sich im Bett gemeinsam über sie lustig machen? Natürlich glaubt sie mir, weil sie immer das glaubt, was ihr am besten passt. Weißt du eigentlich, wie deine Schwester ist, wenn sie einen vernichten will?«

Ich rieche den Alkohol in seinem Atem und sehe, wie seine blutunterlaufenen Augen glänzen, und dann hebe ich mein Knie und ramme es ihm in den Unterleib.

Und dann stoße ich zu.

ESTHER

Ich starre auf mein Handy, fassungslos, dann lasse ich es langsam sinken.

Und plötzlich höre ich den Schrei. Er kommt aus dem Haus.

»Sue?« Ich drücke meinen Daumen auf den Knopf und klingle Sturm. Und noch mal. Und noch mal.

Niemand öffnet. Und niemand schreit.

Dann sehe ich frische Spuren, die hinters Haus führen.

Ich folge ihnen.

Die Terrassentür ist eingeschlagen, das Glas ist komplett aus dem Rahmen gebrochen und bedeckt in tausend Splittern und Scherben das Parkett. Es ist so viel Glas, dass ich kaum glauben kann, dass das alles von der Terrassentür stammt. Schnee wirbelt durch das ganze Wohnzimmer, und der Baum steht immer noch schmucklos da, aber irgendwie sieht jetzt alles anders aus. Ich weiß, dass ich mich vorher beschwert habe, dass hier alles Weihnachtliche fehlt, aber das stimmt nicht, nicht mehr.

Diese kristallenen Zacken ringsum, dazu die Schneeflocken und der Tannenbaum, es sieht hier drin aus wie im Innern einer Schüttelkugel, es verströmt eine ganz eigene, sehr besondere Weihnachtsstimmung. Es fehlt nur noch Musik, und vielleicht ein paar Lichterketten.

Stattdessen ist da wieder ein Schrei. Es ist ein Schrei, der nicht aufhört.

Vorsichtig steige ich über die Scherben durch das Wohnzimmer in Richtung Flur.

Oben auf der Treppe steht meine Schwester. Sie ist es, die schreit.

Martin liegt in einer Position auf dem Boden, die irgendwie unnatürlich aussieht, sein Arm ist eigenartig abgewinkelt, und er rührt sich nicht.

Plötzlich wage ich keinen Schritt weiter zu gehen.

Und Sue schreit. Sie schreit so wie damals, als sie die Schnecken in ihrem Glas entdeckt hat. Sie war noch klein, wie alt war sie, sieben oder acht? Ich weiß es nicht. Es ist auch egal. Nur ihr Schreien ist nicht egal, es kommt mir bekannt vor.

Ich rufe: »Was ist passiert?«

Martin bewegt sich nicht. Und sie schreit weiter.

»Martin?« Ich trete auf ihn zu und knie neben ihm nieder. Meine Schwester verstummt schlagartig.

»Geht es ihm gut?«, fragt sie, ganz leise.

Ich sehe zu ihr hoch.

Und schüttle langsam den Kopf.

SUE

Ich lasse mich langsam auf die Treppenstufe sinken, meine linke Hand umklammert immer noch das Geländer.

»Du zerstörst mein Leben«, hat Martin eben noch zu mir gesagt. Und er hat recht behalten.

Ich weiß, dass ich alles falsch gemacht habe.

Ich hätte nie all diese Dinge so offen mit meiner Schwester besprechen dürfen, ich habe mich eingemischt, und jetzt bin ich Teil des Problems. Teil dieser Familie.

Meine Fehler springen mir förmlich entgegen, einer nach dem anderen. Letztes Jahr bei meiner Schwester Weihnachten feiern. Den Anruf meines Schwagers entgegennehmen. Mit meinem Schwager schlafen. Zu meiner Schwester ehrlich sein. Meine Schwester anlügen.

All das war falsch.

Ich hätte sie in ihrem kranken Konstrukt lassen sollen, statt sie da rauszuziehen und Veränderungen anzustoßen, die keiner will. Dann wäre Martin noch am Leben.

Ich sehe Martin am Fuß der Treppe liegen, und meine Schwester daneben, fassungslos, und ein Heulen drängt aus mir heraus, das komisch klingt.

»Ich wollte das nicht. Wirklich, ich wollte das nicht«, flüstere ich.

Sie kommt zu mir, und ich zucke erst noch zurück und denke, dass sie doch auf mich einschlagen muss, weil ich ihren Mann umgebracht habe, aber das tut sie nicht. Sie bleibt auf meiner Treppenstufe stehen und setzt sich neben mich. Sie umarmt mich von der Seite und legt ihr Kinn auf meinen Kopf, so, wie sie das früher manchmal getan hat.

»Ich weiß«, flüstert sie in meine Haare hinein. »Ich weiß das, Sue.«

Und so bleiben wir sitzen.

SUE, KINDHEIT

Als Kind habe ich Schnecken geliebt. Keine Nacktschnecken, sondern die mit Gehäuse. Hain-Schnirkelschnecken, genauer gesagt, so heißen sie. Die meisten haben gelbe oder bräunliche Gehäuse, hübsch gestreift wie eine Zuckerstange, aber manche von ihnen sind auch rosa oder bläulich.

Wir wohnten in einer Siedlung ohne viel Grün, aber Schnecken fand ich überall. Ich wusste, dass sie am liebsten dort saßen oder krochen, wo sie geschützt vor Sonne und Wind waren. An der sonnenabgewandten Seite von Mauern und großen Steinen, unter Laub und Bäumen.

In einer Kinderzeitschrift hatte ich vom Schneckenkönig gelesen, und allein das Wort hat ihn in meinem Kopf sagenhaft und großartig gemacht. In Wirklichkeit – auch das stand in der Zeitschrift – handelt es sich dabei um eine Schnecke ohne besondere Eigenschaften, außer der, dass ihr Haus mysteriöserweise spiegelverkehrt gewunden ist, und auch ihre Organe sind verkehrt herum angeordnet. Ich verstand nicht genau, was das bedeutete, aber der Gedanke faszinierte mich, und ich betrachtete jede einzelne Schnecke, die ich fand, eingehend, doch sie alle waren rechtsherum gewunden. Dennoch hörte ich nicht auf, nach der einen linksgewundenen

Schnecke zu suchen, die ich, da war ich sicher, eines Tages finden würde.

Meine Schwester hatte für meine Schneckenliebe kein Verständnis. Sie saß auf dem schmalen Rasenstreifen vor dem Haus und kratzte sich Schorf von den braun gebrannten Knien.

»Du findest deinen komischen König nie.«

»Doch, irgendwann schon.«

»Es gibt den hier gar nicht.«

»Man weiß nicht, wo. Eine von zehntausend Schnecken ist ein Schneckenkönig.«

»Echt? So selten? Dann findest du den nie. Sag ich doch.«

»Ich zähle alle Schnecken, die ich finde. Und wenn ich zehntausend Schnecken gefunden habe, dann ist er dabei. Ich habe schon 203.«

Ich klang hoffnungsvoller, als ich war.

»Aber du findest nie im Leben zehntausend Schnecken!«

»Doch.«

Meine Schwester lachte auf.

»Du bist so dumm, die zu zählen! Die verarschen dich doch. Du findest immer dieselben! Du lässt sie frei, und am nächsten Tag fängst du sie wieder ein. In Wahrheit zählst du immer dieselben zehn Schnecken. Und deinem König kommst du kein Stück näher.«

Ich war fassungslos. »Das stimmt nicht.«

»Doch.«

Ich dachte nach. Im Grunde wusste ich, dass sie recht hatte, auch wenn ich es nicht zugeben wollte. Aber was konnte ich tun?

In einem überfüllten Altglascontainer fand ich zwischen unzähligen Flaschen ein riesiges Gurkenglas. Meine Schwester machte mir Räuberleiter, sodass ich es unbeschadet herausfischen konnte. Das Glas erschien mir als Haus für die Schnecken perfekt. Den Boden kleidete ich mit Gras und Blättern aus, außerdem legte ich ein fingerlanges Zweiglein hinein, sodass es beinahe aussah wie ein Terrarium.

Dann begann ich die Schnecken einzusammeln und vorsichtig in ihrem neuen Glashaus zu platzieren, bis wir zum Mittagessen mussten.

Am Nachmittag kam ich zurück, und das Gurkenglas stand noch unten neben dem Stromkasten, wo ich es abgestellt hatte, aber es war wie verwandelt. Wo vorher hübsche gestreifte Schneckenhäuser gewesen waren, versperrten jetzt schleimige, wabbelige Unterleiber den Einblick, die dicht an dicht die gesamte Glasfläche bedeckten. Schnecken, die in Panik versuchten, aus dem verschlossenen, in der Sommerhitze immer wärmer werdenden gläsernen Gefängnis zu entkommen.

Ich schrie wie am Spieß. Ich schrie vor Schreck, aus Ekel vor diesen schleimigen, blind nach einem Ausgang wühlenden Körpern, aus schlechtem Gewissen über das, was ich ihnen mit der unfreiwilligen Gefangenschaft angetan hatte, und auch aus einer irrationalen Angst vor Bestrafung. Ich wusste, dass ich diese armen Schnecken sofort befreien musste, aber der Gedanke, das Glas zu berühren, ließ mich nur noch mehr schreien.

Meine Schwester kam angerannt. »Was ist los?«

Ich konnte nicht antworten, aber das war auch nicht nötig, sie erblickte das Glas.

»Sieh nicht hin!«, rief sie. Sie riss sich ihr buntes Kopftuch ab und warf es auf das Glas mit den Schnecken.

Ich schrie immer noch. Sie ließ sich neben mir ins Gras fallen und schlang die Arme um mich.

»Ich wollte das nicht«, flüsterte ich.

Sie legte ihr Kinn auf meinen Kopf. »Ich weiß«, sagte sie in meine Haare hinein. »Alles wird gut. Ich krieg das hin.«

Sie ließ ihr Kopftuch auf dem Schneckenglas liegen und brachte mich zu Mama in die Küche, wo ich Kakao bekam, während meine Schwester mir verschwörerisch zuzwinkerte und wieder nach draußen verschwand.

»Was ist denn passiert?«, fragte Mama hilflos, während ich mir die Tränen aus dem Gesicht wischte.

Ich antwortete nicht, ich konnte ihr einfach nicht verraten, was ich Schreckliches getan hatte.

»Trink doch einen Schluck, Sue!«

Der warme Kakao stand vor mir, aber ich konnte ihn nicht trinken.

»Komm, wir machen heute Sprühsahne drauf«, flüsterte Mama schließlich, und dann sprühte sie Sahne auf meinen Kakao, so viel, bis meine Tränen versiegt waren und ein Zischen verriet, dass die Dose leer war.

Ich weiß noch, dass ich brennend wünschte, meine Schwester würde mit mir Kakao trinken, obwohl ich auch froh war, dass sie sich um das Schneckenglas kümmerte. Wie ungewohnt dieses Gefühl der Dankbarkeit war, das mich durchströmte, wenn ich an sie dachte. Ich hatte eine große Schwester, die auf mich aufpasste.

Das war ein Wunder.

Es dauerte nicht lange, bis meine Schwester zurückkam. Sie sagte nicht, wo sie gewesen war, sondern setzte sich einfach zu uns an den Küchentisch, ohne mich eines Blickes zu würdigen. »Kann ich auch Kakao?«, fragte sie.

»Haben«, sagte Mama.

»Kann ich auch Kakao haben?«

Wortlos stand Mama auf, holte Milch aus dem Kühlschrank und goss sie in einen Becher. Sie erwärmte ihn in der Mikrowelle, während ich meine Schwester ängstlich und erwartungsvoll beobachtete. Erst als Mama uns den Rücken zudrehte, flüsterte sie mir zu: »Ich hab sie alle freigelassen.«

Voller Dankbarkeit blinzelte ich sie an.

Meine große Schwester.

SUE

»Wir müssen jetzt ganz ruhig bleiben«, sagt sie, »die Nerven behalten.«

Und obwohl ich nicke, kann ich nicht aufhören zu zittern. Sie hat mich an Martins Leiche vorbei in die Küche geführt, »sieh nicht hin!«, hat sie geflüstert, als wir mit großen Schritten über ihn hinweggestiegen sind.

Der Wasserkocher brodelt, sie gießt Tee auf.

»Ist das Lavendel?«, frage ich, sie nickt.

Die Tasse steht vor mir, der Wasserdampf riecht tatsächlich nach Lavendel.

Ich sage: »Wir müssen einen Krankenwagen rufen. Die Polizei.«

Sie nickt.

»Vielleicht kann man ihn ja noch …«

»Er ist tot, Sue. Es eilt nicht. Aber wir müssen genau überlegen, was wir sagen.«

Und jetzt verstehe ich, was sie meint. Dass ich ihn umgebracht habe. Ich wollte das nicht, aber es stimmt. Ich habe ihn gestoßen. Mord ist das bestimmt nicht, aber fahrlässige Tötung vielleicht? Sicher sein kann man sich bei so etwas ja nie. Und was, wenn die ermitteln? Sobald sie erfahren, dass wir etwas am Laufen hatten …

Ich denke daran, dass ich vor wenigen Stunden noch überlegt habe, wie gut es ist, nicht zu wissen, wo ich in einem Jahr sein will. Jetzt denke ich: Im Gefängnis will ich auf keinen Fall sein.

Mein Blick klebt an der Küchentür, hinter der Martin liegt, und ich muss plötzlich heulen. »Bitte«, sage ich, meine Stimme ist wacklig.

Meine Schwester greift nach meiner Hand. »Sollen wir ihn vielleicht zudecken? Damit du ihn nicht noch mal sehen musst?«

»Kannst du das machen?«

Sie nickt. »Klar«, sagt sie, dann steht sie auf, und ich lege schnell den Kopf auf den Küchentisch und schließe die Augen, damit ich auch nicht sehen muss, wie sie ihn zudeckt. Wenn ich die Arme um meinen Kopf schlinge und summe, dann höre ich noch nicht einmal was. Nur das Summen in meinen Ohren.

Da berührt mich eine Hand im Nacken.

»Du kannst die Augen wieder aufmachen«, sagt sie. »Ich habe die Decke über ihn gebreitet.« Sie hat die Küchentür hinter sich geschlossen.

»Danke«, sage ich aus tiefstem Herzen.

In diesem Moment ertönt das elektronische Signal eintreffender Nachrichten.

Der Empfang ist wieder da.

Meine Schwester runzelt die Stirn, sie starrt auf ihr Handy, auf dem mit einem Piep eine Nachricht nach der anderen eintrifft.

»Sprachnachrichten von Martin«, sagt sie und wirft mir einen seltsamen Blick zu.

Ich richte mich auf, verwirrt, mein Körper ist so langsam

wie mein Gehirn, das in Zeitlupe verarbeitet, was diese Nachrichten vielleicht bedeuten, während mein Kopf am liebsten auf dem Tisch liegen bleiben würde.

Ich sage leise: »Hör dir das nicht an.«

»Was?«

»Bitte. Lass es einfach.« Ich versuche, das ganz normal zu sagen. Aber wie soll das gehen?

»Warum denn nicht?«, fragt sie, sieht mich mit hochgezogenen Augenbrauen an, sie tippt, und dann hallt Martins Stimme durch den Raum.

»Bitte, hör mir zu. Ich kann dich verstehen, Esther, wirklich. Aber …«

Ich springe auf und trete zu ihr, aber ich wage es nicht, ihr das Handy aus der Hand zu schlagen, darum flüstere ich nur: »Bitte nicht«, und Martins Stimme redet weiter, während meine Schwester mich mit dem Arm abblockt und angespannt zuhört.

»Es war nur Sex. Ich habe das nicht gemacht, weil ich dich nicht … Wir hätten das nicht tun dürfen, das weiß ich. Ich schwöre dir, ich würde alles tun, um das ungeschehen zu machen. Es war eine Affäre, nichts weiter. Lass nicht zu, dass das jetzt alles kaputt macht. Bitte. Du kennst doch deine Schwester, frag dich doch mal, warum sie das getan hat. Und warum sie es dir jetzt erzählt. Doch nur, weil sie weiß …«

Meine Schwester lässt das Handy sinken. Ihr Gesicht friert ein, wird zu Teflon.

Und dann schweift ihr Blick in der Küche umher, und da liegt das Messer, mit dem ich eben noch die Harztaschen aufgestochen habe.

SUE

Ich sehe an mir hinunter, ich sehe Blut, das aus einem Loch in meinem Pullover quillt. Und das Messer, das darin steckt. Das in mir steckt. Und die Hand meiner Schwester, die um den Griff geklammert ist.

Meine Schwester, die mir viel zu nah ist. Viel, viel zu nah. So nah, dass ich sie riechen könnte, wenn der Blutgeruch nicht so stark wäre. Ich will sie fragen, warum sie mir so nah ist, gerade jetzt, wo sie weiß, was Martin und ich getan haben.

Ich sehe sie an und ich öffne den Mund, aber es kommt kein Wort aus mir heraus, und ich begreife, dass das an dem Messer liegt. Ich kann nicht sprechen.

In diesem Augenblick erwidert sie meinen Blick und zieht es wieder aus mir heraus. Ein Schmerz reißt jäh und grell meinen Oberkörper auf und nimmt mir den Atem, plötzlich ist keine Luft mehr da. Ich versuche einzuatmen, aber da ist irgendeine Blockade, das muss der Schmerz sein.

Ich merke, wie meine Knie nachgeben, und dann liege ich auch schon auf dem Küchenboden, über mir steht meine Schwester mit dem Messer. Sie bückt sich hinab zu mir, und ich rolle mich zur Seite im hilflosen Versuch, mich vor ihr zu schützen. Ich bekomme auf einmal wieder Luft, gierig sauge ich sie ein. Aber sie ist noch immer über mir.

Ich sehe die Augen meiner Schwester, und ich begreife, dass sie mich umbringen wird für das, was Martin und ich getan haben.

Oder dafür, dass ich ihn getötet habe.

Oder für beides.

Und jetzt, in diesem Augenblick, finde ich, dass sie alles Recht der Welt dazu hat.

Aber trotzdem reiße ich die Arme hoch, um mich zu schützen, als sie erneut die Hand mit dem Messer hebt.

ESTHER

Sie liegt auf dem Boden und schreit, aber eigentlich ist es eher ein Quieken.

Das Messer ist ziemlich scharf. Nach zwei Schnitten in ihre emporgereckten Unterarme lasse ich es fallen, es schlittert über den Küchenboden und prallt gegen den Kühlschrank, wo es liegen bleibt.

Das sollte reichen.

Meine Schwester schreit immer noch, Blut strömt aus der Stelle unterhalb des Schlüsselbeins, wo der erste Stich sie getroffen hat, der Pullover ist rund um die Einstichstelle dunkel und feucht. Es sieht nicht lebensbedrohlich aus, ich habe auf gar keinen Fall ihr Herz getroffen. Trotzdem macht all das Blut mir Sorgen. Ich muss die Blutung stoppen. An der Wand hängen Geschirrhandtücher, sind die gut für so etwas? Sind sie sauber? Ich reiße sie so hastig an mich, dass ich das helle Ratschen höre, als die Aufhängbändchen zerreißen. Hinter mir höre ich das Quieken. Schnell bin ich wieder bei ihr und drücke ihr die Tücher in die Hand.

»Press das auf die Wunde, so fest es geht«, befehle ich ihr.

Sie sieht mich an, ihr Blick flackert vor Angst.

Sie hat Angst vor mir, Todesangst.

»Wir kriegen das hin«, flüstere ich.

In ihrem Blick sind tausend Fragezeichen, sie sagt nichts.

»Bist du okay?«, frage ich.

Sie antwortet nicht. Das ist vermutlich der Schock. Ich strecke die Hand aus und streiche ihr das wirre Haar aus der Stirn. Dann suche ich das Messer und hebe es auf. Ich gehe damit zu Martin in den Flur und knie neben ihm nieder. Ich greife nach seiner Hand.

»Was tust du?«, flüstert meine Schwester. Sie ist aufgestanden und starrt mich durch die Wohnzimmertür an, sie drückt das Geschirrtuch an die Brust wie eine Bibel und stützt sich mit dem anderen Arm an der Wand ab.

»Ich rette dich, Dummchen«, sage ich und presse Martins Finger sorgfältig auf den Messergriff, so, dass es garantiert Abdrücke gibt. Dann gehe ich zu ihr und fasse sie vorsichtig unter. Durch den Strickpullover hindurch spüre ich ihre knochige Hüfte, es ist wirklich nichts dran an ihr. »Wir fahren jetzt sofort ins Krankenhaus. Gib mir deinen Autoschlüssel.«

»Was?«

»Dein Autoschlüssel. Mein Wagen steckt im Schnee fest.«

Sie sackt in meinen Arm. Ich fasse noch einmal nach, dann habe ich sie sicher.

Ich reiße die Haustür auf, und ein Windstoß wirbelt Schnee hinein und Eiseskälte.

»Komm«, sage ich und schleppe sie raus.

ESTHER

Die Stadt ist schwarz und nass. Der Regen lässt die leeren Straßen glänzen, offenbar sind die meisten Menschen in ihren Häusern und packen Geschenke ein, so, wie Martin und ich es normalerweise auch tun würden, wenn er nicht tot wäre und ich nicht meine blutüberströmte Schwester ins Krankenhaus fahren müsste.

Das Messer, das ich in sie gerammt habe, liegt vor mir im Fußraum. Ich habe nicht vor, es der Polizei allzu leicht zu machen. Wir alle hatten es in der Hand, auch Martin, er konnte sich nicht wehren, als ich seine schlaffen Finger darum gelegt habe. Ich werde es irgendwo im Krankenhaus liegen lassen. Das sollte reichen. Ich glaube nicht, dass es Probleme gibt deswegen, wer will mir etwas vorwerfen? Aus Angst um meine blutende Schwester bin ich sofort los mit ihr, um im dichtesten Schneetreiben zu einem Krankenhaus zu gelangen und ihre mutmaßlich schweren Verletzungen behandeln zu lassen und ihr Leben zu retten.

Und das Messer habe ich mitgenommen, um es der Polizei zu übergeben, und dann habe ich es in all der Aufregung irgendwo liegen lassen. Es wird gefunden werden, aber mit einer ziemlich unübersichtlichen Spurenlage.

Meine Schwester auf dem Beifahrersitz gibt einen klagenden Laut von sich. In der Eile habe ich nicht daran gedacht, ihr einen Mantel anzuziehen, aber ich glaube, es wäre auch verdächtig, wenn ich in unserer Situation an so etwas gedacht hätte. Ich drehe die Heizung weiter auf, damit sie nicht friert.

Ihr Pullover glänzt dunkel vom Blut, aber ich kann nicht erkennen, ob es noch viel mehr geworden ist. Ich glaube nicht, dass sie daran stirbt. Nicht dass ich mich da auskennen würde, aber wenn es einem nicht in Strömen entgegensprudelt, kann es keine wichtige Arterie erwischt haben, oder?

»Alles gut, Sue?«, frage ich.

Vom Beifahrersitz kommt keine Antwort. Ich werfe einen Blick hinüber. Sie hängt schief im Sitz, im dunklen Auto leuchtet ihr Gesicht blass wie der Mond. Vermutlich schläft sie. Oder sie ist ohnmächtig. Oder sie will einfach nicht mit mir reden. Vermutlich ist es das. Kann auch sein, dass sie einen Schock hat. Ist es überhaupt gut, wenn sie schläft? In den Filmen sagt man den Verletzten doch immer, dass sie wach bleiben sollen.

»Bist du wach?«, frage ich.

Keine Antwort.

»Hey, sprich mit mir! Du musst wach bleiben. Hörst du? Wach bleiben.«

Ich habe keine Ahnung, ob sie mich hört. Aber es tut gut, meine eigene Stimme zu hören. »Es wird alles gut«, sage ich. »Wir haben es gleich geschafft, wir sind da. Gleich kümmert sich jemand um dich. Einfach schön auf die Wunde drücken. Immer schön drücken.«

Ich biege um die Ecke, und die Klinik taucht aus der Dunkelheit auf. Hier habe ich meine Kinder geboren und meinen Blinddarm verloren. Jetzt sollen sie hier auch meine Schwester zusammenflicken.

Ich ignoriere die Rampe zum Parkhaus, fahre vorsichtig vor bis zum Eingang und parke den Wagen schräg davor. Das darf ich natürlich nicht, ein Schild weist mich ausdrücklich darauf hin.

Aber wenn die eigene Schwester beinahe erstochen wurde und man sie retten muss, ist es kein Wunder, wenn man das mal kurz vergisst.

SUE

Es tut gar nicht mehr so weh, das wundert mich. Der Schmerz war zuerst überall, jetzt hat er sich rings um mein Schlüsselbein konzentriert. Es blutet nicht stark, ich kann atmen, ich werde nicht sterben. Ich kann sogar alleine stehen, als meine Schwester mir einen Arm unterschiebt und mich aus dem Wagen hievt.

»Wir sind da«, sagt sie. »Und hopp, es sind nur ein paar Schritte.«

Vor uns leuchtet das Krankenhaus, auf dem Parkplatz sind Autos und Menschen unterwegs. All das kommt mir unwirklich vor nach der Stille und Dunkelheit und dem vielen Schnee im Wald. Und nach der Sache mit Martin, der nun tot in meinem Flur liegt, zugedeckt mit der grauen Wolldecke von meinem Sofa. Auf dem Sofa hatten wir auch zweimal Sex. Aber da lebte er noch.

Ich habe einen Menschen umgebracht.

Ich blicke in den Nachthimmel, der hier viel heller ist als zu Hause. Heller, obwohl man kaum Sterne sieht. Ich vermisse die Schneeflocken, die mir das Gesicht kühlen würden. Stattdessen nieselt es auf mich hinab. Mir wird wieder schwindelig.

Meine Schwester zieht mich vorwärts. »Los, schnell«, sagt sie.

»Warum …«, will ich sagen, aber sie schüttelt den Kopf.

»Sei still, Sue. Versuch, Kraft zu sparen, okay? Und vor allem, lass mich reden. Du sagst keinen Ton, hast du das verstanden?«

Ich nicke benommen.

Die gläserne Schiebetür öffnet sich wie von Geisterhand. Wir hinken hindurch wie ein einziges Schwesternwesen mit vier Beinen, von denen zwei recht wackelig sind.

»Wir brauchen Hilfe!«, ruft meine Schwester. Das kalte weiße Licht der Leuchtstoffröhren knallt in den großen kahlen Eingangsbereich des Krankenhauses. Bis auf einige Kübel mit unecht aussehenden Grünpflanzen und ein paar vereinzelte Menschen ist er leer.

Ich wundere mich, dass die Menschen nicht herbeiströmen, um ihr zu gehorchen. So, wie es sonst immer ist. So, wie es sein muss. Hier ist es nicht so.

»Wir brauchen Hilfe, verdammt!«, ruft sie noch einmal, aber erst, als wir kurz vor dem sterilen Empfangstresen stehen, sieht die Frau dahinter auf. Ihr Blick fällt auf meinen blutüberströmten Pullover, und da erst erhebt sie sich.

»Können Sie die Polizei anrufen?«, fragt meine Schwester, und das wundert mich. Wäre es nicht besser, wenn die Polizei nicht käme?

»Oh, Himmel, ja«, ruft die Frau im weißen Kittel, sie drückt mehrere Knöpfe. Auf einmal geht es schnell, ich werde auch von der anderen Seite gestützt, in ein schmales Behandlungszimmer begleitet und auf eine Untersuchungsliege bugsiert. Meine Schwester weicht nicht von meiner Seite.

Ein Pfleger leuchtet mir in die Augen und misst meinen Puls.

Meine Schwester steht direkt hinter ihm, tritt nervös von einem Fuß auf den anderen, die Arme verschränkt, als wäre ihr kalt. Sie sagt zu ihm: »Sie sieht schon viel besser aus. Eben im Auto hatte ich richtig Angst um sie.«

»Das müssen Sie nicht«, sagt der Pfleger unverbindlich, und dann: »Es kommt gleich jemand.«

Er geht raus.

Meine Schwester beugt sich zu mir. »Kannst du reden, Sue?«

Ich nicke.

»Wie fühlst du dich?«

»Ich habe Martin umgebracht.« Es klingt komisch, und doch weiß ich, dass es wahr ist.

Sie sagt hastig: »Psssst. Hör mir zu. Du wirst nicht ins Gefängnis gehen. Ist das klar? Du nicht. Er hat dich angegriffen, es war Notwehr. Das habe ich gesehen.«

Ich starre sie an. »Aber …«

Sie greift nach meiner Hand. »Du musstest dich wehren. Er hat dich mit dem Messer angegriffen. Ich habe es gesehen.«

Als ich nichts entgegne, zischt sie mir ins Ohr: »Das mit dem Messer ist ganz wichtig. Bei deinen Verletzungen wird niemand anzweifeln, dass es Notwehr war. Kapiert?«

Ich kann nicht antworten, denn in diesem Augenblick betritt eine Ärztin den Raum.

»Kapiert, Sue?«, flüstert meine Schwester.

Ich nicke.

ESTHER

Der Raum ist winzig. An der Wand hängen Tabellen, die ich nicht verstehe, Belegungspläne, vermutlich. Ich sitze auf einer Liege, über die zum Schutz ein Papier gelegt ist, das bei jeder kleinen Regung von mir verrutscht. Neben mir liegt eine nierenförmige Aluminiumschale, in so eine habe ich mich bei der Geburt von Jonas erbrochen.

Es ist Schwachsinn, auf dieser Liege zu sitzen, meine Beine baumeln in der Luft wie die eines Kindes, aber die beiden Drehstühle sind von Polizistinnen besetzt, die mir gegenübersitzen und mich mitfühlend mustern.

Ich lasse das Handy sinken.

»Alles okay bei Ihren Kindern?«, fragt die mit den kurzen schwarzen Haaren.

Ich nicke. Jonas klang keineswegs aufgeregt, er hat weder gefragt, wo ich bin, noch, wo sein Vater bleibt. Er spielt irgendwelche Zombiespiele. Ella ist vor dem Fernseher eingeschlafen. Ich wünsche mir für beide, dass sie noch lange zocken und schlafen. Es reicht, wenn ich ihnen morgen erzähle, dass ihr Vater tot ist.

»Es ist gut, dass Sie uns gleich gerufen haben«, sagt die Polizistin. »Es ist auch jemand unterwegs zum Haus Ihrer Schwester.«

Ich betrachte meine Hand. Da klebt Blut. Unter meinen Nägeln auch. Und ich weiß nicht einmal, ob es von Martin oder von meiner Schwester ist. Oder von beiden. Ich hole tief und zitternd Luft und wühle in meiner Handtasche nach Feuchttüchern. Ich habe immer Feuchttücher dabei, auch wenn die Kinder inzwischen so groß sind, dass ich ihnen kein Eis mehr vom Mundwinkel wischen muss. Ich vermute, dass die meisten Mütter solche Gewohnheiten beibehalten. Wahrscheinlich kann man am Inhalt einer Handtasche erkennen, ob jemand ein Kind aufgezogen hat oder nicht.

»Sollen wir jemanden für Sie rufen?«, fragt die jüngere Polizistin.

Sie trägt einen straffen goldbraunen Pferdeschwanz und ich denke, dass sie zwar jung ist, aber nicht jung genug für diese Frisur.

»Auch wenn Sie unverletzt sind, haben Sie ja eine Menge mitgemacht.«

Sie meint: auch wenn ich nicht tot bin und kein Messer in meiner Brust steckt.

»Nein, alles gut«, sage ich und schließe die Augen. »Entschuldigen Sie, ich bin ein bisschen … Wo waren wir stehen geblieben? Mein Mann …« Ich halte inne und räuspere mich. Und begreife, dass all die Unsicherheit, die ich sonst unterdrücke, gerade jetzt absolut angemessen ist. Selbstbeherrschung wäre fehl am Platz bei dem, was ich zu erzählen habe. »Mein Mann …«

Die schwarzhaarige Polizistin schweigt und sieht mich an. »Lassen Sie sich Zeit.«

»Mein Mann hat …« Die Tränen springen mir in die Augen, ich lasse es zu. Sie sind echt. Sie sind echt, auch wenn das, was ich erzähle, es nicht ist. Oder nur zum Teil. Aber das, womit ich beginne, ist wahr.

Ich kneife kurz die Augen zu und reiße sie dann entschlossen wieder auf.

»Mein Mann hatte ein Verhältnis mit meiner Schwester. Ich wusste nichts davon. Gar nichts. Ich habe nicht das Entfernteste geahnt. Ich habe heute meine Schwester besucht, und da hat sie mir alles gebeichtet. Unsere Ehe steht ohnehin nicht zum Besten, er trinkt ziemlich viel.« Ich stocke und setze nach: »Trank. Er trank ziemlich viel.«

Meine Stimme zittert.

»Uns ging es im Grunde schon lange nicht mehr gut, das habe ich begriffen durch dieses Gespräch. Meine Schwester hat mich darin unterstützt. Ich habe meinem Mann geschrieben, dass ich denke, dass wir uns trennen sollten und dass wir Abstand voneinander brauchen, damit …« Ich gestikuliere mit der Hand. »Damit nicht so etwas passiert.«

Die Polizistin fragt ganz ruhig: »Gab es eine Aussprache zwischen Ihnen?«

Ich schüttle den Kopf.

»Nein? Gar nicht? Sie haben nicht gesprochen?«

»Wir hatten Probleme mit dem Empfang. Das ist da draußen oft so. Und ich musste auch erst einmal …« Ich spüre, wie mir erneut das Wasser in die Augen steigt. »Ich musste auch erst einmal für mich klarkriegen, was meine Schwester mir da gebeichtet hat und was das heißt und was …« Meine Stimme stockt. »Und auch, was ich jetzt mache. Im Fernsehen passiert so etwas ja ständig, aber wenn Sie so etwas erfahren …«

Ich möchte am liebsten sagen, dass es noch viel schlimmer ist, wenn man es nicht einmal direkt vom Mann oder der Schwester erfährt, sondern nebenbei aus einer Sprachnachricht.

Dabei ist das eigentlich gar nicht das Schlimmste.

Schlimmer ist das Wissen, wie blind ich war, eine lange Zeit, so blind.

Das Wissen, dass ich doppelt betrogen wurde.

Während ich rede, merke ich, dass doch alles stimmt, im Grunde. Zumindest in Teilen. Ich bin zu meiner Schwester gefahren, wo sie mir die Affäre mit meinem Ehemann gebeichtet hat. Nach einem anfänglichen Schock haben wir ein offenes Gespräch geführt, und schließlich habe ich beschlossen, mich von meinem Mann zu trennen, und mich bemüht, zur beidseitigen Stabilisierung Abstand an den emotional so schwierigen Weihnachtstagen herbeizuführen. Martin hat die Nerven verloren und ist Hals über Kopf in den Wald gefahren, wo er seine Schwägerin, die er für alles verantwortlich machte, bedroht hat. Er hat sie schließlich mit einem Messer angegriffen. Erst hat sie sich gewehrt, was die Schnittwunden an den Unterarmen bezeugen. Dann hat er sie erwischt. Mit dem Messer in der Brust hat sie versucht, die Treppe hinauf zu fliehen, er hat sie verfolgt, was ich gesehen habe.

Sie hat sich gewehrt. Er ist gestürzt.

Unmöglich, im Nachhinein zu erkennen, ob die Verletzungen meiner Schwester vor oder nach dem Sturz zugefügt wurden.

Das Messer habe ich ihr erst danach in der Küche aus der Wunde gezogen, was hoffentlich erklärt, warum kein Blut auf der Treppe ist.

Die Textnachrichten, der Alkoholgehalt in seinem Blut, die zersplitterte Terrassentür, all das ergibt Sinn.

Ich frage: »Wann kann ich meine Schwester mit nach Hause nehmen?«

SUE, KINDHEIT

Als der Kakao vor ihr stand, verzog meine Schwester das Gesicht. »Kann ich auch Sprühsahne?«

»Haben.«

»Kann ich auch Sprühsahne haben?«

»Nein, sie ist alle.«

»Aber Sue hat auch welche bekommen!«

Mama seufzte. »Da war auch noch welche da.«

»Das ist unfair, Mama! Warum kriegt Sue immer alles?« Ihre Stimme war schrill.

Mama wurde ärgerlich. »Sei nicht so egoistisch, Esther, deine kleine Schwester war vorhin ganz traurig, sie hat doch so geweint. Reiß dich ein bisschen zusammen, du bist schließlich die Große!«

Meine Schwester schluckte und warf mir einen wütenden Blick zu, dann trank sie in einem Zug ihren Kakao aus. Ich schob ihr meinen Becher hin, am liebsten hätte ich ihr von meiner Sprühsahne abgegeben, aber da war nur eine winzige Pfütze am Becherboden, die wollte ich ihr wenigstens zeigen, damit sie wusste, dass ich auch nichts mehr hatte.

Sie beugte sich zu mir vor und flüsterte: »Soll ich dir ein Geheimnis verraten?«

»Ja!«

»Wirklich? Schwörst du, dass du es hören willst?«

»Ja!«

Sie warf mir einen hasserfüllten Blick zu. »Ich hab gelogen, eben. Sie waren alle tot. Sie wurden in der Sonne gekocht. In ihrem eigenen Schleim! Ich habe das Glas weggeworfen.«

»Das stimmt nicht!«

»Doch. Du hast sie umgebracht, weißt du?«

Ich heulte auf.

»Was ist denn jetzt schon wieder los?«, fragte Mama verärgert.

Meine Schwester trat mir warnend ans Schienbein, und ich presste die Lippen zusammen.

Es dauerte, bis ich mich traute, nach dem Glas zu suchen. Ich konnte es aber nirgendwo finden. Ganz genau konnte ich es nicht wissen, aber ich war mir sicher, dass meine Schwester recht hatte: Die Schnecken waren tot.

Ich sammelte nie mehr Schnecken. Wenn ich zufällig eine sah, wandte ich den Blick ab. Ich wollte nie mehr daran erinnert werden, was ich Schreckliches getan hatte.

Darum fing sie an, mich Schnecke zu nennen.

Als sie das zum ersten Mal tat, weinte ich fast. »Bitte nicht«, sagte ich.

»Ich kann dich nennen, wie ich möchte«, sagte sie.

»Nein!«

»Doch!«

»Aber ich will das nicht!«

»Doch, Schnecke. Das ist doch ein süßer Name. Schnecke.« Sie streckte die Hand aus, um meine Haare zu streicheln.

Ich ließ es geschehen und versuchte, ihr Lächeln zu ergründen.

»Schnecke«, wiederholte sie. »Schnecke.« Sie hielt meine Haare fest, sodass ich den Kopf nicht wegziehen konnte. »Und, darf ich dich so nennen, Schnecke? Findest du auch, dass das ein schöner Name ist?«

Ich öffnete den Mund zum Protest, aber ich konnte nichts sagen. Ich hatte Angst vor ihr.

Ich konnte nichts tun. Ich war eine Schnecke in einem Glas.

Und sie würde niemals den Deckel öffnen.

SUE, EIN JAHR SPÄTER

Ella quietscht auf, als sie im Schein der Taschenlampe die erste Harztasche erkennt.

»Die nehme ich!«, ruft sie. Dann greift sie nach dem Messer und führt es vorsichtig zu dem kleinen Buckel am Stamm der Tanne. Entschlossen sticht sie zu, und golden quillt uns das Harz entgegen. Sein Duft explodiert förmlich – würziges Holz, frisches Grün und Orange – und Ella quietscht gleich noch einmal.

»Willst du auch, Tante Schnecke?«

Ich nicke und nehme ihr vorsichtig das Messer aus der Hand. Es hat etwas gedauert, bis ich beim Anblick von Messern nicht mehr zusammenzucken musste.

Ella biegt mit einer Hand die Zweige auseinander und deutet auf eine Stelle am Stamm. »Nimm die da! Die ist für dich!«

»Okay.«

Ich steche zu, und Ella quietscht noch einmal.

»Und die da, die ist für Jonas! Jonas, komm, jetzt darfst du!«

Als Antwort ertönt ein Stöhnen.

»Ey, meinst du im Ernst, ich bin scharf darauf, in den blöden Baum zu pieksen? Bin ich psycho oder was?«

Jonas sitzt in der breiten gepolsterten Fensternische und ballert auf seinem Handy irgendwelche Zombies ab. Trotzdem finde ich es gut, dass er bei uns sitzt und sich nicht in seinem Zimmer verkriecht, wie er es Anfang des Jahres immer gemacht hat, als der Schock über den Tod seines Vaters noch frisch war.

Ich zwinkere Ella zu. »Umso besser, dann bleibt mehr für uns!«

Unser Baum ist ein Prachtstück, eine dicht gewachsene Edeltanne, vier Meter hoch. Die Deckenhöhe ist einer der unbestreitbaren Vorteile von Altbauten.

Ich habe das Haus im Wald verkauft. Einmal weil daran zu viele Erinnerungen hängen, die ich nicht haben will. Aber auch weil es zu weit weg von meiner Schwester war. Die Kinder hatten mit dem Verlust ihres Vaters schwer zu kämpfen, Ella weint immer noch oft deswegen. Es war bestimmt gut für sie, dass ich für sie da sein konnte.

Wir haben etwas in der Stadt gefunden, ein schmales, dreistöckiges Jahrhundertwendehaus mit sehr hohen Decken und bröckelndem Stuck. Es ist nicht in bestem Zustand, vor allem die Heizung müsste ausgetauscht werden und die oberen Zimmer sind unmöglich geschnitten, aber es hat eine riesige Wohnküche im Erdgeschoss, in der jetzt unser Baum steht. Das Tolle an der Küche sind die tiefen Fenster und der Zugang zum schlauchförmigen Garten, in dem eine wilde Mischung aus Rhododendren, Hortensien und verwilderten Johannisbeersträuchern wuchert. Um den Garten kümmere ich mich nächstes Jahr, das habe ich mir fest vorgenommen.

Die Kinder haben es nicht weit zu ihren Schulen. Pimki hat sich anfangs keinen Schritt nach draußen gewagt, er schien fest entschlossen, ein neurotischer Stubentiger zu bleiben. Erst seit dem Herbst hat er begonnen, den Garten zu erobern. Wir haben eine Katzenklappe für ihn eingebaut und einen kleinen Friedhof für die unzähligen Mäuseleichen angelegt, die er anschleppt. Ella bricht wegen jedem neuen tierischen Todesfall in Tränen aus, aber ich glaube, sie genießt die aufwendigen Beerdigungen mit Kuchen und Fanta sehr.

Natürlich sind mir die Geschehnisse letztlich doch hierher gefolgt. Sie waren zu prägend, um sich durch all das Neue einfach so auslöschen zu lassen.

Aus heiterem Himmel tauchen die Erinnerungen plötzlich auf.

Splitterndes Glas.

Martin, wie er hinter mir her die Treppe hochjagt.

Martin, wie er erst langsam rückwärts fällt und dann mit einem hässlichen Klatschen auf dem Boden aufkommt.

Meine Schwester, die zu mir hinaufsieht und flüstert: »Er ist tot.«

Das Eintreffen von Martins Sprachnachrichten.

Der fassungslose Blick meiner Schwester.

Ihr Gesicht, das zu Teflon wird.

Das Messer in mir.

Der Schmerz, als sie es herauszieht.

Man kann Erinnerungen nicht loswerden, man kann sie nur besänftigen. Und vielleicht überschreiben. Und was könnte sich dafür besser eignen als Weihnachten?

Ich öffne die erste Schachtel, die mit den roten Kugeln.

»Womit soll ich anfangen?«, fragt Ella. Sie kann es kaum erwarten, den Baum zu schmücken.

Ich reiche ihr die flusigen Wollanhänger aus Kindergartenzeiten, die kann sie wenigstens nicht kaputt machen. Mit großer Sorgfalt verteilt sie sie im Baum, während ich stirnrunzelnd die roten Kugeln betrachte.

»Du musst Büroklammern nehmen, Tante Schnecke, wenn die Aufhänger wieder weg sind«, sagt sie, aber da habe ich das winzige Tütchen mit den Aufhängern schon entdeckt.

Währenddessen hängt Ella die vier Plexiglaskugeln mit den Fotos auf. Wir haben überlegt, ob wir Martins Kugel vielleicht weglassen sollten, aber ich finde, sie gehört unbedingt an diesen Baum. Ella hängt sie zuerst auf und die Kugel meiner Schwester direkt daneben. Auf dem Foto lacht sie. Es ist ein schönes Bild, man kann nicht erkennen, wo es aufgenommen wurde, weil Jonas für die Kugel nur ihr Gesicht ausgeschnitten hat. An diesem Baum hängt Familiengeschichte, das spüre ich.

Im Vergleich zu den hässlichen Wollsternen wird deutlich, was für ein Fortschritt die goldenen Perlenengel sind, die Ella dieses Jahr fabriziert hat. Der Baumschmuck dokumentiert die Entwicklung der Kinder eindrücklicher, als jedes schulische Gutachten es könnte.

Unter dem Baum hat Ella bereits stolz ihre Geschenke verteilt. Auf einem der Päckchen, die sie hingebungsvoll und mit viel Geschenkband eingepackt hat, steht mein Name. Ich habe schon überlegt, ob vielleicht eine Plexiglaskugel darin ist. Eine Kugel mit meinem Foto, die wir dann heute noch in den Baum hängen könnten. Ich freue mich auf die Bescherung.

Vorsichtig tippe ich gegen die Kugel mit dem Foto meiner Schwester. Es ist wirklich schön, so guckt sie selten. Heimlich frage ich mich, ob es wohl ein Foto von ihrem Teflongesicht gibt. Sie hat es lange nicht mehr gezeigt. Das liegt daran, dass wir so gut miteinander auskommen.

Im Flur poltert es, das ist meine Schwester, die die Gans abgeholt hat. Wir haben sie vorbestellt, aber Klöße und Rotkohl haben wir selbst gemacht.

»Alles gut hier?«, fragt sie fröhlich, sie streift sich die

Schuhe von den Füßen und öffnet die Kühlschranktür. Sie trägt blickdichte Strumpfhosen und ein lockeres Hemdblusenkleid mit einem Muster aus winzigen Tannenbäumen.

»Klar!«, sagt Jonas, ohne von seinem Handy aufzublicken.

Während Ella und ich den Baumschmuck vervollständigen, räumt meine Schwester die Einkäufe ein. Dabei summt sie vor sich hin.

Dann kommt sie zu uns. »Klappt's?«

»Na, und ob.« Ich knipse zur Demonstration noch einmal die Lichterkette an, und der Baum erstrahlt.

Ella hebt die Hand zum High Five, und ich schlage ein.

Meine Schwester wuschelt ihr durch die Haare.

»Ich habe uns zur Feier des Tages einen schönen Crémant aufgemacht. Einen Rosé von der Loire.« Sie reicht mir ein Glas und lässt sich dann in Schneidersitz und Wollstrümpfen neben dem Baum nieder. Für einen Augenblick schließt sie die Augen, dann öffnet sie sie wieder und lächelt mich an. »Prost, Schnecke!«

»Prost, Schwester«, sage ich.

Und nehme einen großen Schluck aus unserem Glas.

ESTHER, EIN JAHR SPÄTER

Ich weiß, dass meine Schwester mich liebt. Ich bin sicher: Sie würde auch bei mir bleiben, wenn sie keine Angst vor meiner Aussage haben müsste, weil sie Martin von der Treppe gestoßen hat.

Aber es ist gut, dass ich mich darauf nicht verlassen muss. Vertrauen ist gut, aber Kontrolle ist besser.

Ich schließe die Augen.

»Geht es ihm gut?«, höre ich meine Schwester flüstern, während ich Martins Puls fühle. Er ist schwach, aber ich spüre ihn deutlich, wie er unter meinen Fingerspitzen gegen das Ende ankämpft.

Mein Puls hämmert so heftig, dass es in meinen Ohren saust. Nicht weil ich gerade in dieses Haus gestürzt bin und nicht weil mein Mann einen lebensgefährlichen Unfall hatte. Sondern weil das Telefonnetz hier einen verdammten Wackelkontakt hat und kurz zuvor eine einzige Nachricht von Martin zu mir durchgelassen hat. Eine Nachricht, die ich sofort wieder gelöscht habe, weil sie etwas behauptet, das nicht sein darf. Etwas, das Martin niemals wiederholen darf. Nicht vor mir und erst recht nicht vor jemand anderem. Es ist nicht wahr. Ein Mann, der mit mir verheiratet ist, betrügt mich nicht.

»Er ist tot«, höre ich mich sagen.

Dann lotse ich meine Schwester in die Küche und kümmere mich um sie, damit sie nicht auf die Idee kommt, einen Krankenwagen zu rufen. Noch nicht.

Nicht, solange er noch eine Chance hat.

Als ich zwischendurch im Flur nach ihm sehe, lebt er immer noch, aber es wird nicht mehr lange dauern, das erkenne ich sofort. Ich decke ihn mit der grauen Wolldecke zu, damit meine Schwester nicht sehen kann, wie seine Lider zucken, wie seine Finger nach Halt suchen.

Er starrt mich an. Ich strecke die Hand aus und versuche, seine Augen zu schließen, aber er öffnet sie wieder, und das macht mich wütend.

»Kuss?«, flüstere ich ihm zu, spitze die Lippen und lächle ihn an. Er ist mir ausgeliefert. Seine Augen flehen um Hilfe, als ich die Decke langsam über sein Gesicht ziehe.

Ich weiß nicht, wie lange es gedauert hat, bis er wirklich gestorben ist. Ich hoffe nur, dass er noch ausreichend Zeit hatte, um zu bereuen, was er mir angetan hat. Um zu verstehen, dass man so was mit mir nicht macht.

Ich stelle mir gern vor, dass eine dünne Schneeschicht auf ihm lag, als die Polizisten kamen.

Als ich die Augen wieder öffne, muss ich lächeln.

Der Baum leuchtet. Alles ist so, wie ich es haben will. Ich nehme einen Schluck Crémant.

»Prost, Schnecke!«, sage ich.

Was für ein wunderbarer Heiligabend!